KB063485

오른쪽 주머니에서 나온 이야기

카렐 차페크의 친필 사인.

*Povídky z jedné kapsy, Povídky z druhé kapsy* (1929)
by Karel Čapek
This Korean edition was published by Mobydickbook, an imprint of
Yuksabipyungsa, in 2014. Korean Translation Copyright © Mobydickbook, 2014.

# 오른쪽 주머니에서 나온 이야기

Tales from One Pocket

카렐 차페크 지음
정찬형 옮김

모비딕
Moby Dick

# 오른쪽 주머니에서 나온 이야기  차례

# 왼쪽 주머니에서 나온 이야기    차례

옮긴이 **정찬형**

연세대학교 학부 및 고려대학교 대학원에서 정치외교학을 전공했고, 미국 콜로라도 대학교 대학원에서 경영학 석사를 취득했다. 어린 시절부터 가슴 한켠에 품었던 글쓰기의 꿈에 오를 수 있는 든든한 동아줄이자, 메마르고 건조한 일상에 내리는 한줄기 시원한 소나기가 바로 번역 작업이라는 다분히 낭만적인 생각을 갖고 있다. 『미스터리를 쓰는 방법』(2013, 미국추리작가협회) 등을 비롯해 모비딕과 함께 번역 작업을 이어가고 있다.

**일러두기**

_ 이 책 본문에 삽입된 그림들은 모두 화가이자 작가였던 친형 요제프 차페크(1887~1945)가 그린 것이다.
_ 이 책의 원본은 1929년에 나온 *Povídky z jedné kapsy, Povídky z druhé kapsy*이고, *Tales from Two Pockets*(George Allen and Unwin Ltd. , 1943 ; Catbird Press, 1994) 등을 사용해서 번역했다.
_ 각 소설의 수록 순서는 대체로 원서의 것을 그대로 따랐다. 다만 『오른쪽 주머니에서 나온 이야기』에서 맨 앞에 나오는 「발자국」은 원래 16번째, 『왼쪽 주머니에서 나온 이야기』에서 맨 앞에 나오는 「늙은 죄수의 이야기」는 원래 2번째에 있던 것들이다.
_ 원서에는 차페크가 말줄임표를 '—'와 '…'로 혼용했는데, 한국어판에서는 '…'로 통일했다.

F. Bidlo가 그린 카렐 차페크.

이 책이 출간된 1929년에 형 요제프 차페크가 그린 카렐의 모습.
옆의 개는 카렐의 애견 다셴카.

# 발자국

그날 밤 리브카는 콧노래를 흥얼거리며 집으로 걸어가고 있었다. 그는 무척이나 기분이 좋았다. 무엇보다 그날 있었던 체스 게임에서 이긴 데다가(정말 멋지게 장군을 불렀다며, 그는 승리를 자축하며 걸었다) 사각사각, 하늘에서 내린 하얀 눈이 발밑에서 부드럽게 밟힐 때 들리는 맑고 깨끗한 소리가 너무 듣기 좋았기 때문이었다.

'정말로 아름다운 밤이군.'

리브카는 속으로 감탄했다. 갑자기 온통 흰 눈에 뒤덮인 도시가 영화에서나 볼 수 있는 고풍스러운 작은 마을처럼 보였다. 길 한 모퉁이에서 야경꾼이나 말이 끄는 마차가 금방이라도 나타날 것만 같았다. 시간을 뒤로 되돌리고 모든 걸 목가적으로 만들어버리는 눈의 신기함이라니!

사각사각, 눈 밟는 소리를 듣는 기쁨을 좇아 리브카는 아직 누구의 발길도 닿지 않은 길만을 골라 걸었다. 그는 조용한 뒷골목에 살고 있었기 때문에 발자국은 점점 드물어졌다.

'남자의 단화와 여자의 뾰족구두 발자국이 이 문 앞에 찍혀 있군. 아마 부부겠지 … 신혼부부일까?'

마치 그들을 축복이라도 하고 있는 듯 리브카의 입가에 부드러운 미소가 걸렸다. 저 멀리 고양이 한 마리가 눈에 꽃송이 같은 발자국을 남기며 길을 건너고 있었다.

'잘 자, 야옹아. 발이 꽁꽁 얼 텐데 어쩌니.'

이제 그의 눈앞에는 길게 한 줄로 난 발자국밖에 보이지 않았다. 이 길을 외롭게 걸어갔을 어떤 고독한 보행자가 남긴 깊고 선명한 발자국이었다. 모양으로 봐서 필시 남자였다.

'어느 이웃 사람이 이 길로 왔을까?'

리브카는 얼굴 모를 이웃에 친근감이 일었다.

'이 길로 지나다니는 사람은 거의 없어. 길 어디에도 차바퀴 자국 하나 보이지 않지. 여긴 정말 변두리거든. 그나저나 집에 도착할 무렵이면 거리는 푹신한 솜이불을 코밑까지 끌어올려 덮고서 어린애처럼 달콤한 꿈나라에 빠져들겠군. 하지만 내일 아침에 신문을 배달하는 나이 든 여자가 이 아름다운 눈밭을 온통 뭉개고 다닐 생각을 하니까 정말 속상하군. 그녀는 토끼처럼 이리저리 마구 뛰어다니니 말이야.'

갑자기 리브카가 멈춰 섰다. 집으로 가려고 눈이 내려 환한 길을 막 건너려는 순간, 보도에서부터 집 방향으로 한 줄로 나 있는 발자국들이 그의 눈앞에 나타났던 것이다.

'누가 나를 찾아올 사람이 있었나?'

그는 놀라 스스로에게 물음을 던지면서 깊고 선명하게 나 있는 발자국들을 눈으로 좇았다. 발자국은 모두 다섯 개였는데, 선명하게 패인 오른쪽 발자국을 끝으로 길 중간쯤에서 끊어져 있었다. 그 너머로는 아직 누구도 밟지 않은 고운 눈들만 쌓여 있을 뿐, 다른 어떤 것도 눈에 띄지 않

았다.

'이 사람이 다시 보도로 되돌아간 게로군.'

리브카는 속으로 생각했다. 하지만 눈을 씻고 봐도 집 방향에서 보도 쪽으로 되돌아간 발자국은 없었다. 보도에도 온통 고운 가루처럼 부드러운 눈만 소복할 뿐, 사람 발자국이라곤 단 하나도 보이지 않았다. 리브카는 혹시나 하는 마음에 눈 위에 찍혀 있는 발자국들을 밟지 않도록 주의하면서 반대편 보도로 걸어갔다. 그러나 거기에도 발자국 흔적은 전혀 없었다. 저 멀리 거리는 아무도 밟지 않은 고운 눈으로 환하게 빛나고 있었다. 너무 아름다운 광경에 리브카는 숨이 멎을 것만 같았다. 눈이 내린 뒤로 누구도 이 길을 지나가지 않은 게 분명했다.

'이상하군.' 리브카가 혼잣말을 했다. '그렇다면 이 사람이 자신의 발자국을 거꾸로 되짚으면서 보도로 되돌아간 게 분명해. 내 앞에 나타난 발자국 행렬은 분명히 하나밖에 없었어. 내가 가던 방향으로 나 있는 발자국 행렬이지. 하지만 이 사람은 왜 군이 이런 짓을 했지? 그리고 어떻게 한 치의 오차도 없이 자신의 발자국을 되짚으면서 뒷걸음질을 할 수가 있지?

리브카가 도저히 납득이 안 된다는 듯 스스로에게 물었다.

발자국에서 눈을 돌린 리브카는 대문을 열고 집 안으로 들어갔다. 말이 안 된다는 것을 알면서도 그는 혹시 집 안에 눈이 묻은 발자국이 없는지 둘러보았다. 물론 있을 리가 없었다.

'어떻게 다른 사람이 집 안으로 들어올 수 있겠어? 너무 엉뚱한 상상이야.'

리브카가 언짢게 중얼거리면서 창에 기대섰다. 가로등 불빛 아래로 길 가운데에서 끝나버린 깊고 선명하게 패인 다섯 개의 발자국들이 보였다. 그 외에는 아무것도 없었다.

'제기랄.' 리브카가 눈을 비비면서 생각했다. '눈 위에 발자국 하나가 남아 있는 얘기는 읽어봤어도 이렇게 발자국이 한 줄로 이어지다가 갑자기 사라지는 건 금시초문이군. 이 친구는 도대체 어디로 간 거야?'

리브카는 머리를 설레설레 흔들며 옷을 벗기 시작했다. 그러나 곧 동작을 멈추고 전화기로 달려갔다. 그러고는 잔뜩 긴장한 목소리로 경찰서에 전화를 했다.

"여보세요, 바르토세크 반장님이신가요? 이상한 일이 생겨서 전화를 드렸습니다. 아주 이상한 일입니다 … 누굴 좀 보내주십시오 … 반장님이 직접 오시면 더 좋겠지만요 … 아, 알겠습니다. 그럼 길모퉁이에서 반장님을 기다리겠습니다 … 무슨 일인지는 잘 모르겠습니다 … 아니요, 위험한 일 같지는 않습니다. 중요한 건 오실 때 눈 위의 발자국을 밟아서는 안 된다는 겁니다 … 누구 발자국인지는 모릅니다! 알겠습니다. 기다리고 있겠습니다."

리브카는 다시 옷을 입고 밖으로 나갔다. 그는 조심스럽게 길 위에 찍혀 있는 발자국을 피해 걸었다. 보도 위의 발자국도 건드리지 않으려고 주의했다. 그는 추위와 흥분으로 몸을 떨며 길모퉁이에 서서 바르토세크를 기다렸다. 사위가 고요한 가운데 하얀 눈에 반사된 달빛이 사람들이 잠든 세상을 평화롭게 비추고 있었다.

"적어도 여기는 아늑하고 조용하군." 바르토세크 반장이 힘없이 중얼거렸다. "오늘 내내 패싸움에다 술주정뱅이 사건에 시달렸더니, 휴! 여기 뭐가 문제라는 거죠?"

"이 발자국들을 한번 보십시오, 반장님." 리브카가 떨리는 목소리로 말했다. "여기가 발자국이 시작되는 곳입니다."

반장이 손전등을 켰다.

"굉장히 호리호리한 사람이군요. 발 크기나 보폭에 비추어 볼 때 키는 180㎝를 약간 넘을 것 같습니다. 아주 좋은 구두를 신었군요. 수제화처럼 보입니다. 술은 취하지 않은 것 같고 아주 똑바로 걸었습니다. 그런데 이 발자국들에 무슨 문제가 있는지 모르겠군요."

"바로 저것 때문입니다."

리브카가 길 중앙에서 뚝 끊어진 발자국을 가리켰다.

"아."

나직하게 말을 뱉은 반장이 곧장 마지막 발자국이 찍혀 있는 곳으로 갔다. 그가 웅크리고 앉아 손전등을 아래로 비추었다.

"전혀 문제없습니다." 그가 대수롭지 않다는 듯이 말했다. "형체가 잘 보존되어 있군요. 지극히 정상적인 발자국입니다. 뒤꿈치에 체중이 더 실려 있습니다. 만약 한 발짝 더 디뎠거나 점프를 했다면 체중이 발 앞쪽으로 옮겨졌을 겁니다. 아시겠습니까? 틀림없습니다."

"그 말은 … ."

리브카가 기대에 부풀어 물었다.

"그 말은" 반장이 차분하게 대답했다. "그가 그 자리에서 더 나아가지 않았다는 겁니다."

"그럼 그는 어디로 갔을까요?"

리브카가 흥분해서 소리를 높였다.

반장이 어깨를 으쓱했다.

"그거야 나도 모르죠. 그에게 어떤 혐의가 있습니까?"

"혐의라구요?" 리브카가 놀라서 눈이 휘둥그레졌다. "나는 그저 그 사람이 어디로 갔는지 알고 싶을 뿐입니다. 보십시오. 그가 여기에다 마지막 발을 디딘 뒤에 어디로 다음 발걸음을 옮겼을까요? 여기에는 더 이상 발자국이 없으니 말입니다."

"그건 압니다." 반장이 무심하게 말했다. "하지만 그 사람이 어디로 갔는지가 왜 그렇게 중요합니까? 그가 가족 중 한 명인가요? 아니면 누군가 실종되기라도 했습니까? 그런 게 아니라면 그가 어디로 가버리건 무슨 상관입니까?"

"하지만 무슨 설명이라도 있어야 하는 것 아닙니까?" 리브카가 움찔하며 말했다. "그가 자신의 발자국을 되밟아 뒷걸음질했다고 생각하지 않으십니까?"

"말도 안 됩니다." 반장이 터무니없다는 듯이 일축했다. "뒷걸음질을 칠 때는 보폭이 좁아지고 다리도 넓게 벌리게 됩니다. 그래야 균형을 잡을 수 있기 때문입니다. 게다가 발을 높이 들 수 없기 때문에 발뒤꿈치로 자국을 남기게 됩니다. 이 발자국들은 단 한 번만 디딘 겁니다. 그래서 이렇게 선명한 겁니다."

"뒷걸음질하지 않았다면," 리브카가 고집스럽게 물었다. "그는 어느 쪽으로 갔을까요?"

"그가 가고 싶은 방향으로 갔겠죠." 반장이 투덜거렸다. "보세요, 리브카 씨. 그가 어떤 범죄라도 저지른 게 아니라면 우리는 그의 일에 끼어들 권리가 없습니다. 무슨 혐의가 있어야 된다는 말입니다. 그러면 물론 우리는 당장 조사에 착수하겠지만 … ."

"하지만 어떻게 길 한복판에서 사람이 사라질 수 있습니까?"

리브카가 생각만 해도 오싹하다는 듯이 몸을 부르르 떨며 외쳤다.

"기다려보시지요." 반장이 리브카를 달랬다. "만약 누군가 실종됐다면 하루나 이틀 뒤에 가족이나 친지가 경찰에 신고하겠죠. 그러면 수색이 시작될 겁니다. 하지만 누구도 그를 찾지 않는다면 우리가 할 수 있는 건 없습니다. 어쩔 수 없는 일이죠."

리브카는 분노가 치밀어 올랐다.

"주제넘은 말인지는 모르지만," 리브카가 날 선 목소리로 말했다. "적어도 경찰이라면 평범한 시민이 아무 이유도 없이 길 한복판에서 증발해버린 것에 대해 최소한의 관심은 보여야 한다고 생각합니다."

"보십시오. 그 사람에게는 아무 일도 없었습니다." 반장이 리브카를 진정시켰다. "싸운 흔적이 전혀 없지 않습니까? 만약 누군가 그를 공격했거나 납치했다면 주변에 많은 발자국이 어지럽게 찍혀 있었을 겁니다. 미안하지만 경찰이 개입할 사안은 아닌 것 같습니다."

"하지만, 반장님." 리브카가 힘없이 말했다. "최소한 설명이라도 해주셔야 하는 게 아닙니까 … 이건 정말 미스터리한 일입니다 … ."

"그렇긴 합니다." 반장이 신중하게 동의를 표했다. "하지만 이 세상에 미스터리한 일이 얼마나 많은지 한번 생각해보십시오. 사실 모든 집, 모든 가정이 다 미스터리입니다. 여기 오는 도중에도 저기 있는 작은 집에서 어떤 여자가 흐느껴 우는 소리를 들었습니다. 미스터리는 우리의 소관이 아닙니다. 경찰은 법과 질서를 수호하라고 월급을 받고 있는 겁니다. 우리가 호기심이나 충족하려고 범인을 쫓는 줄 아십니까? 우리는 그들을 잡아 가두려고 쫓는 겁니다. 그러려면 그들이 법과 질서를 위반해야만 합니다."

"바로 그겁니다." 리브카가 소리쳤다. "길 한가운데서 사람이 예를 들어 … 공중으로 곧장 올라가버렸다면 그건 법과 질서에 어긋나는 것이 아닌가요?"

"그건 생각하기 나름입니다." 반장이 말했다. "어떤 사람이 떨어질 위험이 있는 높은 곳에 올라간 경우 그를 저지해야 한다는 경찰 규정이 있긴 합니다. 처음일 때는 경고만 하고, 다음에는 벌금을 부과합니다. 따라서 만약 그 사람이 스스로 공중으로 올라갔다면 당연히 경찰이 그에게 안전벨트로 몸을 묶으라고 경고해야만 합니다. 하지만 아마 여기에는 경찰이 없었나 봅니다." 반장이 미안한 듯 말했다. "그가 자의로 공중으로 올라간 게 아니라면 아마도 발자국이 남았을 텐데 … 하지만 다른 방법으로 그 자리를 벗어나는 것도 가능하지 않을까요?"

"어떻게 말씀입니까?"

리브카가 물었다.

바르토세크 반장이 고개를 저었다.

"정확히는 모르겠습니다. 아마 승천이나 야곱의 사다리<sub>성서에서 야곱의 꿈에 나타난, 하늘까지 닿는 사다리</sub> 같은 게 아닐까요?" 반장이 자신 없는 목소리로 말했다. "누군가를 공중으로 들어 올린다는 것은 납치로 간주될 수 있습니다. 폭력을 행사한 흔적이 있을 때는 특히 그렇습니다. 하지만 실제로는 주로 관련자들의 동의 아래 이루어진다고 봐야죠. 아마 그 남자는 나는 법을 알고 있었을지도 모릅니다. 하늘을 나는 꿈을 꾼 적이 없나요? 그저 발로 약간만 힘을 줘서 땅을 차면 됩니다. 그러면 하늘로 떠오르죠 ⋯ 꿈속에서 사람들이 마치 풍선처럼 유유히 날아다녔습니다. 하지만 나는 몇 번이고 다시 땅을 박차고 날아올라야 했습니다. 아마도 이 무거운 제복과 무기 때문이 아닐까 생각했습니다. 아마 그 남자도 깜빡 잠이 들어 꿈속에서 날아다니기 시작한 것일 수도 있습니다. 하지만 그런 걸 처벌하는 법은 없습니다. 물론 붐비는 거리라면 경찰관은 그에게 경고를 해야 합니다만. 아, 잠깐만요. 그게 공중 부양일 수도 있겠군요. 왜 그 강신론자들이 신봉하는 공중 부양 말입니다.강신론은 사람이 죽은 뒤에도 영혼이 계속 남아 자기 존재를 알린다는 주장을 한다. 하지만 강신론도 불법은 아닙니다. 언젠가 바우디스란 사람이 말하길, 한 영매무당이나 박수가 공중 부양을 하는 걸 자신의 눈으로 직접 봤다는 겁니다. 누가 알겠습니까. 대단한 무언가가 있을지도 모릅니다."

"하지만, 반장님." 리브카가 나무라듯이 말했다. "진짜로 그런 걸 믿는 건 아니시죠? 그건 자연의 법칙을 파괴하는 겁니다."

반장이 어쩔 수 없는 일이라는 듯 어깨를 으쓱했다.

"나도 그건 압니다. 하지만 사람들은 온갖 종류의 법과 규정을 위반하며 삽니다. 경찰 일을 하다 보면 그런 걸 늘 보게 됩니다 ⋯ 나는 설사 사람들이 자연의 법칙을 어긴다고 해도 놀라지 않을 겁니다. 인간이란 정말 어쩔 수 없는 존재들이거든요. 자, 그럼 편안히 주무십시오. 오늘 밤은 정말 춥군요."

"들어가셔서 차라도 한잔하십시오 … 아니면 슬리보비체실구로 만든 브랜디를 한잔하셔도 좋구요."

리브카가 권했다.

"좋습니다. 사실 경찰 제복을 입고는 술집에 들어갈 수조차 없죠. 그래서 경찰들은 술을 마실 기회가 별로 없습니다."

반장이 투덜거렸다.

"미스터리군."

안락의자에 편안히 몸을 누인 반장이 그의 구두 끝에서 녹아 없어지고 있는 눈을 사려 깊은 눈길로 바라보면서 말을 꺼냈다.

"사람들은 백이면 아흔아홉은 아무것도 알아차리지 못하고 그 발자국들을 지나쳤을 겁니다. 당신이 백 가지 미스터리 중 아흔아홉을 알아차리지 못하는 것과 같지요. 정말로 우리는 이 세상의 일에 무지하기 그지없습니다. 하지만 어떤 일들은 분명히 미스터리가 아닙니다. 예를 들어 법과 질서는 미스터리가 아닙니다. 정의는 미스터리가 아닙니다. 그리고 경찰도 미스터리가 아닙니다. 그러나 거리를 오가는 모든 사람은 미스터리입니다. 잡아들일 수 없기 때문입니다. 하지만 물건을 훔치는 순간 그들은 더 이상 미스터리가 아닙니다. 잡아들일 수 있기 때문입니다. 그게 다입니다. 최소한 우리는 그가 무엇을 하고 있는지 알 수 있고, 원하면 감방 창살 너머로 그를 온종일 관찰할 수도 있습니다. 그렇지 않습니까? 그런데 왜 신문들은 '시체 발견 미스터리' 같은 제목들을 뽑아

대는 걸까요? 시체에 무슨 미스터리가 있습니까? 우린 시체를 발견하면 이런저런 검사를 한 뒤 사진을 찍고 해부를 합니다. 그러면 피부 안팎의 모든 섬유조직은 물론, 그가 마지막으로 무얼 먹었는지, 그리고 어떻게 죽었는지 샅샅이 알 수 있습니다. 그것만이 아닙니다. 우리는 누군가가 돈 때문에 그를 죽였다는 것도 알아냅니다. 모든 것이 단순하고 명쾌합니다 … 홍차 좀 더 따라주시겠습니까? 모든 범죄는 단순하고 명쾌합니다. 적어도 동기 같은 것은 알 수 있죠. 하지만 애완 고양이가 어떤 생각을 하는지, 그건 미스터리입니다. 가정부의 꿈 혹은 아내가 창밖을 내다보면서 떠올리는 생각, 이것들도 미스터리합니다. 범죄를 제외하고는 모든 게 미스터리인 셈이죠. 범죄란 엄격하고 상세하게 정의가 내려진 현실의 한 단면입니다. 조금만 노력을 기울이면 진실을 밝혀낼 수 있습니다. 만약 내가 여기 내 주위를 둘러보기만 하면 당신에 관해 모든 걸 알아낼 수 있습니다. 하지만 지금 나는 구두 끝만 바라보며 앉아 있습니다. 공식적으로 우리는 당신에게 어떤 관심도 없기 때문입니다. 내 말은 아무도 당신에게 어떤 혐의를 제기하지 않았다는 겁니다."

그는 뜨거운 차를 한 모금 마시고는 다시 말을 이어갔다.

"사람들은 경찰, 특히 형사들이 미스터리에 관심이 많다는 이상한 생각을 가지고 있습니다. 하지만 우린 미스터리에는 털끝만큼도 관심이 없습니다. 우리의 관심을 끄는 것은 치안을 문란하게 하는 행위입니다. 우리가 범죄에 관심을 갖는 것은 그것이 미스터리이기 때문이 아니라 불법이기 때문입니다. 우리가 악당을 쫓는 건 지적 호기심이나 충족시키자는 게 아닙니다. 법의 이름으로 그들을 체포하기 위해서입니다. 청소부들은 먼지 속에 남겨진 사람들의 흔적을 찾기 위해서 빗자루를 들고 거리를 뛰어다니는 게 아닙니다. 삶이 남긴 더러움을 깨끗이 쓸어내기 위해서입니다. 법과 질서는 손톱만큼도 미스터리가 아닙니다. 질서를 수호하는 것은 근사한 일이 결코 아닙니다. 세상을 올바르고 깨끗하게 유지하기 위해서는 자신의 손으로 온갖 고약한 일을 처리해야 하니까요. 하지만 누군가는 해야 될 일입니다. 마치 누군가는 소를 잡아야만 하는 것처럼 말이죠. 그렇지만 호기심으로 소를 도축하는 건 야만적입니다. 직업으로 허가받았을 때만 그렇게 해야 합니다. 누구든 어떤 일을 의무적으로 해야 될 때는 최소한 자신이 그런 일을 할 권한이 있는지 알아야 합니다. 정의는 구구단처럼 의문의 여지가 없는 것입니다. 나는 모든 도둑질이 도덕적으로 그르다는 사실을 증명할 자신은 없습니다. 하지만 모든 도둑질이 불법이라는 건 증명할 수 있습니다. 매번 범인을 체포할 수 있기 때문입니다. 만약 당신이 길거리에 진주를 마구 뿌려댄다면 아마 경찰이 경범죄로 딱지를 끊을 겁니다. 하지만 당신이 기적을 행한다면 사정이 다릅니다. 공해나 불법 집회에 해당되지 않는 한 우리는 그걸 막을 도리가 없습니다. 우리가 개입하려면 반드시 어떤 종류의 질서 파괴 행위가 있어야만 합니다."

"하지만 반장님." 리브카가 불만으로 볼을 실룩대며 이의를 제기했다. "정말 그걸로 충분하다고 생각하십니까? 여기서 벌어진 일은 … 이상하기 짝이 없습니다 … 아주 미스터리한 일이기도 하구요 … 그런데 당신은 … ."

바르토세크 반장이 어깨를 으쓱하며 말을 받았다.

"네. 그런데 나는 그걸 싹 무시해버렸죠. 이제 그만 잊어버리고 푹 주무십시오. 원하신다면 더 이상 신경에 거슬리지 않게 그 발자국들을 없애드리겠습니다. 하지만 내가 해드릴 수 있는 건 거기까지입니다. 아, 지금 무슨 소리 못 들으셨나요? 우리 야간 근무조가 순찰을 도는 소리입니다. 현재 시각이 새벽 2시 7분이라는 의미이죠. 그만 가봐야겠습니다. 편안히 주무십시오."

리브카는 현관까지 반장을 배웅했다. 길 가운데는 중도에 끊겨진 불가사의한 발자국 행렬이 여전히 남아 있었다. 한 경찰관이 건너편 보도에서 다가왔다. 반장이 그에게 소리쳤다.

"미므라, 별일 없는가?"

미므라 경관이 반장에게 경례를 붙인 뒤 보고했다.

"특별한 건 없습니다. 고양이 한 마리가 17번지 문 앞에서 울고 있길래 초인종을 눌러 주인이 안으로 데려가도록 했습니다. 9번지는 문이 열려 있었습니다. 길모퉁이에서는 땅을 파는 공사가 진행 중인데 경고등이 설치되어 있지 않았습니다. 또 마르시크 식품점의 간판은 한쪽 끝이 느슨해져 있었습니다. 사람 머리 위로 떨어지지 않도록 아침 일찍 떼라고 했습니다."

"그게 전부인가?"

"네. 이게 다입니다. 그리고 아침 일찍 인도에 모래를 뿌려야 합니다. 사람들이 넘어져 다치지 않도록 말입니다. 아침 6시에 집집마다 초인종을 눌러서 … ."

"그럼, 이상 없군. 안녕히 주무세요. 리브카 씨."

반장이 미므라와 함께 자리를 떴다.

리브카는 의문투성이인 문제의 발자국 행렬을 마지막으로 바라보았다. 하지만 마지막 발자국이 있던 자리에는 어느새 넓고 투박한 미므라의 부츠 자국이 찍혀 있었다. 그리고 그 주위로도 선명한 그의 발자국들이 끝없이 이어져 있었다.

"차라리 잘됐군."

리브카는 한숨을 내쉬고 잠자리에 들었다.

# 메이즈리크 형사의 어느 사건

"드릴 말씀이 있습니다." 메이즈리크 형사가 경찰국의 노련한 민완형사인 다스티흐에게 말을 건넸다. "사실 조언을 좀 듣고 싶어 왔습니다. 도대체 어떻게 해야 할지 알 수 없는 사건이 하나 발생해서 말이죠."

"무슨 일인지 말해보게." 다스티흐가 말했다. "사건 담당자가 누구지?"

"접니다." 메이즈리크가 한숨을 내쉬며 말했다. "이 사건은 곰곰이 생각하면 할수록 오히려 이해하기 힘들어서요. 정말이지 누구라도 제 처지가 되면 미쳐버릴 겁니다."

"자네한테 누가 무슨 짓을 했는가?"

다스티흐가 달래듯이 물었다.

"그런 사람은 없습니다." 메이즈리크가 버럭 소리를 질렀다. "그게 이 사건에서 최악인 부분이죠. 이해할 수 없는 짓을 한 건 바로 접니다."

"별일이 아닐 수도 있네." 다스티흐가 위로를 건넸다. "일단 무슨 일인지 말해보게."

"금고털이범을 한 명 잡았습니다."

메이즈리크가 침울하게 대답했다.

"그게 전부인가?"

"그렇습니다."

"그럼, 엉뚱한 사람을 잡은 건가?"

"아뇨. 진범이 맞습니다. 이미 자백까지 받아놓았죠. 유대인 자선단체 협회의 금고를 턴 작자인데, 혹시 들어보셨는지요? 이름이 로자노브스키인가 로젠바움인가 하는 자인데, 르보브 출신입니다." 메이즈리크가 투덜대듯 말했다. "그가 사용한 금고털이 도구들도 모두 찾았습니다."

"그렇다면 알고 싶은 게 뭔가?"

"알고 싶은 건 어떻게 해서 제가 범인을 잡을 수 있었는가 하는 점입니다." 메이즈리크가 조심스럽게 운을 뗐다. "자초지종을 말씀드리겠습니다. 지금으로부터 한 달 전인 3월 3일에 저는 자정까지 근무를 했습니다. 기억하시는지 모르지만 그때는 사흘 내내 비가 내리고 있어서 잠시 비를 피하려고 카페에 들어갔죠. 그런 다음 원래는 곧장 비노르라디에 있는 집으로 가려고 했는데, 엉뚱하게도 정 반대쪽에 있는 들라즈데나 거리로 갔어요. 제가 왜 하필이면 그곳으로 갔는지 모르겠습니다."

"그냥 우연이겠지."

다스티흐가 조심스럽게 말했다.

"그런 날씨에 엉뚱한 곳으로 발길을 돌린 게 그저 우연이라고 할 수는 없습니다. 무엇이 제 발길을 그곳으로 이끈 걸까요? 어떤 예감 같은 걸까요? 그러니까, 텔레파시 같은 것 말입니다."

"아, 충분히 가능한 얘기네."

"어쩌면 제가 무의식적으로 '더스리메이든스'에서 사건이 발생할 것을 알았기 때문일지도 모르죠."

메이즈리크가 수심에 잠긴 얼굴로 말했다.

"들라즈데나 거리에 있는 그 싸구려 술집 말이군."

다스티흐가 생각난 듯이 말했다.

"네. 바로 거깁니다. 페스트와 할리츠 출신 금고털이범들과 소매치기들은 프라하에 한탕 하러 올 때는 거기에 둥지를 틉니다. 그래서 우린 항상 그곳을 주시하고 있었죠. 자, 어떻게 생각하십니까? 제가 그쪽으로 가서 한 바퀴 둘러본 건 그저 늘 하던 습관 때문이었을까요?"

"그럴 수도 있지. 사람들은 늘 일을 자동적으로 하곤 하니까. 특히 의무감을 느낄 때는 더욱 그렇지. 하나도 이상하지 않아."

"어쨌든 저는 들라즈데나 거리로 가서 '더스리메이든스'의 숙박부를 살펴보았습니다. 그러고는 밖으로 나와 거리를 따라 걷다가, 들라즈데나 거리가 끝나는 지점에서 다시 되돌아갔습니다. 혹시 제가 왜 되돌아갔는지 아세요?"

"습관 때문이 아닐까? 형사의 몸에 밴, 오랜 순찰의 습관."

다스티흐가 말했다.

"그럴지도 모르죠." 메이즈리크 형사가 고개를 끄덕였다. "그러나 그때 저는 근무시간도 아니었고 그냥 집에 가고 싶었습니다. 그런데 문득 어떤 예감이 들었던 게 아닐까요?"

"왕왕 그런 경우도 있긴 하지." 다스티흐가 선선히 동의했다. "하지만 그게 그렇게 신기한 일은 아냐. 사람은 누구나 특출한 재능이 한 가지씩 있기 마련이니까 … ."

"맙소사." 메이즈리크의 목소리가 높아졌다. "판에 박힌 습관 때문일수도 있고, 특출한 재능 때문일 수도 있다니! 도대체 무엇이 진실일까요? 정말 알고 싶습니다! 어쨌든 더 들어보세요. 그날 제가 터벅터벅 걸어가고 있는데, 맞은편에서 어떤 사내가 제 쪽으로 걸어왔어요. 새벽 1시에 들라즈데나 거리를 배회하는 사람이 없으란 법이 있냐고 말씀하실 수도 있습니다. 맞는 말씀입니다. 그래서 저도 처음에는 그자를 눈여겨보지 않았죠. 하지만 저는 가로등 바로 아래에서 담배에 불을 붙였습니다. 아시다시피 그건 밤에 누군가를 살필 때 쓰는 방법이죠. 자, 어떻게 생각하세요? 우연이나 습관 … 그것도 아니면 무의식적인 경고였을까요?"

"글쎄, 잘 모르겠네."

다스티흐가 말했다.

"저도 당최 모르겠습니다. 제기랄!" 메이즈리크가 화난 목소리로 외쳤다. "어쨌든 가로등 밑에서 담뱃불을 붙이고 있는데, 그자가 제 쪽으로 점점 다가왔습니다. 저는 그자를 쳐다보지 않고 가만히 땅만 내려다보고 있었습니다. 그런데 그자가 저를 지나치는 순간 뭔가 꺼림칙한 느낌이 왔어요. 저는 스스로에게 물었습니다. '이런, 무언가 잘못된 게 틀림없어. 그런데, 그게 뭐지?' 사실 저는 그자에게 그다지 주의를 기울이지 않았고, 그냥 비 오는 가로등 아래 서서 곰곰이 생각만 하고 있었습니다. 그러다가 어느 순간 뭔가 뇌리를 스쳤습니다. 구두! 그자의 구두에 뭔가 이상한 것이 묻어 있었던 겁니다. 그게 무엇이었는지 말씀드리죠. 그건 바로 가루였습니다."

"어떤 가루였지?"

다스티흐가 물었다.

"먼지 가루였습니다. 그자의 구두 밑창과 윗부분 사이에 먼지 가루가 있었다는 것을 순간적으로 기억해낸 거죠."

"왜 구두에 먼지 가루가 묻어 있었을까?"

다스티흐가 궁금한 듯이 물었다.

"이유는 분명합니다. 금고가 산산조각나면서 절연 물질전기나 열의 전도를 끊는 물질이 사방으로 흩어진 거죠. 아시다시피 강판 사이에는 절연을 위해 가루를 넣죠. 그 위를 밟고 다니느라 구두에 가루가 묻은 겁니다."

"직관이군." 다스티흐가 단정적으로 말했다. "기발하긴 하지만 순전히 직관이야."

"뒷걸음질하다가 쥐 잡은 격이죠." 메이즈리크가 말했다. "만약 비가 내리지 않았다면 가루가 이상하다고 눈치채지 못했을 겁니다. 비가 오는 날에 구두에 가루가 묻어 있는 경우는 드무니까요. 이제 이해하시겠죠?"

"그렇다면 그건 경험적 추론이군." 다스티흐가 확신에 차서 말했다. "확실히 경험에서 우러나온 탁월한 추론일세. 그래서 어떻게 했나?"

"본능적으로 그자를 따라갔죠. 그는 예상대로 '더스리메이든스'에 들어갔습니다. 저는 전화로 사복형사 두 명을 지원 요청해서 그들과 함께 그곳을 덮쳤습니다. 거기에서 로젠바움과 함께 그가 사용한 화약과 금고털이 도구, 그리고 유대인 자선단체협회의 금고에 있던 2만 달러를 발견했습니다. 나머지는 대수롭지 않은 것들입니다. 아, 한 가지 더 말씀드릴 내용이 있군요. 신문들은 경찰이 아주 주도면밀하게 이번 작전을 준비했다고 떠들어대던데, 그건 말도 안 되는 얘기죠. 정말입니다. 제가 우연히 들라즈데나 거리로 가지 않았다면, 또 그자의 구두에 묻어 있는 가루가 제 눈에 띄지 않았다면 … 제 말은 … " 메이즈리크 형사는 의기소침해서 말했다. "모든 게 우연 때문이라는 겁니다. 그게 바로 문제입니다."

"그렇다고 해서 달라지는 건 없네." 다스티흐가 말했다. "이보게. 자넨 대단한 일을 해냈어. 축하받아 마땅하지."

"축하라고요!" 메이즈리크가 펄쩍 뛰었다. "제가 도대체 축하받을 이유가 있나요? 굉장히 명민한 형사라서? 자동적으로 하는 습관적인 일 때문에? 아주 운이 좋아서? 아님 직관 혹은 텔레파시 때문에? 아세요? 저는 아무런 준비도 없이 얼떨결에 이렇게 큰 사건을 맡게 된 겁니다. 태어나서 처음이죠. 누구나 차근차근 단계를 밟아 올라가야 하는 건데 … 그렇지 않습니까? 내일 당장 저한테 살인 사건이 배당될지도 모릅니다. 다스티흐 형사님, 그럼 저는 어떻게 해야 하죠? 당장 길거리로 달려 나가 눈을 번뜩이며 사람들의 구두를 살펴봐야 하나요? 아니면 어떤 예감이나 내면의 소리가 저를 살인자에게 인도할 때까지 차분히 기다리고 있어야 하나요? 이제 제 문제가 뭔지 아시겠죠? 지금 모든 경찰들이 이렇게 떠들어대고 있습니다. '메이즈리크는 형사로서 천부적인 재능을 타고났어. 언제든지 현장으로 달려갈 태세가 되어 있지' 하고 말이죠. 정말이지 끔찍합니다." 메이즈리크는 계속해서 투덜거렸다. "사람이라면 누구에게나 방법론이 필요하죠. 저도 이번 사건 이전에는 온갖 방법론들을 믿었습니다. 신중한 관찰이나 전문 지식, 체계적인 조사 혹은 이와 유사한 … 그러나 사실은 엉터리에 불과한 것들 말이죠. 저는 이번 사건을 겪고 나서 생각이 백팔십도 바뀌었습니다. 그러니까 … " 메이즈리크가 숨을 내쉬듯 불쑥 말했다. "모든 것이 단지 우연에 불과하다는 생각이 든 겁니다."

"뭐, 그렇게도 볼 수 있지." 다스티흐 형사가 조심스럽게 말을 꺼냈다. "하지만 주의 깊은 관찰과 논리적인 사고가 없었다면 이번 사건은 해결되기 어려웠다는 점도 분명하네."

"기계적으로 하는 습관적인 일도 기여했죠." 메이즈리크가 힘없이 맞장구쳤다. "그리고 직관도요. 예감과 본능도 빼놓을 순 없겠고요. 이제 … " 메이즈리크가 신음하듯 내뱉었다. "제 말을 이해하시겠습니까? 다스티흐 형사님, 이제 저는 어떻게 해야 하나요?"

"메이즈리크 형사님!"

웨이터가 메이즈리크를 찾았다.

"전화받으세요. 경찰본부입니다."

"이것 보세요."

메이즈리크가 기겁하는 시늉을 하면서 말했다. 다시 테이블로 돌아왔을 때 그의 얼굴은 창백하고 딱딱하게 굳어 있었다. "계산해주세요!" 메이즈리크는 신경질적으로 소리쳤다. "벌써 시작됐습니다. 어떤 외국인이 호텔에서 피살됐다고 저를 찾는군요. 제기랄, 만약에 … ."

그는 말끝을 흐리면서 극도로 긴장된 얼굴로 자리를 떴다.

# 푸른 국화

자, 지금부터 클라라 얘기를 들려줄게. 내가 루베니츠에 있는 리흐텐베르그 왕자의 집에서 정원사로 일할 때였어. 크게 중요한 얘기는 아니지만, 나의 주인인 왕자는 정말 대단한 수집가였어. 영국에서 나는 모든 나무를 수입했을 정도니까. 특히 네덜란드에서는 1만 7천 종의 화초를 들여왔지.

어느 일요일이었던 걸로 기억해. 나는 루베니츠 거리를 하릴없이 걷다가 클라라를 만났어. 아, 클라라는 마을에 사는 바보 소녀야. 귀도 멀고 벙어리에다 머리도 정상이 아니지만, 늘 신이 나서 마을 여기저기를 쏘다니는 천진난만한 백치 소녀지. 바보들은 축복을 받은 듯 늘 즐거워하니 참 알다가도 모를 일이지? 어쨌든 나는 그녀가 여느 때처럼 내게 마구 키스를 퍼붓지 못하도록 몸을 요리조리 피했어. 그런데 어느 순간 그녀의 손에 들려 있는 꽃다발이 눈에 들어왔어. 딜허브 식물의 일종 같은 들풀로 만든 꽃다발이었지. 그동안 클라라가 만든 꽃다발을 많이 봤지만 이번 건 정말 충격적이었어. 바보 클라라가 꼭 껴안고 있는 꽃다발 속에는 방울 술 같은 푸른 국화가 섞여 있었거든. 진짜 푸른 빛깔이었어. 마치 접시패랭이꽃처럼 푸르렀는데, 약간의 회색빛도 감돌았지. 꽃받침은 공단처럼 매끄럽고 발그레했으며, 꽃술은 초롱꽃처럼 탐스러웠어. 푸른색은 국화에서는 거의 찾아볼 수 없는 색으로 알려져왔고, 그건 오늘날도 마찬가지야. 2년 전 주인이 중국에서 들여와 정성껏 꽃피운 연보라색 국화도 결국 그해 겨울을 넘기지 못하고 죽고 말았지. 그리고 그렇게 보고 싶던 푸른 국화를 이 수다쟁이 바보 소녀의 품에서 이제 보게 된 거야.

클라라는 쾌활하게 뭔가를 중얼거리면서 내게 꽃다발을 안겼어. 나는 잔돈 지갑에서 동전 한 닢을 꺼내 그녀에게 건네고는 푸른 국화를 가리키며 물었지.

"클라라, 이 꽃 어디서 났지?"

그러나 그녀는 뭐가 그리 좋은지 한없이 깔깔거리기만 할 뿐 어떤 말도 하지 않았어. 고함도 지르고 손짓도 해봤지만 아무 소용없었지. 내가 무슨 짓을 하건 그녀는 팔로 나를 껴안으려고만 들었어. 그래서 나는 푸른 국화를 뽑아 들고 주인에게 곧장 달려갔어.

"주인어른, 이 근처 어딘가에 푸른 국화가 있는 게 틀림없습니다. 빨리 찾아보는 게 좋겠습니다."

주인은 클라라와 함께 찾아볼 수 있도록 즉시 마차를 대령시켰지. 그렇지만 잠깐 사이 그녀는 어디론가 사라져버려서 찾을 수가 없었어. 우린 혹시나 하고 마차 옆에 서서 그녀를 기다렸어. 아마 1시간은 족히 흘렀을 거야. 그녀가 숨을 헐떡거리며 불쑥 나타나더니 방금 숲에서 꺾어온 듯한, 싱싱한 푸른 국화 한 다발을 내게 안겼어. 주인은 그 자리에서 지폐 한 장을 획 하고 꺼내 그녀에게 주었지만, 클라라는 실망해서 엉엉 울었어. 가엽게도 그녀는 돈이라곤 동전밖에 몰랐던 거야. 하는 수 없이 그녀를 달래느라 동전을 다시 줘야만 했어. 그러자 클라라는 좋아서 덩실덩실 춤을 추고 소리를 질러댔어. 나는 그녀를 운전석에 태우고서는 국화를 가리키며 말했어.

"클라라, 이 꽃이 있는 곳으로 데려가주렴."

클라라가 운전석에 앉아 신이 나서 함성을 질러대는 바람에 옆에 앉은 마부는 혼비백산하고 말았어. 말들도 그녀가 소리를 질러댈 때마다 놀라서 속도를 올려댔지. 정말로 끔찍한 질주였어. 무려 1시간 반가량을 그렇게 달렸어.

"주인어른, 적어도 8마일은 달려온 것 같습니다."

내가 조심스럽게 말하자 주인이 단호하게 대답했어.

"괜찮아. 필요하다면 100마일을 가도 상관없어."

"저도 물론 그렇습니다만, 클라라는 1시간도 지나지 않아 두 번째 꽃다발을 가져왔습니다. 푸른 국화가 있는 곳이 루베니츠에서 반경 2마일 안이라는 뜻이죠."

"클라라." 주인이 푸른 국화를 가리키며 그녀에게 소리쳤어. "어디에 이 꽃이 있니? 어디서 이 꽃을 찾았어?"

그러자 클라라는 울음을 터트리면서 손가락으로 아직도 한참 먼 곳을 가리켰어. 아마 마차를 타는 게 너무 좋아서 내리고 싶지 않았던 것 같아. 주인은 노발대발했어. 나는 주인이 그녀를 죽일지도 모른다고 생각했어. 그는 그러고도 남을 사람이었거든. 말은 굵은 땀방울을 뚝뚝 흘리며 힘들어 했지만 그녀는 아랑곳하지 않고 계속 깔깔거렸어. 주인은 그런 그녀에게 계속 저주를 퍼부어댔지. 마부는 간신히 울음을 참는 기색이 역력했어. 정말이지 무슨 수를 내야만 했지. 한참 궁리한 끝에 푸른 국화를 찾을 수 있는 방안을 생각해냈어.

"주인어른, 클라라 없이 우리끼리 찾는 게 좋겠습니다. 지도에서 반경 2마일 이내의 지역을 몇 구획으로 나눈 뒤 차례차례 샅샅이 찾아보면 어떨까요?"

"맙소사, 루베니츠에서 2마일 이내에는 공원이 하나도 없다는 거 몰라?" 주인이 어이없다는 듯이 말했지.

"그건 문제가 안 됩니다. 우리가 찾는 게 멕시칸엉경퀴나 홍초 같은 게 아니라면 반드시 찾을 수 있습니다. 여기 줄기 아래에 묻어 있는 흙을 보십시오. 이건 부식토가 아니라 기름지고 누런 점토입니다. 인분 때문일 가능성이 매우 높습니다. 그리고 여기 잎에 비둘기 배설물이 묻은 거 보이시죠. 비둘기가 많은 곳을 찾아야 한다는 얘기죠. 또한 이 꽃은 껍질을 벗긴 전나무 말뚝으로 만든 울타리 옆에서 자란 것입니다. 왜냐하면 잎쪽지에 전나무 껍질이 묻어 있기 때문이죠. 이것들이 우리가 가진 단서입니다."

"도대체 무슨 소리를 하는 건가?"

"제 말씀은 2마일 이내에 있는 모든 헛간과 오두막을 뒤져야 한다는 겁니다. 구역을 네 군데로 나누고 주인님과 저, 정원사, 그리고 제 조수인 벤츨이 각각 한 군데씩 맡으면 됩니다."

다음 날 아침 클라라가 다시 한 다발의 푸른 국화를 내게 안겨주고 간 직후부터 나는 내가 담당한 구역을 샅샅이 훑기 시작했어. 선술집마다 들러 치즈 안주에 맥주를 마시면서 사람들에게 푸른 국화에 대해 물어 보았지. 치즈를 얼마나 먹었는지 나중에 한바탕 설사로 고생을 했지. 9월의 늦더위가 어떻다는 것을 시위라도 하듯 푹푹 찌는 날씨를 뚫고, 나는 농가들을 하나하나 방문했어. 사람들은 매우 무례했지. 나를 정신이 약간 이상한 사람이나 외판원, 혹은 공무원으로 생각했기 때문이야. 밤이 늦도록 다리품을 팔았지만 내 구역에는 푸른 국화가 없었어. 다른 세 구역도 마찬가지였지. 하지만 참 신기하기도 하지. 클라라는 또다시 방금 가지에서 꺾은 푸른 국화 다발을 내게 가져왔어.

주인은 아주 저명인사야. 그는 형사를 집으로 불러서 푸른 국화를 건넸어. 정확히는 모르겠지만 푸른 국화를 찾아주기만 하면 후사하겠다고 약속하는 눈치였어. 알겠지만 형사들은 배운 사람들이야. 신문 같은 것들도 많이 읽지. 그리고 교묘한 술책에도 능하고 영향력도 막강해. 그런 형사가 여섯에다가 일반 경찰과 시의회 사람들, 학생들과 교사들, 그리고 한 무리의 집시들까지, 수많은 사람들이 한날한시에 2마일 이내의 모든 땅을 수색했어. 그들은 피어 있는 거라면 뭐든지 꺾어서 주인에게 달려왔지. 맙소사, 누가 보았다면 성체축일聖體祝日인 줄 알았을 거야. 하지만, 푸른 국화는 한 송이도 없었어.

우리는 어쩔 수 없이 클라라를 하루 종일 감시했지. 하지만 그녀는 늘 저녁 무렵이면 아무도 모르게 사라졌어. 그러고는 자정이 지나서 팔 한 가득 푸른 국화를 안고 돌아왔어. 우린 막다른 골목까지 몰렸어. 그래서 그녀가 푸른 국화를 다 꺾지 못하도록 그녀를 감옥에 가두어버렸어. 생각해 봐. 참, 신기하지? 그저 손바닥보다 조금 큰 지역인데 … .

나는 사람이 곤궁에 빠지거나 좌절을 겪으면 심술을 부릴 수도 있다고 생각해. 살다 보면 그 정도쯤은 저절로 알게 되거든. 그러나 주인이 길길이 날뛰면서 나에게 클라라하고 똑같은 바보 멍청이라고 욕하는 것은 정말 참을 수가 없었어. 나는 즉시 주인에게 더 이상 늙은 바보 천치 소리는 듣지 않겠다고 쏘아붙이고는 기차역으로 향했어. 그러고는 루베니츠를 영영 떠났지. 그날 기차간에 오른 나는 기차가 출발하는 순간 복받쳐 오르는 감정에 어린애처럼 주저앉아 엉엉 울었어. 이제 푸른 국화를 뒤로하고 떠나면 다시는 그 꽃을 볼 수 없기 때문이었지. 그런데 그 순간이었어. 계속 흐느끼면서 차창 밖을 바라보고 있는데 철도 변에 무언가 푸른 물체가 보였어. 마치 나보다 힘센 무엇이 잡아 일으키는 양 나는 벌떡 일어나 긴급 브레이크를 힘껏 당겼어. 그건 내 의지와는 전혀 무관하게 일어났어. 어쨌든 기차는 끽 소리를 내며 급히 멈춰 섰어. 그 바람에 나는 반대편 자리로 처박혔지. 손가락도 부러지고 말이야. 놀란 차장이 달려왔을 때 나는 깜박해서 루베니츠에 뭔가를 놓고 왔다고 더듬더듬 말했어. 엄청난 벌금을 물고 기차에서 내린 나는 철로를 따라 다시 푸른 물체가 있는 곳으로 걸어가는 내내 스스로에게 욕을 퍼부어댔어. 이런 바보! 아까 그건 과꽃이나 쓸모없는 잡초 따위였던 게 분명해. 기껏 그딴 거에다 아까운 돈을 뿌리다니! 500m쯤 걸어갔을까. 나는 그 푸른 물체가 이렇게까지 먼 곳에 있지 않았다는 생각이 들었어. 틀림없이 그곳을 지나쳐 온 느낌이었지. 바로 그때였어. 내가 서 있는 작은 둑 저편으로 철도 경비원들의 자그마한 관사가 보였어. 거기에 있었어, 푸른 물체는! 관사의 정원을 에워싼 나무 울타리 사이로 두 무더기의 푸른 국화들이 피어 있었던 거야.

사실 철도 경비원들이 관사의 정원에 무엇을 키우는지는 세 살 먹은 어린애도 다 알고 있지. 배추와 오이는 물론이고 대개는 해바라기와 빨간 넝쿨 장미, 그리고 접시꽃과 금련화, 달리아 따위를 기르지. 그러나 그 관사에 그런 것들은 없었어. 약간의 감자와 강낭콩, 그리고 한 그루의 검은 엘더베리 나무가 심어져 있고, 한구석에 두 무더기의 푸른 국화가 있을 뿐이었어.

"저기 이 꽃을 어디에서 구하셨습니까?"

나는 울타리 이편에서 물어봤어.

"푸른 국화 말이오?" 경비원이 말했어. "체르마크가 키우던 거요. 그는 내 전임 경비원이었소. 아, 잠깐! 철로 위로 걸어 다니면 안 됩니다. 거기 표지판 안 보이시오? '철로 위 보행 금지'라고 쓰여 있지 않소. 여기서 뭐 하고 있는 거요?"

"그게 … 당신이 있는 그쪽으로 어떻게 갈 수 있습니까?"

"철로를 건너야 하오. 하지만 누구도 철로 위로 지나갈 수는 없소. 도대체 뭘 하고 싶은 거요? 이상한 사람 같으니라고. 여기서 나가시오. 철로에서 벗어나란 말이오."

"어떻게 여기서 나갑니까?"

"내가 알 게 뭐요!" 그가 소리를 버럭 질렀어. "하지만 철로 위로는 절대 안 되오. 내 말 명심하시오."

그래서 나는 철로에서 조금 떨어져 앉아 그에게 물었지.

"혹시 그 푸른 국화를 내게 파실 수 있습니까?"

"이건 파는 게 아니오." 경비원이 짜증스럽게 대꾸했어. "어서 여기서 나가기나 하시오. 누구 맘대로 거기에 앉는 거요?"

"왜 못 판다는 거죠? 그리고 여기 앉으면 안 되는 이유는 뭐죠? 보행 금지 표지는 있지만, 이건 걷는 게 아니잖습니까?"

내 말에 경비원은 울컥하는 기색이 역력했지만, 그는 울타리 너머로 욕을 퍼붓는 것으로 만족해야 했어. 그러더니 곧 욕을 멈추고 혼자 뭐라고 중얼거렸지. 그때 그는 마치 은둔자처럼 보였어. 30분쯤 지났을까, 그는 철로를 살피러 밖으로 나왔어.

"당장 여기서 나갈 거요 말거요?"

그가 내 옆으로 와서 말했어.

"방법이 없지 않습니까? 철로 위로 걸으면 안 된다고 하면서 어떻게 여기서 나가라는 겁니까?"

경비원은 잠시 생각하더니 말했어.

"방법을 일러주지. 내가 이 둑 아래로 사라지면 그때 철로를 따라가시오. 이번 한 번만 눈감아주겠소."

나는 정말 고맙다고 말했어. 그가 가버리자 나는 철로를 따라가는 대신 울타리를 기어올라 정원으로 들어갔어. 그러곤 거기 놓인 삽으로 두 무더기의 푸른 국화를 모두 캐냈어. 그래, 도둑질이지. 난 정직한 사람이긴 하지만 평생 남의 물건을 훔친 적이 일곱 번 있어. 그리고 그건 항상 꽃들이었지.

1시간 뒤 나는 푸른 국화를 품에 안고 집으로 가는 기차에 타고 있었어. 기차는 곧 경비원 관사를 지나쳤지. 거기에, 그가 있었어. 끓어오르는 화를 참을 수 없는 듯 붉으락푸르락한 얼굴로 작은 깃발을 들고 서 있었지. 나는 모자를 흔들어 그에게 인사했어. 아마도 그는 알아보지 못했을 테지만 말이야.

자, 이제는 눈치챘을 거야. 바로 보행 금지 표지가 비밀의 열쇠였던 거지. 그것 때문에 아무도 철로를 건너 국화를 찾을 수 없었던 거야. 비단 우리들뿐만 아니라 경찰이나 집시, 그리고 어린애들조차도 말이야. 표지판의 위력이라니! 지금 이 순간에도 철도 경비원들의 작은 관사 정원에는 푸른 앵초나 금빛의 양치식물, 혹은 우리가 아는 어떤 나무들이 자라고 있을 거야. 그러나 철로 보행이 금지되는 한 아무도 그걸 발견할 수는 없지. 바로 그거야. 오직 바보 클라라만이 거기에 갈 수 있었던 거지. 그녀는 제정신이 아닌 데다가 글도 읽지 못하니까.

나는 집에 가져온 푸른 국화에 클라라라는 이름을 붙였어. 그리고 지금까지 15년 동안 어린아이를 돌보듯 길렀지. 푸른 국화에 어울리는 부드러운 흙을 깔고 제때 물을 주면서 애지중지 키웠어. 경비원이 딱딱하기 그지없는 점토에다 물도 주지 않고 방치하듯 키운 것과는 비교할 수가 없지. 클라라는 어김없이 봄에 싹을 틔워 여름이 시작되면 활짝 꽃을 피우다가, 8월부터 조용히 지기 시작하지. 생각해 봐. 나는 세상에서 푸른 국화를 가진 유일한 사람이야. 비록 그걸 증명할 길은 없지만 말이야. 아, 물론 브리타니와 아나스타샤도 약간 푸른색이 감돌긴 해. 하지만 한껏 피어난 클라라가 자태를 뽐낼 때면 세상은 온통 그녀만을 얘기할 거야.

# 점쟁이

조금만 지식이 있는 사람이라면 지금부터 내가 하려는 이야기가 체코나 프랑스 혹은 독일에서는 일어나기 힘들다는 걸 알 거다. 잘 알려진 것처럼 이들 국가에서는 판사가 자신의 판단이나 양심이 아니라, 철저히 법률 조문에 따라 범죄자를 재판하고 처벌하기 때문이다. 이 이야기에서는 판사가 법률이 아니라 상식에 기초해 판결을 내리고 있으므로 영국이 아닌 다른 곳에서는 일어날 수 없다. 여기 나오는 사건은 영국 런던, 좀 더 정확히 말하면 켄싱턴에서 발생했다. 아, 잠깐만, 브롬톤이나 베이스워터인 것 같기도 하다. 아무튼 그 근처 어디다. 판사의 이름은 켈리 씨다. 에디스 마이어스 부인도 등장하는데, 그냥 편하게 마이어스 부인이라고 부르겠다.

한 가지 더 일러둘 점은 이 기품 있는 부인이 맥리어리 경찰서장의 관심을 끌었다는 사실이다.

"여보." 어느 날 저녁, 맥리어리가 아내에게 말을 꺼냈다. "마이어스 부인 말인데, 도무지 알 수가 없어. 도대체 무얼 해서 먹고사는지 모르겠단 말이야. 한번 들어보라고. 그녀는 고작 아스파라거스 심부름이나 보내려고 하녀를 두고 있어. 더구나 매일 방문객만 12명에서 20명이나 되지 뭐야. 사람도 행상부터 공작부인까지 다양해. 아, 나도 알아. 그녀가 점쟁이일 수도 있겠지. 그렇다면 상관없겠지만, 그건 위장일 수도 있어. 매춘 알선이나 스파이 짓 따위를 감추려고 말이야. 당신이 가서 살펴봐주면 좋겠어. 정말 궁금해."

"좋아요, 여보. 내게 맡겨요."

맥리어리 부인이 자신 있게 말했다.

다음 날, 그녀는 손에서 결혼반지를 빼고 앳되게 옷을 차려입었다. 머리는 멋만 잔뜩 부릴 줄 아는 조금 덜 떨어진 처녀처럼 손질했다. 준비를 마친 맥리어리 부인은 그녀 특유의 어려 보이는 얼굴에 긴장된 표정을 지은 채 베이스워터인가 매릴러번인가에 있는 마이어스 부인의 집 초인종을 눌렀다. 얼마쯤 기다리자 마이어스 부인이 나타나 그녀를 맞았다.

"앉아, 아가씨."

수줍어 보이는 자신의 방문객을 세심하게 살핀 뒤 마이어스 부인이 말했다.

"용건이 뭐지?"

"저는 …" 맥리어리 부인이 더듬거리며 말했다. "저는 … 그게 … 내일이 스무 번째 생일인데 … 제 미래에 대해 정말 알고 싶어요."

"잠깐만, 아가씨 … 아, 이름이 뭐지?"

마이어스 부인이 물었다. 그러고는 카드 한 벌을 잡더니 재빨리 섞었다.

"존스."

맥리어리 부인이 간신히 들리게끔 대답했다.

"존스 양. 무언가 착오가 있는 것 같아. 난 점쟁이가 아니야. 아, 물론 다른 노인들처럼 가끔씩 친구들과 어울릴 겸해서 점을 치긴 하지. 좋아. 자, 이 카드를 왼손에 들어. 그리고 그걸 다섯 뭉치로 나눠봐. 그렇지. 난 때때로 재미 삼아 점을 치지만 그것 말고도 … 오!"

그녀가 첫 번째 카드 뭉치를 뒤집으면서 감탄을 터뜨렸다.

"다이아몬드. 이건 돈을 의미하지. 그리고 하트 잭. 이건 정말 멋진 패지."

"아, 그렇군요. 계속하세요."

맥리어리 부인이 말했다.

"다이아몬드 잭." 마이어스 부인이 두 번째 카드 뭉치를 차례대로 읽어나갔다. "스페이드 10. 이건 여행이야. 오, 이건 클럽이야." 그녀가 소리쳤다. "클럽은 도전을 의미하지. 그리고 … 맨 아래는 하트 퀸이네."

"그건 뭘 나타내는 거죠?"

맥리어리 부인이 눈을 있는 대로 크게 뜨고 물었다.

"또 다이아몬드야."

마이어스 부인이 세 번째 카드 뭉치를 뒤집어 보고는 곰곰이 생각에 잠겼다.

"아가씨, 엄청난 돈이 당신을 기다리고 있어. 그리고 누군가 먼 여행을 떠나는데, 그게 당신인지 아니면 당신과 가까운 누구인지는 정확히 모르겠어."

"제가 사우스햄프턴에 있는 숙모 집에 갈 일이 있긴 해요."

맥리어리 부인이 단서를 주었다.

"그래, 그 정도면 꽤 먼 여행이라고 할 수 있지." 마이어스 부인이 네 번째 뭉치를 뒤집으면서 말했다. "누군가 당신을 방해하는데. 음, 나이 든 남자야."

"아마, 아빠일 거에요."

맥리어리 부인이 불쑥 말했다.

"그렇다면 이해가 되네. 오, 이것 좀 봐!"

다섯 번째 카드 뭉치를 읽고 난 마이어스 부인이 무슨 의식을 치르는 듯이 엄숙하게 말했다.

"아가씨는 올해 내로 결혼을 할 거야. 엄청나게 부유한 젊은이하고. 그는 백만장자거나 부유한 사업가일 거야. 여행을 아주 많이 하는 사람이라고 점괘에 나오거든. 근데 문제가 있어. 이 결혼을 하려면 커다란 장애물을 극복해야만 해. 어떤 나이 든 남자가 방해를 할 텐데, 어떻게든 견뎌내야 해. 결혼한 뒤에는 이곳에서 멀리 떨어진 곳에서 살 거야. 외국 같은 데 말이야. 자, 복채는 1기니야. 불쌍한 흑인들을 돕는 선교 활동에 쓸 거야." 영국의 옛 통화 단위인 1기니는 21실링, 1파운드는 20실링, 1실링은 12펜스.

"정말 감사해요." 1파운드짜리 지폐와 1실링을 지갑에서 꺼내면서 맥리어리 부인이 말했다. "거듭 감사드려요. 그런데 말씀하신 장애물을 없애려면 얼마나 들까요?"

"운세는 살 수 있는 게 아니야." 마이어스 부인이 위엄 있게 말했다. "아버님 직업이 뭐야?"

"경찰이에요. 형사과에 근무하시죠."

맥리어리 부인이 순진무구한 얼굴로 거짓말을 했다.

"아," 마이어스 부인이 카드 뭉치에서 세 장의 카드를 뽑아서 살펴본 뒤 말했다. "아주 안 좋아. 정말 불길해. 가서 아버님께 말씀드려. 큰 위험이 앞에 도사리고 있다고. 꼭 오시라고 해. 그래야 자세한 내용을 아실 수 있으니까. 사실 경시청에 근무하는 많은 사람들이 카드 점을 보러 여길 찾아오지. 마음속 얘기도 죄다 털어놓고. 그러니 꼭 오시라고 해. 형사과에 계신다고 했지? 존스 씨겠네? 내가 기다린다고 말씀드려. 잘 가, 존스 양. 다음 사람!"


"일이 돌아가는 게 심상치 않군."

맥리어리가 생각에 잠긴 채 뒷목을 어루만지며 말했다.

"정말 심상치 않아, 여보. 그 여자는 돌아가신 장인어른한테까지 지나친 관심을 보이고 있어. 그것만이 아니야. 게다가 그 여자 이름도 가짜야. 마이어스가 아니라 마이어호퍼지. 루벡 출신이야. 고약한 독일인이라는 얘기지."

맥리어리가 으르렁거리듯 말했다.

"어떻게든 그 여자를 붙잡아 손봐줘야 해. 그 여자는 지금 이런저런 사람들에게서 살살 비밀을 캐내고 있는 거라고. 본부에 보고해야겠어."

맥리어리는 실제로 경찰본부에 이 일을 알렸다. 그의 보고를 받은 본부에서는 예상을 뛰어넘을 정도로 깊은 관심을 기울이기 시작했고, 급기야는 켈리 판사가 이제는 유명 인사가 된 마이어스 부인을 소환하기에 이르렀다.

"자, 마이어스 부인." 판사가 말했다. "도대체 당신은 왜 카드 점을 칩니까?"

"맙소사, 판사님." 그녀가 대답했다. "그거야 물론 입에 풀칠하기 위해서죠. 이 나이에 댄서 노릇해서 먹고살 순 없지 않겠어요?"

"흠." 판사가 계속 말했다. "그렇지만 당신은 엉터리로 카드 점을 친다는 혐의를 받고 있습니다. 마이어스 부인, 그건 마치 포장한 진흙을 초콜릿으로 속여 파는 것과 같습니다. 사람들이 1기니를 낼 때는 정확한 운세를 알고 싶은 겁니다. 도대체 점치는 방법도 모르면서 어떻게 미래를 예측할 수 있습니까?"

"모든 사람들이 불평하진 않아요." 부인이 변명하듯 말했다. "아시겠지만 나는 사람들이 듣고 싶어 하는 걸 말하죠. 그로 인한 기쁨의 대가로 1~2실링 정도는 충분히 받을 수 있다고 생각해요. 그리고 때로는 기막히게 맞히기도 하거든요. 언젠가는 한 부인에게서 이런 말까지 들었어요. '마이어스 부인, 당신만큼 카드 점을 잘 치고 조언도 잘해주는 사람은 없을 거예요.' 그녀는 세인트 존스우드 거리에 사는데, 지금 이혼 수속 중에 있죠."

"잠깐만," 판사가 그녀의 말을 잘랐다. "검사 측 증인의 말을 들어봅시다. 맥리어리 부인, 무슨 일이 있었는지 말씀해주십시오."

"마이어스 부인은 제가 올해 중으로 매우 부유한 청년과 결혼해 외국에서 살게 된다는 점괘가 나왔다고 말했어요."

맥리어리 부인이 기다렸다는 듯이 단숨에 이야기했다.

"왜 외국으로 나간다는 겁니까?"

판사가 물었다.

"두 번째 카드 뭉치에 스페이드 10이 있었기 때문이죠. 그건 여행을 의미하거든요."

마이어스 부인이 대답했다.

"헛소리!" 판사는 마이어스 부인이 엉터리임을 눈치챘다. "스페이드 10은 기대를 의미하는 겁니다. 여행은 클럽 잭이고, 다이아몬드 7이 같이 나오면 여행의 결과가 아주 좋다는 걸 의미하죠. 날 속일 생각 마십시오, 마이어스 부인, 당신은 증인에게 올해 안에 부자 청년과 결혼할 거라고 예언했지만 증인은 기혼자입니다. 뛰어난 경찰서장인 맥리어리 씨와 결혼한 지 벌써 3년이나 됐습니다. 마이어스 부인, 이런 말도 안 되는 상황을 어떻게 설명하시겠습니까?"

"이것 참." 마이어스 부인이 차분히 말을 꺼냈다. "이런 일은 가끔씩 일어나죠. 이 젊은 아가씨가 온갖 주름 장식으로 치장하고 나를 찾아왔어요. 그러나 그녀의 왼쪽 장갑은 찢어져 있더군요. 형편은 넉넉하지 않지만 한껏 맵시는 부리고 싶었던 거죠. 그녀는 자신이 스무 살이라고 말했어요. 뭐, 이제는 스물다섯 살이라는 걸 알게 됐지만 … ."

"스물네 살이에요."

맥리어리 부인이 불쑥 말했다.

"상관없어요. 어쨌든 중요한 건 그녀가 결혼을 원했다는 거죠. 감쪽같이 처녀 행세를 했거든요. 그래서 부유한 청년하고 결혼할 거라고 말했죠. 그게 가장 상황에 어울리는 점이었어요."

"그럼, 장애물이나 나이 든 남자, 그리고 해외여행을 운운한 이유는 뭐죠?"

맥리어리 부인이 다시 끼어들었다.

"한 푼이라도 더 벌려는 거죠." 마이어스 부인이 솔직하게 말했다. "1 기니를 받아내려면 이것저것 말해줘야 하거든요."

"이것으로 충분합니다." 판사가 말했다. "당신이 치는 점은 아무짝에도 쓸모없는 엉터리입니다. 제대로 아시기 바랍니다. 물론 카드에 대해 다양한 설이 있는 게 사실입니다. 하지만 분명한 건 스페이드 10은 절대 여행을 의미하지 않는다는 겁니다. 이 점을 명심하세요. 당신에게 50파운드 벌금형을 내리겠습니다. 음식 갖고 장난치거나 쓸모없는 물건을 파는 사람들과 동일한 액수죠. 당신은 스파이일지 모른다는 혐의도 받고 있습니다. 하지만 자백할 것 같진 않군요."

"맹세코 아닙니다."

마이어스 부인이 외쳤다. 하지만 켈리 판사는 그녀가 더 얘기하는 것을 허용하지 않았다.

"아, 진정하십시오. 스파이 혐의는 적용하지 않을 겁니다. 하지만 당신은 고용 허가를 받지 않은 외국인입니다. 따라서 당국에서는 정당한 권리를 행사해 당신을 국외로 추방할 겁니다. 안전한 여행 되십시오, 마이어스 부인. 그리고 맥리어리 부인께는 여러모로 감사드립니다. 마지막으로 마이어스 부인, 사기 점은 매우 뻔뻔하고 부도덕한 일이라는 걸 꼭 기억하십시오."

"앞으로 뭘 먹고살지?" 늙은 부인이 한숨을 내쉬었다. "이제 자리 잡고 살 만한데, 이게 웬 날벼락이람!"

\* \* \*


　그로부터 일 년쯤 지났을 무렵 켈리 판사가 맥리어리 경찰서장을 우연히 만났다.

　"좋은 날씨군." 판사가 기분 좋게 말했다. "부인은 잘 계신가?"

　맥리어리가 난처한 얼굴로 말했다.

　"그게 … 판사님." 그는 당혹스러운 표정으로 말을 이어나갔다. "아내와 … 실은 이혼했습니다."

　"뭐라고, 계속해보게." 판사는 놀라서 말했다. "그렇게 훌륭한 부인과?"

　"그러게 말입니다." 맥리어리 서장이 넋두리하듯 말했다. "어떤 젊은 놈팡이가 그녀에게 푹 빠져버렸죠 … 멜버른 출신의 백만장자였습니다 … 전 어떻게든 아내를 설득하려 했습니다. 하지만 … 그들은 지난주에 배를 타고 호주로 떠났습니다."

# 신통력의 소유자

"검사님도 아시다시피 전 쉽게 속는 사람이 아닙니다."

야노비츠가 약간 거들먹거리며 말했다.

"전 멍청한 유대인 따위가 아니거든요. 아시죠? 하지만 이 친구가 하는 일은 정말 믿지 않을 수 없습니다. 그건 단순한 필적학이 아닙니다. 그건 사실 저도 뭐라 불러야 할지 모르겠습니다. 어쨌든 제가 왜 이러는지 잘 들어보십시오. 예를 들어, 검사님이 어떤 사람의 친필이 들어 있는 봉투를 그에게 건넸다고 해보죠. 그는 글씨는 안 봅니다. 그저 봉투에 손을 집어넣고 글씨를 느끼기만 할 뿐이죠. 그럴 때면 마치 커다란 고통에 빠진 듯 얼굴이 일그러집니다. 이윽고 그는 필적 주인의 성격을 이야기하기 시작하죠. 검사님도 한번 봐야 하는데 … 정말 입이 다물어지지 않습니다. 족집게처럼 완벽하게 맞히거든요. 그것도 속속들이 말입니다. 일전에 와인버그 노인의 편지가 들어 있는 봉투를 그에게 보여준 적이 있습니다. 그는 즉시 와인버그 씨에 대해 줄줄 읊었습니다. 와인버그 씨가 당뇨병을 앓고 있고 최근에 파산 신청을 했다는 것까지 맞혔습니다. 어떻게 생각하십니까?"

"별거 아니군요." 검사가 대수롭지 않게 말했다. "와인버그 씨에 대해 알고 있었던 게지요."

"하지만 그는 와인버그 씨의 필적을 한 번도 본 적이 없습니다."

야노비츠가 이의를 제기했다.

"그의 말에 따르면 사람의 필적에는 자신만의 독특한 기운이 있어서 자기는 그걸 느낄 수 있다고 합니다. 그것도 정확히 말입니다. 그건 무선전파처럼 순수한 물리적 현상이라고 덧붙이더군요. 검사님, 제가 보기엔 사기가 아닙니다. 그는 이걸로 한 푼도 벌지 않거든요. 게다가 그는 자신이 바쿠러시아 아제르바잔의 수도에 있는 명문가 출신의 왕자라고 했습니다. 꼭 한번 직접 보시기 바랍니다. 마침 그가 오늘 밤 우리 마을에 온다고 합니다. 놓치면 후회하실 겁니다."

"야노비츠 씨." 검사가 말했다. "근사한 얘기이긴 하지만, 외국인이 하는 말은 절반 정도만 믿어야 합니다. 뭐 하는 사람인지 모를 때는 더욱 그래야만 합니다. 특히 러시아인들은 더 믿을 수 없습니다. 이슬람인들보다는 낫지만요. 하지만 뭐니 뭐니 해도 가장 믿을 수 없는 사람은 왕자입니다. 나는 왕자들이 하는 말은 한마디도 믿지 않습니다. 그가 어디에서 그걸 배웠다고 하던가요? 아, 페르시아? 그렇다면 신경 끄십시오, 야노비츠 씨. 동양에서 하는 것들은 모두 사기입니다."

"하지만, 검사님," 야노비츠 씨가 항변했다. "이 젊은이는 매우 과학적으로 설명했습니다. 속임수나 마술, 혹은 신비한 힘 따위는 없었습니다. 과학적인 방법임이 분명합니다."

"그렇다면 그는 정말 뛰어난 사기꾼이군요." 검사가 충고하듯 말했다. "야노비츠 씨, 정말 놀라운 일이군요. 당신처럼 평생을 과학과 담쌓고 사신 분이 그런 얘기를 하시다니 말입니다. 그리고 생각해보십시오. 그게 그렇게 그럴듯한 것이라면 진작 알려졌을 겁니다. 그렇지 않습니까?"

"글쎄요," 야노비츠 씨가 당황해서 잠시 말을 잇지 못했다. "하지만 그가 와인버그 노인에 대해 머리부터 발끝까지 맞히는 걸 제 눈으로 똑똑히 봤습니다. 당신이야말로 그의 진가를 확인할 수 있는 분입니다. 가서 직접 눈으로 보세요. 만약 그게 속임수라면 당신의 눈을 피할 수 없을 겁니다. 그게 당신 전공이니까요. 누구도 검사님을 속일 수는 없습니다."

"반드시 그렇지는 않습니다만," 검사가 겸손하게 말을 꺼냈다. "좋습니다. 가보도록 하죠, 야노비츠 씨. 하지만 그자가 손가락으로 어떤 장난을 치는지 알아내려고 가는 것일 뿐입니다. 남에게 잘 속아 넘어가는 건 부끄러운 일이죠. 제가 간다고 꼭 말씀해주세요. 아, 그리고 봉투에 누군가의 친필을 준비해서 가겠습니다. 아주 특별한 걸로 말이죠. 기대해도 좋습니다. 그가 사기꾼이라는 걸 꼭 밝혀낼 테니까요."


검사(정확히 말하면 지방검찰청의 클라프카 검사장)는 모살 혐의로 기소된 휴고 밀러 사건의 재판을 앞두고 있었다. 백만장자 기업가인 휴고 밀러는 막대한 보험금을 타기 위해 자신의 동생인 오타를 휴양지 근처 호수에 익사시킨 혐의로 기소되었다. 그는 바로 전해에는 사귀던 애인을 살해했다는 의심을 받았지만 혐의 불충분으로 풀려나기도 했다. 이런저런 이유로 세간의 관심이 재판에 집중되고 있었다. 검사는 반드시 이 재판을 출세의 발판으로 삼고 싶었다. 그는 자신을 유능한 검사로 만들어준 특유의 집념과 재능을 총동원해 재판 서류들과 씨름했다. 하지만 장애물이 곳곳에 널려 있었다. 검사는 아무리 사소한 증거라도 그것을 잡을 수만 있다면 자신의 살점이라도 기꺼이 내놓고 싶은 심정이었다. 하지만 지금 상태로는 자신의 특기인 매끄러운 언변으로 배심원들을 설득하는 데 더 주력할 수밖에 없을 듯했다. 검사로서의 체면이 달려 있었다.

약속한 날 저녁, 야노비츠는 웬일인지 약간 허둥댔다.

"클라프카 검사님." 그가 소리 죽여 말했다. "인사하시죠. 카레다흐 왕자님입니다. 자, 그럼, 시작할까요?"

검사는 왕자를 유심히 살폈다. 이 젊고 호리호리한 외국인은 티베트 수도승 같은 얼굴에 안경을 썼고, 섬세하고 기다란 손을 갖고 있었다.

'사내답지 않게 나약한 작자군.'

검사는 속으로 생각했다.

"카레다흐 씨, 탁자 쪽으로 오시죠." 야노비츠가 말을 꺼냈다. "물도 준비되어 있습니다. 아, 탁자에 있는 스탠드 좀 켜주시겠습니까? 편안하게 얘기할 수 있도록 머리 위에 있는 등은 끄려고 합니다. 자, 여러분, 주목해주십시오. 여기, 클라프카 씨가 누군가의 친필을 미리 준비해 오셨습니다. 카레다흐 씨가 용하다는 얘기를 들으시고 …."

검사는 가볍게 헛기침을 내뱉은 뒤, 신통력이 있다고 소문난 이 사람을 가장 잘 살필 수 있는 자리로 가 앉았다.

"여기 글씨 샘플이오."

그가 말을 하면서 웃옷 주머니에서 밀봉되지 않은 봉투를 하나 꺼냈다.

"자, 여기 있소."

"감사합니다."

왕자가 무표정한 얼굴로 봉투를 받아 들고는 눈을 감은 채 손가락으로 봉투를 이리저리 뒤집었다. 잠시 뒤 그는 갑자기 몸을 부르르 떨더니 머리를 꼬았다.

"음, 흥미롭군요."

그는 작은 소리로 중얼거리면서 물을 한 모금 마셨다. 그러고는 가느다란 손가락을 봉투 속으로 집어넣더니 갑자기 얼어붙었다. 창백한 그의 얼굴이 백지장처럼 하얘졌다.

방 안은 쥐 죽은 듯 고요했다. 갑상샘종을 앓고 있는 야노비츠가 조그맣게 내는 거친 숨소리가 선명하게 들릴 정도였다.

손가락으로 벌겋게 단 쇠를 잡고 있기라도 하듯 카레다흐 왕자의 얇은 입술이 파르르 떨리더니 점점 일그러졌고, 이마에는 땀이 샘솟듯 흘렀다.

"더 이상은 못하겠습니다."

그가 힘에 겨운 목소리로 말하더니 손가락을 봉투에서 빼서 손수건에 비볐다. 그러고는 마치 칼이라도 가는 듯 테이블보에다가 손가락을 앞뒤로 빠르게 문질렀다. 물컵을 들어 물을 한 모금 마신 다음, 그는 다시 조심스럽게 손가락으로 봉투를 잡았다.

"이걸 쓴 사람은," 그가 건조한 목소리로 말을 꺼냈다. "이 글씨의 주인은 … 이 글씨에서 강력한 힘이 느껴집니다. 그렇지만 … (그는 적당한 말을 찾느라 애쓰는 게 역력해 보였다) 아직은 잠자고 있는 힘입니다. 잠자고 있지만 끔찍한 힘입니다."

그가 소리치더니 봉투를 테이블 위에 던졌다.

"절대로 적으로 삼고 싶지 않은 사람입니다."

"왜 그렇소?" 검사가 참지 못하고 물었다. "그가 범죄자이기 때문이오?"

"질문은 안 하는 게 좋습니다." 그가 말했다. "제가 질문을 통해 단서를 얻을 수 있으니까요. 제가 아는 건 그가 어떤 범죄를, 그것도 엄청나게 끔찍한 짓을 저질렀다는 것뿐입니다. 그리고 놀라운 결단력이 느껴집니다. 반드시 성공과 … 돈을 … 움켜쥐고야 말겠다는 … 이 남자는 다른 사람의 삶은 아랑곳하지 않습니다. 아, 아닙니다. 이런 사람을 범죄자라고 할 수는 없겠군요. 우린 호랑이를 범죄자로 부르진 않죠. 호랑이는 위대한 제왕입니다. 이 사람은 조잡한 사기나 협잡 따위에는 관심이 없고 오로지 다른 사람들의 삶을 지배하는 데 몰두합니다. 어슬렁거리고 다니면서 먹잇감이 되는 사람을 찾아 해치우죠."

"선악의 기준으로 재단할 수 없는 사람이 있긴 하지."

검사가 동의한다는 듯이 나직이 속삭였다.

"그런 건 없습니다." 카레다흐 왕자가 말했다. "누구도 선악의 굴레를 벗어날 수는 없습니다. 이 남자도 자신만의 엄격한 도덕률이 있습니다. 누구에게도 신세지지 않고, 남의 것을 훔치지도 않으며, 거짓말도 하지 않습니다. 그에게 있어서 누군가를 해치운다는 것은 장기에서 장군을 부르는 것과 같습니다. 그저 게임인 거죠. 하지만 그는 매우 공정하게 게임을 합니다."

그가 집중하느라 눈썹을 한껏 찌푸렸다.

"선명하지는 않지만, 커다란 호수와 그 위에 떠 있는 배 한 척이 보입니다."

"그 밖에 다른 건 없소?"

검사가 숨도 쉬지 않고 다급하게 말했다.

"다른 건 보이지 않습니다. 음, 이해하기 매우 어렵군요. 먹잇감을 해치우고야 말겠다는 무자비하고 가차 없는 결단에 비해 그의 행위는 아주 냉정하고 이성적입니다. 철저하게 처음부터 끝까지 계산해서 계획을 세우고 실행합니다. 마치 어려운 기술적인 문제를 풀거나 두뇌 훈련을 하는 것처럼 말입니다. 이 사람에게 후회란 없습니다. 항상 자신감이 넘쳐서 자신의 양심조차 두려워하는 법이 없습니다. 저 높은 곳에서 모든 사람을 내려다보는 사람입니다. 매우 자만심이 강하고 자기중심적이죠. 다른 사람들이 자신을 두려워하는 모습을 볼 때 쾌감을 느낍니다."

그가 물을 한 모금 마시고 잠시 멈췄다.

"하지만 그는 또한 위선자입니다. 마음 한편에 자신의 행동으로 세상을 놀라게 만들고 싶은 욕망을 가지고 있는 기회주의자입니다. 정말로 좋아할 수 없는 사람입니다. 자, 이걸로 충분한 것 같습니다. 피곤하군요."

"들어봐요, 야노비츠 씨." 검사가 흥분해서 말했다. "당신이 말한 대로 그 사람 참 놀랍더군요. 그가 말한 내용은 실제 사실과 판박이입니다. 강인하고 무자비하며 사람을 먹잇감으로만 보는 사람, 자신만의 게임을 완벽하게 즐기는 사람, 냉철한 이성으로 행동을 계획할 줄 아는 두뇌를 가진 사람, 자신의 사전에 후회란 없는 사람, 그리고 신사처럼 보이지만 동시에 위선자인 사람. 야노비츠 씨, 그 인물에 대한 평가로 이보다 더 완벽할 수는 없을 겁니다."

"그거 보십시오." 야노비츠가 기분 좋게 대답했다. "제가 그럴 거라고 말씀드리지 않았습니까. 그런데 그 편지는 슐리펜이 쓴 거 같더군요, 왜 그 리베레츠 출신의 섬유 사업가 말입니다. 맞죠?"

"완전히 잘못 짚으셨습니다." 검사가 크게 말했다. "그건 어떤 살인자가 쓴 편지입니다."

"세상에!" 야노비츠 씨가 깜짝 놀랐다. "저는 슐리펜인 줄 알았습니다. 그는 정말 사기꾼이죠, 망할 놈의 슐리펜."

"아닙니다. 휴고 뮐러가 쓴 편지입니다. 동생을 죽인 그놈 말입니다. 그 용한 사람이 호수 위에 떠 있는 배에 대해서 어떻게 묘사했는지 기억나시죠? 뮐러는 그의 동생을 배에서 떠밀어 호수에 빠뜨렸습니다."

"놀랍군요!" 야노비츠가 감탄했다. "이제 아시겠죠? 정말로 놀라운 재능이지 않습니까? 검사님."

"두말하면 잔소리죠." 검사가 맞장구쳤다. "뮐러의 본성과 그의 행동 뒤에 숨어 있는 동기에 대해 어떻게 그렇게 파악할 수 있는지 정말 경이로울 뿐입니다. 저도 뮐러에 대해 그렇게 정확히는 알아맞히지 못할 겁니다. 그저 뮐러의 글씨 몇 줄을 만져보는 것만으로 그런 걸 알아낼 수 있다니 … 야노비츠 씨. 이건 무언가 있는 겁니다. 사람이 쓴 글씨에는 특별한 분위기 같은 게 있는 것이 틀림없습니다."

"제가 뭐라 했습니까?" 야노비츠가 의기양양하게 말했다. "그런데 검사님, 괜찮으시면 편지 좀 볼 수 있겠습니까? 한 번도 살인자의 글씨는 본 적이 없어서요."

"괜찮고말고요."

검사는 흔쾌히 수락하고 호주머니에서 봉투를 꺼내 들었다.

"정말 흥미로운 편지입니다. 게다가 … "

그는 덧붙이면서 봉투에서 편지를 꺼냈다. 그 순간 그의 얼굴색이 돌변했다.

"저 … 야노비츠 씨," 그가 머뭇거리며 말했다. "이 편지는 재판의 증거 서류입니다. 이건 … 저는 이걸 당신께 보여드릴 권한이 없습니다. 미안합니다."

잠시 뒤 검사는 밖에 비가 오고 있는 것도 알아차리지 못한 채 급히 집으로 향했다. '이런 바보 같으니.' 그는 씁쓸하게 자조했다. '내가 미쳤지. 어떻게 이런 바보 같은 짓을 했단 말인가. 급히 서두르느라 뮐러의 편지 대신 재판을 위해 기록해둔 내 메모를 봉투에 집어넣었어. 이런 멍청이! 그건 내 글씨였어. 정말 어이없군. 이 사기꾼! 앞으로 조심해야 할 거야. 걸리기만 하면 단단히 손봐주겠어.'

'가만 … ' 검사가 생각을 가다듬었다. '그자가 말한 게 대부분 그렇게 나쁜 것만은 아니잖아. 확실히 그런 것 같군. 강력한 힘, 놀라운 결단력,

그렇고말고. 사기나 협잡 따위엔 관심이 없고 자신만의 엄격한 도덕률을 갖고 있다는 건 또 어떻고? 사실 이런 얘기들은 대단한 칭찬이라고 봐야지. 후회를 모른다고? 고맙지 뭐야. 후회한다고 인생에 무슨 도움이 되겠어? 그냥 묵묵히 자신의 일을 하면 그만이지. 이성적인 사고도 맞는 얘기야. 그렇지만 위선자라? 이건 그가 헛짚은 것 같군. 그런 건 단지 말장난일 뿐이야.'

'잠깐.' 그에게 다른 생각이 떠올랐다. '이건 그냥 당연한 얘기잖아. 그자가 얘기한 것은 누구한테나 적용된다고! 전부 다 일반적인 얘기뿐이야. 더 이상은 없어. 모든 사람은 다 약간씩 위선자고 기회주의자잖아. 이게 바로 그자의 술책이군. 그런 식으로 얘기해서 누구나 자신의 얘기라고 믿게 한 거야. 바로 그거야.'

검사는 드디어 결론을 내렸다. 그러고는 우산을 펼쳐 들고 언제나처럼 힘찬 발걸음으로 집으로 향했다.


"세상에!" 주심 판사가 가운을 벗으면서 신음을 뱉었다. "벌써 7시군. 정말 이렇게까지 재판이 질질 끌리다니! 이거 원, 한두 번도 아니고. 검사가 구형을 하는 데 2시간이나 썼지. 보라구, 그는 결국 이겼어. 빈약하기 그지없는 증거만 가지고도 승리를 쟁취했지. 난 이런 게 성공이 아닐까 싶네. 배심원단은 정말 까다로운 사람들인데, 그는 정말 능숙하게 그들을 설득했지."

주심 판사가 손을 씻으며 말을 이었다.

"특히 그가 뮐러의 성격을 묘사한 부분은 정말 압권이었네. 비인간적이고 괴물 같은 살인자의 성격을 완벽하게 그려냈지. 전율스러울 정도였어. 그가 말한 걸 기억해보게. '이자는 일반적인 범죄자가 아닙니다. 조잡한 사기나 협잡 따위에는 관심이 없습니다. 거짓말도 하지 않고 남의 물건을 훔치지도 않습니다. 그리고 누군가를 죽일 때면 장기에서 장군을 부르는 것처럼 대수롭지 않게 조용히 해치웁니다. 그는 결코 무모한 열정에 휩싸여 살인을 저지르지 않습니다. 기술적인 문제를 해결하거나 두뇌 훈련을 할 때처럼 냉철하고 이성적인 사고에 입각해서 살인을 실행하죠.' 어때 훌륭한 묘사이지 않은가? 그리고 이런 말도 했지. '그가 거리를 배회할 때 주위 사람들은 모두 먹잇감으로 전락합니다.' 알다시피 호랑이에 빗댄 이런 묘사는 연극에서나 나올 법한 대사지만 배심원들은 맘에 들어 했네."

"아…" 배석 판사가 한마디 거들었다. "그는 이런 말도 했습니다. '이 살인범의 사전에는 후회란 없습니다. 또한 항상 자신감이 넘쳐서 자신의 양심조차 두려워하는 법이 없습니다'라고 말이죠."

"그러고는…" 주심 판사가 수건으로 손을 닦으며 말을 받았다. "이어서 범인에 대한 심리학적 관찰 내용을 얘기했지. 범인은 자신의 행동으로 세상을 놀라게 만들고 싶어 하는 위선자이며 기회주의자라고 말이야."

"정말로 클라프카는 대단합니다." 배석 판사가 두 손 두 발 다 들었다는 듯이 말했다. "그는 정말로 적으로 삼기에는 위험한 인물입니다."

"휴고 뮐러는 열두 표차로 유죄 평결을 받았네." 주심 판사가 감탄했다. "누가 이걸 예상이나 했겠나. 클라프카가 그에게 제대로 한 방 먹인 거지. 클라프카에게 재판은 사냥이나 장기와 같네. 그는 자신이 맡은 사건에 완전히 몰두하지. 이보라구, 나는 절대로 그를 적으로 만나고 싶지 않네."

"바로 그게 그가 좋아하는 겁니다." 배석 판사가 말했다. "사람들이 자신을 두려워하는 것 말입니다."

"좀 거만한 사람이지. 그게 바로 그야." 주심 판사가 생각에 잠긴 채 말을 뱉었다. "하지만 그는 성공에 대한 … 불굴의 집념을 갖고 있지. 놀랄만큼 강인하고. 그렇지만 … ."

그는 적절한 말을 찾느라 애썼지만 결국 실패했다.

"자, 저녁이나 먹으러 가지."

# 필적 미스터리

"루브너, 가서 그 옌센이라는 필적학자를 취재하게."

편집장이 말했다.

"그가 오늘 밤 기자 초청 시범을 보인다고 하네. 아주 대단한 사람이라고 소문이 자자하더군. 보고서는 15줄 정도면 되네."

"알겠습니다."

루브너는 기자답게 시큰둥하게 대답했다.

"속임수가 아닌지 꼭 확인해보게."

편집장이 몇 번이고 강조했다.

"가능한 한 사람을 직접 보내서 확인해보고 싶었네. 그래서 자네를 보내는 걸세. 자넨 노련하니까 …… ."

"여러분, 지금까지 말씀드린 것이 심리 측정 필적학이라고 불리는 학문의 기본 원리입니다."

그날 저녁, 옌센은 기자들에게 자신의 이론에 대한 설명을 마무리하고 있었다.

"보시다시피 이 학문은 완전히 경험적인 결론에 근거하고 있습니다.

하지만 실제 사례에 적용하는 것은 매우 복잡하고 어렵기 때문에 이번 강의만으로는 도저히 설명을 드릴 수가 없습니다. 따라서 오늘은 제가 사용하는 단계적 절차를 이론적으로 설명하는 대신 실제 필적 샘플을 두세 개 정도 분석해보도록 하겠습니다. 시간 관계상 충분히 설명드릴 수 없는 점을 양해해주십시오. 혹시 오늘 오신 분 중에 필적 샘플을 갖고 계신 분이 있습니까?"

이 순간만을 기다리고 있던 루브너가 즉시 글씨가 빼곡한 종이 한 장을 옌센에게 건넸다. 옌센은 기적을 일으키는 그의 안경을 끼고, 종이 위의 글씨를 유심히 살폈다.

"아하, 여자의 글씨군요." 옌센이 얼굴을 찡그리며 말했다. "일반적으로 남자의 글씨가 좀 더 특징이 분명하고 흥미롭습니다만 …."

그는 무어라 중얼거리며 종이를 꼼꼼하게 들여다보았다.

"흠, 흠," 잠시 뒤 그가 머리를 꼬면서 말했다. 그러고는 깊은 침묵에 잠겼다.

"혹시 가까운 사람이 쓴 건가요?"

갑자기 그가 루브너에게 질문을 던졌다.

"전혀 아닙니다."

루브너가 재빨리 부정했다.

"그렇다면 아주 좋습니다. 잘 들으세요. 이 여인은 거짓말쟁이입니다. 지금 그녀의 필적에서 받은 첫인상입니다. 거짓말, 그것도 상습적으로 거짓말을 합니다. 입만 열면 거짓말을 뱉습니다. 게다가 기본적으로 아주 교양 없는 사람입니다. 교육받은 남자와 대화를 나누면 금방 밑천이

드러나죠. 그녀는 놀랄 만큼 관능적입니다. 글씨가 풍만한 여체를 닮았군요. 그녀는 일도 대강대강합니다. 틀림없이 그녀의 집은 ⋯ 더 이상 얘기하지 않아도 상상하실 수 있을 겁니다. 바로 이런 게 강의 앞부분에서 언급한 제1차 특징입니다. 사람에게서 가장 먼저 드러나는 외적 습관, 다시 말해서 본능적이고 즉각적으로 표현되는 특징이죠. 제대로 된 심리 분석은 사람들이 부정하거나 억누르고 있는 이런 특성에서 출발합니다. 사람들이 그러는 건 당연합니다. 환경에 휘둘리지 않기 위해서죠. 예를 들어 ⋯ ”

옌센이 손가락으로 코를 매만지면서 말을 이었다.

“이 여인은 자신의 속마음을 누구에게도 털어놓지 않습니다. 그녀는 얄팍하고 피상적입니다. 두 가지 의미에서 그렇습니다. 그녀는 표면적으로는 다양한 관심을 갖고 있는 듯이 행동합니다. 그렇지만 그건 자신의 실체를 감추기 위한 거죠. 그녀의 비밀스런 자아의 정체는 끔찍할 정도의 상상력 부재로 규정할 수 있습니다. 그녀의 방탕함도 정신적인 나태의 결과죠. 이걸 보십시오. 여기까지는 글씨가 거슬릴 정도로 관능적입니다. 이건 낭비를 의미하는 것이기도 합니다. 그런데 여기서부터는 글씨가 역겨울 정도로 도덕군자인 체하고 있군요. 그녀가 실제로는 자신의 안락함을 포기하고 관능을 좇는 모험 따위를 추구하지 않는다는 걸 의미합니다. 물론, 실제로 기회가 왔을 때 말이죠. 하지만 그건 우리의 관심사가 아닙니다.

지나치게 제멋대로이며 수다스럽기도 합니다. 무언가 자랑할 일이라도 생기면 끝도 없이 밤낮으로 그걸 떠들어댑니다. 너무 자신에게만 매몰되어 있어 다른 사람에게는 관심이 없습니다. 남자에게 빠져서 그가 자신의 사랑을 믿어주기를 원할 때조차도 자신의 안락함을 위해 그러는 것일 뿐입니다. 결코 그 남자를 잃을까 걱정해서가 아닙니다. 대개 남자들은 이런 여자들 앞에선 나약하기 그지없습니다. 그들의 권태와 끊임없는 수다, 그리고 모멸감을 안기는 물질주의 앞에 무기력하게 무릎 꿇고 맙니다.

그녀가 단어와 문장의 도입부를 어떻게 썼는지 주의 깊게 보십시오. 성의 없이 막 썼습니다. 그녀는 남자를 지배하길 원하고 실제로도 그렇게 합니다. 그러기 위해서 크게 애쓰지도 않습니다. 그저 자신이 중요한 인물인 척하면서 수다를 떨면 됩니다. 그래도 안 되면 가장 비열한 횡포에 의지합니다. 눈물이라는 횡포 말이죠.

이건 뭔가 이상하군요. 매번 위로 획을 그은 뒤 아래로 내려올 때는 눈에 띄게 힘이 없어지는군요. 뭔가가 그녀를 방해하고 두려움에 떨게 하고 있습니다. 그녀가 누리는 물질적인 풍요로움을 위협하는 어떤 것이 존재합니다. 그것이 드러날까 두려워하는 것이죠. 정확히는 알 수 없지만 그녀의 과거와 연관이 있어 보입니다. 하지만 이 부분을 지나서는 그녀는 다시 힘을 회복하고 평상시로 돌아갑니다. 그리하여 언제나처럼 자기만족에 빠져 한바탕 장광설을 늘어놓고 끝을 맺고 있습니다. 자만심을 한껏 회복한 것입니다.

이 필적 분석에 있어서 첫인상이 거짓말쟁이였다는 걸 기억하실 겁니다. 우리는 좀 더 상세한 분석을 통해 다소 직관적이었던 이러한 첫인상을 확인할 수 있었습니다. 이런 확인 과정을 저는 '방법론적 증명'이라고 부릅니다. 저는 당초 '교양이 없는 사람'이라는 말을 했습니다. 일관성이 없게 들릴지는 모르지만 그건 '조잡하고 상스러운 사람'이란 의미로 말씀드린 건 아닙니다. 이 필적이 가식덩어리이기 때문에 그렇게 얘기한 겁니다. 이 필적을 얼핏 봐서는 그녀의 진짜 정체를 알아내기 어렵습니다. 아주 사소한 이유 때문입니다. 이 여인은 시시콜콜한 정확성에 목을 매고 있습니다. 그녀가 모든 알파벳 i 자 위에 빼놓지 않고 점을 찍는 이유가 여기에 있습니다. 하지만 정작 중요한 문제는 철저하게 무시합니다. 자제력이나 도덕관념 같은 것 말입니다. 한마디로 별 볼 일 없는 여자입니다.

가장 눈에 띄는 것은 쉼표입니다. 그녀는 원래 글씨를 오른쪽으로 기울여 쓰는 버릇이 있는데, 쉼표는 왼쪽으로 기울어져 있습니다. 이상하게도 등 뒤에 꽂힌 칼을 연상케 합니다. 기만적이고 악의에 찬 무언가가 있습니다. 비유적으로 말하자면 이 여인은 남자의 등을 칼로 찌를 수 있는 사람입니다. 안락함을 추구하고 상상력도 부족하기 때문에 실제로 그럴 가능성은 없습니다만. 자, 이걸로 충분한 것 같습니다. 다른 샘플 가진 분 있습니까? 좀 더 흥미로운 걸로요."

그날 밤 루브너는 먹장구름 같은 얼굴을 하고 집에 도착했다.
"늦었군요." 루브너 부인이 말했다. "저녁 식사는 했어요?"
루브너가 그녀를 쳐다보았다.
"또 시작이군."
그가 음울하게 중얼거렸다.

부인이 놀라서 눈썹을 치켜올렸다.

"또 시작이라니, 그게 무슨 소리죠? 난 그저 저녁 먹겠냐고 물어봤을 뿐인데."

"이거 알아?" 루브너가 경멸스럽다는 듯이 말했다. "당신은 항상 그 얘기밖에 할 줄 몰라. 밥 퍼 먹이는 것. 당신의 다양한 관심사 중 하나지. 모멸감을 안기고, 따분해하며, 끝없는 수다에 물질주의 … ."

그는 한숨을 내쉬며 어쩔 도리가 없다는 몸짓을 했다.

"나는 그것들이 어떻게 남자를 무기력하게 만드는지 너무도 잘 알아."

부인은 바느질하던 것을 무릎에 내려놓고 그를 주의 깊게 응시했다.

"프란치."

그녀가 걱정 어린 목소리로 말했다.

"무슨 안 좋은 일이라도 있었어요?"

"아하!" 그가 비꼬는 투로 말을 내뱉었다. "드디어 나왔군. 언제나 나에 대해 걱정한다 이거지? 그렇지? 내가 속아 넘어갈 거라고 생각하지 마. 똑바로 들어. 남자가 그따위 거짓말들을 꿰뚫어보게 되면 … 여자가 자신의 안락함과 관능 때문에 자신에게 들러붙는다는 것을 알게 되면 … 부끄러운 줄 알아!"

루브너가 소리쳤다.

"그것만으로 질리고도 남아."

그녀는 머리를 저으며 무언가를 말하려고 했으나, 결국 입술을 꾹 다물고는 다시 바느질을 서둘렀다.

"이것 좀 보라고."

루브너가 잠시 뒤 불쑥 야유하듯 말을 꺼내며 방 안을 의미심장한 눈길로 둘러보았다.

"당신은 별 볼 일 없는 여자야. 물론 이렇게 아주 사소한 일들은 뭐든지 깔끔하고 정확하게 하지. 하지만 정말 중요한 일은 … 지금 그 누더기로 뭐 하는 거지?"

"당신 셔츠를 깁고 있어요."

그녀는 간신히 감정을 억누르며 대답했다.

"오, 내 셔츠를 깁고 있군." 그가 비웃었다. "그래, 내 셔츠를 깁고 있어! 이제 온 세상이 이걸 알게 될 거야. 그렇지 않아? 모든 사람이 누구누구는 남편의 셔츠를 깁고 있다고 밤낮없이 떠들어댈 테지. 다들 그걸 칭송해대느라 한바탕 소란을 떨 거야. 당신, 이따위 걸로 남자를 휘어잡을 수 있다고 생각해? 당장 집어치우라고!"

"프란치," 그녀는 숨이 막힐 정도로 놀랐다. "내가 뭘 잘못했나요?"

"내가 어떻게 알아?" 그가 톡 쏘았다. "당신이 무슨 짓을 했는지 내가 전혀 모르는데. 나는 당신이 무슨 생각을 하고 있고, 뭐에 관심이 있는지 몰라. 당신에 대해 아는 게 없지. 단 하나도 말이야. 당신이 철저히 입을 다물고 있기 때문이야. 오직 신만이 당신의 과거를 알 거야."

"그만해요."

그녀가 폭발했다.

"더 이상 맘대로 지껄이지 마세요. 만약 한마디만 더 하면 … ."

그녀는 애써 자제했다.

"프란치."

그녀가 두려움에 떨며 말했다.

"도대체 무슨 일이 있었던 거죠?"

"아하!" 그가 의기양양하게 말했다. "그래 바로 이거야. 무엇이 두려운 거지? 뭔가가 밝혀져서 당신의 안락한 삶이 위협당할까 봐? 그래서? 그렇지만 우리는 알지. 당신이 현재의 삶에 안주하는 듯 보여도 호시탐탐 일탈을 즐길 기회를 엿보고 있다는 것을 말이야, 맞지?"

그녀는 돌이라도 된 듯 굳어버렸다. 잠시 뒤 그녀가 눈물을 삼키며 말을 꺼냈다.

"프란치, 나한테 쌓인 게 있다면 … 제발 나에게 얘기해줘요."

"그런 게 있을 턱이 없지." 루브너가 심하게 비꼬는 투로 말했다. "난 당신에게 쌓인 게 단 하나도 없어. 아내가 자제력이나 도덕관념이 없는 게 중요한 건 아니거든. 아내가 병적인 거짓말쟁이에 지저분하고 게으른 데다 낭비까지 심하며, 또한 지독하게 관능적이라고 해도 문제될 건 하나도 없어. 거기에다 교양까지 없어도 … ."

그녀가 울음을 터트리며 자리에서 일어났다. 바느질감이 바닥에 떨어졌다.

"울음 그치지 못해!"

루브너가 경멸의 눈길로 그녀를 바라보며 으르렁거리듯 말했다.

"그게 가장 비열한 횡포라고. 눈물이라는 횡포!"

그러나 그녀는 더 이상 듣지 않았다. 그녀는 터져 나오는 울음에 목이 메여 침실로 뛰어들었다.

루브너는 마치 우는 듯 웃어재끼고는 머리를 방문 사이로 디밀었다.

"당신은 칼로 남자의 등을 찌를 수도 있는 여자야."

그가 소리 질렀다.

"그렇지만 현재의 안락함을 너무 사랑하기 때문에 실제로는 그러지도 못하지!"

다음 날 저녁 루브너는 동네 술집에 들렀다.

"자네가 쓴 기사를 방금 읽었네."

플레츠카가 안경 너머로 그를 보면서 반갑게 맞았다.

"옌센이라는 놀라운 필적학자에 관한 기사 말이야. 뭐 특별한 거라도 있었나, 기자 양반?"

"있지요." 루브너가 말했다. "그것도 아주 많이요. 저, 얀치크 씨, 구이 요리 먹을 수 있을까요? 너무 바싹 굽지는 마십시오. 플레츠카 씨, 들어 보십시오. 그 옌센이라는 사람, 정말 대단했습니다. 어젯밤에 그를 봤는데, 필적을 철저하게 과학적으로 분석하더군요."

"그렇다면 그건 속임수네." 플레츠카가 말했다. "난 다른 건 다 믿지만 과학만은 안 믿네. 예를 들어 비타민을 보게나. 비타민이 없었을 때는 사람들이 적어도 자신이 무얼 먹고 있는지는 알았네. 하지만 이제는 그 구이 요리 안에 어떤 필수영양분이 들어 있는지도 모르게 된 거지."

플레츠카가 넌더리를 내면서 말했다.

"이건 다릅니다." 루브너가 선언하듯 말했다. "플레츠카 씨, 시간이 너무 많이 걸리기 때문에 심리 측정이나 자동 기술, 그리고 일차 및 이차 특질 같은 것까지 설명하긴 어렵습니다. 그러나 이건 말씀드릴 수 있습니다. 그 사람은 마치 책을 읽듯이 필적을 분석했습니다. 그리고 필적 주인의 모습을 머리부터 발끝까지 빠짐없이 묘사하기 때문에 마치 그를 눈앞에서 보고 있는 듯했습니다. 필적 주인이 어떻게 생겼고, 과거는 어떤지, 그가 무슨 생각을 하고, 무엇을 감추고 있는지 전부 다 말해주었습니다. 제 눈으로 직접 봤습니다."

"계속해보게."

플레츠카가 반신반의하며 말했다.

"제가 사례 하나를 말씀드리죠." 루브너가 얘기를 꺼냈다. "어떤 남자 ― 이름은 말씀드리지 않겠지만 잘 알려진 사람입니다 ― 가 옌센에게 자기 부인의 글씨가 적힌 종이를 건넸습니다. 옌센은 그걸 한 번 쳐다보더니 바로 얘기를 시작했죠. 이 여인은 입만 열면 거짓말에, 일 처리는 엉성하고, 역겨울 정도로 관능적인 데다 경박하며, 게으르고 낭비벽도 심하고, 수다쟁이에 남자를 쥐고 흔들며, 숨기고 싶은 과거를 갖고 있다고요. 그러더니 급기야는 그녀가 남편을 죽이고 싶어 한다는 얘기까지 했습니다. 남자의 얼굴이 백지장처럼 창백해졌습니다. 옌센의 말이 구구절절 맞았기 때문이죠. 생각해보십시오. 그는 지난 20년간 부인과 행복하게 살았습니다. 손톱만큼도 의심하지 않고 말이죠. 옌센이 단박에 알아낸 사실들을 그는 십분의 일도 모르고 있었던 겁니다. 정말 놀라운 솜씨 아닙니까? 플레츠카 씨, 당신도 인정할 수밖에 없을 겁니다."

"정말로 놀라운 건," 플레츠카가 말했다. "그 바보 같은 남편이 20년 동안이나 아무것도 모르고 살았다는 점이군."

"그건 …" 루브너가 서둘러 응수했다. "이 여인이 매우 영리하게 연기를 잘했기 때문입니다. 그래서 그 남자는 자신이 행복하다고 생각한 겁니다. 눈먼 행복에 빠져 있었던 거죠. 그리고 옌센과 같은 과학적인 방법도 몰랐고요. 바로 이겁니다. 우리 눈에는 흰색처럼 보이지만 과학자는 그것이 사실은 무지개 색이라는 것을 압니다. 경험은 아무짝에도 쓸모가 없습니다. 오늘날에는 정확한 방법을 알아야 합니다. 이 불쌍한 익명의 남편은 일말의 의심도 품지 않고 괴물과 한집에서 살았던 겁니다. 이런 놀라운 현상은 전적으로 그가 과학적 방법을 통해 그녀를 살펴보지 않았기 때문이죠. 그것이 진실입니다."

"그래서 그는 이혼을 했나?"

술집 주인인 얀치크가 대화에 끼어들었다.

"모르겠습니다." 루브너가 무성의하게 말했다. "그런 어리석은 일에는 관심 없습니다. 저의 관심사는 오직 하나입니다. 어떻게 이 옌센이라는 사람이 아무도 의심하지 못한 사실을 필적으로 알아낼 수 있었는가 하는 거죠. 생각해보세요. 수년간이나 선량하고 품위 있다고 생각해온 사람이 필적 분석을 해보니 갑자기 '펑!' 하고 도둑놈으로 바뀝니다. 정말 사람을 보이는 그대로 믿어서는 안 됩니다. 오직 옌센이 한 것 같은 분석만이 사람 내면의 진실을 드러낼 수 있습니다."

"만약 그게 사실이라면 겁나서 편지도 못 쓸 것 아닌가?"

플레츠카가 불편한 심기를 드러내며 물었다.

"맞습니다." 루브너가 대답했다. "예를 들어 필적학이 범죄학에 어떻게 활용될 수 있을지 한번 생각해보십시오. 도둑질을 하기도 전에 도둑을 체포할 수 있게 됩니다. 필적만으로 그가 물건을 슬쩍하는 이차 특질이 있다는 게 밝혀지면 그대로 유치장행인 거죠. 정말 환상적인 미래 아 닙니까? 말씀드린 대로 이건 입증된 과학입니다. 추호도 의심의 여지가 없는 사실입니다."

루브너가 시계를 힐끗 보았다.

"오 이런, 10시군요. 집에 가야겠습니다."

"오늘따라 왜 이렇게 일찍 가나?"

플레츠카가 불평했다.

"아시다시피," 루브너가 어색하게 말했다. "늘 혼자 내버려둔다고 마 누라가 불평을 늘어놓을 시간이거든요."

# 확증

"이거 알아? 토니크."

영장 전담 판사인 마테스가 그의 절친한 친구에게 말했다.

"이건 경험에서 우러나온 거야. 나는 어떤 알리바이나 변명도 믿지 않아. 장황하게 지껄이는 말도 마찬가지야. 피고도 중인도 믿지 않지. 사람은 자신도 모르는 사이에 거짓말을 하거든. 예를 들어, 피고인에게 어떤 적의도 없다고 맹세하는 중인이 있다고 치자고. 그 중인은 맹세를 하는 순간에도 마음 깊숙한 곳에서는 자신이 피고인을 미워하고 있다는 걸 깨닫지 못하지. 피고에 대한 억압된 질시나 분노가 잠재의식에 자리하고 있다는 걸 모르는 거야. 피고가 얘기하는 것들은 모두 사전에 깊이 생각해서 꾸며낸 것들이야. 그리고 중인이 말하는 것은 의식적이든 무의식적이든 모두 피고를 돕거나 해치기 위한 의도에서 이루어지는 것이고. 이보게, 친구. 나는 알아. 사람들이란 완전히 가식덩어리, 후레자식들이라는 것을 말이야.

그러면 우리가 믿을 수 있는 건 뭘까? 토니크, 우연히 자신이 원하지도 않았는데 부지불식간에 혹은 충동적으로 나오는 단어나 행동들이 있지. 모든 게 조작이고 각본이며 연막이고 사기지만, 우연히 나오는 것은 그렇지 않아. 그건 쉽게 알아챌 수 있어. 내가 사용하는 방법을 알려줄게. 그냥 자리에 앉아서 사람들이 미리 지어내거나 짜 맞춘 얘기를 맘껏 지껄이도록 놔두는 거야. 그들 얘기를 믿는 척하면서 신나게 얘기하도록 부추기기까지 하지. 그러면서 그들이 사소하지만 의도하지 않았던 말을 불쑥 내뱉는 순간을 조용히 기다리는 거야. 자네도 알다시피 사람은 심리학자가 될 필요가 있어. 어떤 영장 전담 판사들은 피고의 혼을 쏙 빼놓는 방법을 사용하지. 계속 괴롭히고 정신없게 만들어놓으면 피고는 가엽게도 넋을 잃고 술술 털어놓지. 원하면 엘리자베스 여왕을 살해했다는 자백도 받아낼 수 있을 정도지. 나는 확실한 걸 원하기 때문에 천천히 끈기를 갖고 기다려. 전문가들이 증언이라고 부르는 그 체계적인 거짓말과 애매모호한 말들 속에서 무심코 사소한 진실의 빛이 흘러나올 때까지 말이야. 이 가식으로 가득 찬 세상에서 순수한 진실은 오직 간과한 것들에서 나오지. 무심코 내뱉는 말, 혹은 다른 종류의 실수 같은 것들 말이야.

토니크, 난 자네한테 비밀이 없어. 우린 죽마고우지. 정작 유리창을 깬 건 나였는데 자네가 대신 흠씬 두들겨 맞은 게 기억나는군. 내가 지금부터 하려는 얘기는 다른 사람에게는 하지 않을 거야. 정말로 부끄러운 얘기지. 그걸 부인하려고 해도 소용없어. 하지만 자네에게는 털어놓고 싶어. 사람은 고백이 필요한 법이니까. 난 최근에 내 방법을 가장 사적인 생활에 … 그러니까 쉽게 말해서 결혼 생활에 적용했어. 그걸 말해줄게. 얘기를 다 듣고 나서 나를 바보 멍청이라고 불러도 상관없어. 충분히 그럴 수 있으니까.

친구, 난 말이야 … 그래, 난 내 아내 마르타를 의심했네. 사실 나는 질투심 때문에 눈이 멀었어. 머릿속이 온통 그녀가 그 … 그 젊은 놈팡이랑 바람을 피우고 있다는 생각으로 가득했지 … 앞으로 그를 아르투르라고 부를게. 아마 자네는 모르는 사람일 거야. 난 스스로를 야만인으로 생각하지 않아. 마르타가 그를 사랑한다는 것을 확실히 알았다면 그녀에게 각자의 길을 가자고 얘기했을 걸세. 하지만 확실하게 알 수 없었지. 그게 상황을 최악으로 몰고 갔네. 토니크, 자넨 그때의 내 고뇌를 알지 못할 거야. 정말로 끔찍한 한 해를 보냈지. 질투심에 불타는 남편이 얼마나 어리석은 수작을 부리는지 잘 알 거야. 부인 몰래 뒤를 밟거나 염탐을 한다, 도청을 한다 하면서 온갖 추태를 부리지 … 하지만 이 점을 알아두게. 마침 다행스럽게도 나는 영장 전담 판사잖아. 그래서 나는 작년 내내 그저 아침부터 잠자리에 들 때까지 반대신문만 했어. 믿어주게, 친구.

피고, 그러니까 마르타는 아주 훌륭하게 처신했어. 심지어 울거나 감정이 상해 입을 다물어버렸을 때, 혹은 하루 종일 어디에서 무엇을 했는지 심문을 당할 때조차도 그랬지. 나는 유심히 지켜보면서 그녀가 실언을 해서 스스로 허물어지기만을 기다렸지만 허사였어. 물론 가끔 거짓말을 하긴 했지만, 그건 여자들이 늘 습관적으로 하는 거짓말일 뿐이었어. 의상실에서 시간을 보내고는 치과나 엄마 묘지에 갔었다고 말하는 그런 거지. 질투심에 사로잡힌 남자는 미친개보다도 더 위험해. 나는 점점 더 그녀를 괴롭히는 데 빠져들었어. 하지만 그럴수록 확신은 옅어졌지. 그녀가 언급한 말 한마디, 변명 하나도 놓치지 않고 곰곰이 따져보고 또 따져보았어. 하지만 일반적인 사람 관계, 특히 결혼 관계에서 늘 일어나기 마련인, 반은 진실이고 반은 거짓말인 이야기 말고는 특별한 게 없었어. 내 기분은 참담했어. 특히 죄 없는 마르타가 가엾게도 그동안 겪었던 일들을 생각하니 혀라도 깨물고 죽고 싶었어.

마르타는 올해 프란티스코비 라즈네에 다녀왔어. 거긴 자네도 알다시피 부인병에 특효인 온천이 있는 곳이야. 그녀의 건강이 안 좋아 보이기는 했지만, 두말할 필요도 없이 난 그녀를 감시했지. 돈을 주고 감시인을 고용했어. 하지만 그가 한 일이라곤 그 동네 술집을 여기저기 돌아다닌 것뿐이었어. 참 이상한 일이지. 삶이란 한 곳만 삐끗해도 전체가 엉망이 돼버리니 말이야. 그저 티끌 하나만 묻었을 뿐인데 온몸이 불결해진 느낌이 드는 거와 같다고나 할까. 마르타는 그곳에서 내게 편지를 썼어 … 다소 주저하고 겁을 먹은 투로 … 그리고 무언가 잘못되고 있다는 걸 전혀 눈치채지 못한 듯 말이야. 당연히 나는 행간의 의미를 곱씹으면서 편지를 꼼꼼하게 분석했어 … 얼마가 지난 뒤 다시 내 앞으로 그녀가 보낸 편지가 도착했어. 봉투를 뜯고 편지를 꺼냈을 때 '친애하는 아르투르에게'라는 글귀가 눈에 들어왔지.

친구, 난 손이 부들부들 떨렸어. 드디어 증거를 손에 넣은 거야. 편지를 여러 통 쓰다가 실수로 잘못된 봉투에 편지를 집어넣은 거지. 이렇게 멍청한 짓 때문에 꼬리를 밟히다니, 난 마르타가 가엾기까지 했어.

오해하지 말게, 토니크. 처음에는 본능적으로 편지를 읽지 않고 마르타에게 반송하려고 했네. 그건 … 아르투르에게 쓴 편지였으니까. 평상시였다면 틀림없이 그랬을 거야. 하지만 질투는 추악한 열정이라서 어떤 비열한 짓도 하게 만들지. 친구, 난 결국 편지를 읽고 말았어. 한번 보겠나? 늘 몸에 지니고 다니거든. 자, 읽어보게.

　　친애하는 아르투르에게
　　그동안 답신이 없었다고 너무 노여워 하지는 마세요. 프란치(내 아내가 나를 부르는 이름이다)가 너무 오랫동안 제게 편지를 하지 않아 제가 걱정이 많았거든요. 남편이 바쁜 건 알지만 오랫동안 아무 소식도 듣지 못하니 마음 둘 곳을 몰라 이곳저곳 돌아다니고 있습니다. 당신은 아마 이해하지 못하겠죠, 아르투르. 하지만 사실이에요. 각설하고 프란치가 다음 달에 여기로 옵니다. 그럼 아마 당신도 오실 수 있을 테지요. 남편은 지금 매우 흥미로운 재판을 맡고 있다고 합니다. 어떤 소송인지 얘기는 없었지만 휴고 뮐러 사건이 아닌가 짐작하고 있습니다. 그의 얘기를 손꼽아 기다리고 있습니다. 최근에 당신과 프란치가 서로 볼 기회가 없었던 점, 너무 유감입니다. 다 그가 너무 바빴기 때문이죠. 사정이 좋아지면 그를 불러내서 다른 사람들과 어울리거나, 함께 드라이브를 즐길 수 있을 겁니다. 당신은 항상 우리를 잘 대해줬죠. 그리고 사정이 변했는데도 아직까지 우리를 잊지 않고 있죠. 프란치는 요즘 신경이 예민해져서 예전 같지 않습니다. 참, 당신 여자 친구가 어떻게 지내는지 소식 주세요. 프란치는 프라하가 덥다고 불평이 많습니다. 그가 꼭 여기로 와서 푹 쉬었으면 좋겠습니다. 지금도 그는 사무실에서 늦은 밤까지 일하고 있을 겁니다. 당신은 언제 바닷가로 가시나요? 꼭 여자 친구를 데려가세요. 여자가 누군가를 그리워하는 게 어떤 건지 당신은 모를 겁니다. 그럼 이만.

당신의 진실한 친구

마르타 마테소바

자, 토니크, 어떻게 생각하나? 물론 잘 쓴 편지는 아니야. 문체나 내용에 별로 신경을 쓰지 않았지. 하지만, 사랑하는 친구, 마르타와 그 빌어먹을 아르투르와의 관계를 환하게 밝혀주는 편지이지 않은가? 만약 그녀가 직접 말했다면 믿지 않았을 거야. 하지만 여기 내 손에 있는 것은 그녀의 의도와는 상관없이 자연스럽게 굴러들어온 거지 … 이제 알겠지? 명백하고 반박할 수 없는 진실이란 오직 간과한 것의 결과로 드러나는 거야. 나는 너무 기뻐서 울음을 터트릴 뻔했어. 한편으로는 바보같이 질투심에 눈이 멀었던 것이 부끄러웠어.

그러고는 어쨌는지 아나? 휴고 뮐러 재판 서류를 끈으로 잘 묶어 서랍에 넣고 잠갔지. 그다음 날 나는 프란티스코비 라즈네에 도착했어. 마르타는 나를 보자 얼굴이 붉어지더니 어린애처럼 말을 더듬었어. 뭔가 황당한 실수라도 저지른 사람처럼 보였지. 나는 웃음이 나오려는 걸 꾹 참았어. 그녀가 잠시 뒤에 말을 꺼냈지.

"프란치, 혹시 제 편지 받았나요?"

"어떤 편지?" 나는 놀란 척 반문했지. "당신이 내게 편지 안 하는 건 하늘이 알잖아."

마르타는 놀란 듯 나를 쳐다보더니 이윽고 마음의 짐을 내려놓은 듯 안도의 한숨을 내쉬었어.

"그렇다면 내가 편지를 부치는 걸 깜빡한 모양이네요."

그녀가 말했어. 그러고는 지갑을 이리저리 더듬더니 구겨진 편지 한 장을 꺼냈어. '친애하는 프란치에게'로 시작하는 편지였지. 나는 속으로 웃음을 지으며 생각했어. 그녀가 잘못 부친 편지를 아르투르가 돌려보낸 게 틀림없어.

그 뒤로 우리는 이 문제에 관해서는 한마디도 언급하지 않았어. 난 물론 그녀가 그렇게 듣고 싶어 했던 휴고 밀러의 재판 얘기를 해주었지. 아마 그녀는 지금 이 순간까지도 내가 그 편지를 받았다는 사실을 모를 거야.

이제 얘기는 끝났네. 그 뒤부터 우리 가정에는 평화가 찾아왔지. 듣고 나니 어떤가? 천박한 질투나 해대다니, 난 정말 어리석은 놈이지? 물론 지금은 만회하려고 열심히 노력하고 있어. 마르타에게 잘해주려고 애쓰고 있지. 난 편지를 읽은 뒤 비로소 불쌍한 그녀가 얼마나 나를 걱정하는지 알았어. 어쨌든 이제는 마음의 짐을 벗었네. 사람은 자신이 저지른 죄보다 어리석음을 더 부끄러워하는 존재지.

이번 경우는 순전히 사소한 우연으로 인해 진실이 한 점 의혹 없이 드러나게 된 전형적인 사례이지, 그렇지 않나?"


비슷한 시간, 이 얘기 속에 아르투르로 나오는 남자가 마르타에게 말을 건네고 있었다.

"나의 사랑하는 마르타, 효과가 있었어?"

"뭐가 말이죠?"

"실수로 보낸 척했던 편지 말이야."

"성공했죠."

마르타가 대답을 하고는 뭔가를 골똘히 생각했다.

"자기도 알듯이 요즘 프란치는 날 너무 믿어서 죄스러운 마음이 들어요. 그때부터 얼마나 잘해주는지 몰라요 … 그 편지를 늘 가슴에 품고 다니죠."

마르타는 가볍게 몸을 떨었다.

"난 … 너무 심한 방법으로 그를 속였어요, 그렇게 생각하지 않나요?"

하지만 아르투르는 그렇게 생각하지 않았다. 그렇지만 말로는 전혀 그렇게 생각하지 않는다고 마르타에게 얘기했다.

# 루스 교수의 실험

　청중 중에는 유명 인사들이 여럿 눈에 띄었다. 내무부 장관, 법무부 장관, 경찰청장, 다수의 국회의원과 정부 고위직 공무원, 그리고 저명한 법률가들이 참석해 있었다. 물론 약방의 감초 격인 기자들도 빼놓을 수 없다.

"신사 여러분."

　체코 출신으로 하버드 대학의 유명한 교수인 루스가 청중들에게 말을 건넸다.

"제가 오늘 보여드릴 실험은 동료 교수와 연구자들의 선행 연구에 뿌리를 두고 있습니다. 따라서 큰 틀에서 봤을 때 새로운 건 전혀 없다고 해도 과언이 아닙니다. 이건, 말하자면… 오래된 모자와 같습니다!"

　적절한 단어를 생각하던 루스 교수가 유쾌하게 웃으며 말했다.

"이건 그저 이론적인 측면을 실제로 적용해보는 데 지나지 않는데, 그게 바로 제 작업의 목적입니다. 이 자리에 계신 최고의 범죄 전문가들이 자신의 경험에 비추어 이 실험의 결과를 판단해주시기 바랍니다.

　실험의 개요는 이렇습니다. 제가 먼저 한 단어를 말합니다. 상대방은 그 순간 머리에 떠오르는 단어를 주저 없이 말해야 합니다. 그게 비록 형편없고 말이 되지 않는 단어라고 해도 말입니다. 마지막에 가서 저는 상대방이 언급한 단어들을 기초로 그가 어떤 사람이고, 무슨 생각을 하고 있으며, 무얼 감추고 있는지를 말하겠습니다. 이해하시겠습니까? 전 이 실험을 이론적으로는 설명하지 않겠지만, 이건 연상과 억압된 관념, 그리고 약간의 암시 같은 것들을 이용하는 것입니다. 전 아주 빠르게 진행할 겁니다. 여러분, 의지와 이성적인 사고를 내려놓으십시오. 그러면 무의식이 수면 위로 떠오를 겁니다. 그때 제가 ….."

루스 교수가 적당한 말을 찾느라 말을 더듬거렸다.

"여러분의 마음속 생각을 알아내겠습니다."

"마음속 생각."

청중 속에서 누군가 되풀이했다.

"바로 그겁니다." 루스 교수가 만족스럽게 말했다. "순간적으로 떠오르는 단어를 즉각적으로 말해야만 합니다. 의식의 통제나 주저함이 있어서는 안 됩니다. 그래야 제가 여러분의 생각을 분석할 수 있습니다. 그게 다입니다. 이제 이 방법을 한 범죄 사건의 용의자에게 실험해보겠습니다. 그런 뒤에 이 자리에 계신 분 중에서도 신청을 받아 실험해보겠습니다. 먼저 경찰청장께서 이 용의자에 대해 말씀해주시겠습니다."

경찰청장이 자리에서 일어나 설명을 시작했다.

"신사 여러분, 이 자리에 나올 용의자의 이름은 체네크 슈차네크이고, 포딘크에서 농사를 지으면서 자물쇠 수리를 하는 자입니다. 그는 일주일 전에 체포되었는데, 14일 동안 실종되었던 택시 기사 요제프 체펠카를 살해한 혐의를 받고 있습니다. 우리가 그를 의심하는 이유는 체펠카의 차가 그의 집 차고에서 발견되었고, 운전대와 운전석 아래에서 혈흔이 발견되었기 때문입니다. 물론 용의자는 혐의를 부인하고 있습니다. 그는 택시 운전을 하고 싶어서 6천 코루나Koruna, 체코의 화폐 단위를 주고 체펠카로부터 차를 산 것이라고 주장하고 있습니다.

우리는 수사 결과 실종된 요제프 체펠카가 그동안 줄곧 만사에 싫증을 느낀다며 곧 차를 팔고 다른 곳에 가서 기사 생활을 하겠노라고 얘기하고 다닌 사실을 확인했습니다. 하지만 이후의 행적은 밝혀내지 못했습니다. 더 이상 추가 증거를 확보하기 어렵기 때문에 내일 그를 영장 전담 판사에게 데려갈 예정입니다. 그 전에 고명하신 루스 교수님이 실험을 할 수 있도록 상부의 허락을 받아 그를 이 자리에 데려왔습니다. 부디 교수님이 …."

"자," 분주히 메모를 하고 있던 교수가 그의 말을 잘랐다. "어서 그를 이리로 데려오십시오."

경찰청장이 손짓을 하자 한 경찰관이 체네크를 데려왔다. 그는 음울한 분위기가 물씬 풍기는 사내로 얼굴에는 이 자리에 있는 모두를 지옥으로 보내고 싶다는 듯 한껏 험악한 표정을 짓고 있었다.

"자, 이리로 오게."

교수가 엄격한 목소리로 꾸짖듯이 그에게 말했다.

"나는 아무것도 묻지 않을 거네. 그저 한 단어만 말할 걸세. 자네는 그걸 듣고 즉시 떠오르는 단어를 말하면 돼. 이해하겠나? 자, 시작하겠네. 집중하게. 유리잔."

"빌어먹을."

체네크가 말했다.

"잘 들어. 체네크."

경찰청장이 빠르게 말했다.

"얌전하게 굴지 않으면 지금 당장 너를 데려가서 심문을 시작할거야. 그러면 아마 거기서 밤을 새워야 할 거야. 조심하라고. 자, 다시 시작해."

"유리잔."

교수가 다시 말했다.

"맥주."

체네크가 중얼거리듯이 말했다.

"바로 그거네." 교수가 말했다. "잘하고 있네."

체네크가 의심스러운 눈길로 그를 올려다봤다.

'이런다고 뭘 알아낼 수 있다는 거지?'

"거리."

교수가 말했다.

"자동차."

체네크가 억지로 대답했다.

"좀 더 빨리 대답하게. 농장."

"들판."

"선반."

"쇠."

"아주 좋네."

이제 체네크는 더 이상 이 게임을 거부할 의사가 없는 듯 보였다.

"엄마."

"숙모."

"개."

"개집."

"군인."

"포병."

그렇게 게임이 계속되었다. 서로가 앞서거니 뒤서거니 큰 소리로 단어를 외치면서 점점 더 속도를 올렸다. 체네크는 점점 게임에 빠져들기 시작했다. 마치 트럼프를 치고 있다는 느낌이 들었던 것이다. 그러자 그의 마음속에 수많은 기억이 떠올랐다.

"여행."

루스 교수가 숨 가쁘게 외쳤다.

"도로."

"프라하."

"베로운체코 서부의 도시."

"감추다."

"매장하다."

"문질러 씻다."

"얼룩."

"누더기."

"마대."

"삽."

"정원."

"구덩이."

"울타리."

"시체."

갑자기 체네크가 침묵했다.

"시체." 교수가 고집스럽게 반복했다. "자넨 그를 울타리 옆에 매장했군, 그렇지?"

"난 아무것도 얘기하지 않았습니다."

체네크가 소리쳤다.

"자넨 정원 울타리 옆에 시체를 묻은 거야."

루스 교수가 엄한 목소리로 반복했다.

"자넨 베로운으로 가는 도로에서 그를 살해한 거야. 그러고는 마대로 차에 묻은 피를 닦아 없앴지. 그렇지 않나?"

"그건 사실이 아닙니다." 체네크가 외쳤다. "나는 그 차를 체펠카에게서 산 것뿐입니다. 누구도 저에게 누명 따위를 씌울 수는⋯."

"잠깐만." 교수가 말을 잘랐다. "경찰에게 현장으로 가서 사실 여부를 확인토록 요청하겠네. 그건 내 일이 아니지. 이 사람 데려가시오. 신사여러분, 겨우 17분 걸렸군요. 정말 빨리 끝났습니다. 어수룩한 범죄였기 때문이죠. 대개는 1시간이 넘게 걸리는데 말입니다. 이제 이 자리에서한 분을 모셔서 몇 가지 단어를 물어보도록 하겠습니다. 이건 시간을 좀더 잡아먹을 것 같습니다. 제가 그분의 비밀에 대해 어떠한 단서도 갖고 있지 않기 때문이죠. 자, 누구 없으십니까?"

"비밀."

청중 속에서 누군가가 말을 받았다.

"그렇습니다, 비밀." 교수가 흡족한 듯이 말했다. "바로 스메타나<sub>체코의</sub> 유명한 작곡가<sub>의</sub> 오페라 제목과 같죠. 시간은 좀 오래 걸리겠지만 그분이 자신의 본성이나 과거, 그리고 가장 은밀하게 숨겨온 생각을 털어놓도록 해보겠습니다."

"생각."

다시 누군가 상기하듯 말했다.

"자, 다시 부탁드립니다. 자원하실 분 없습니까?"

잠시 침묵이 흘렀다. 누군가 낄낄대며 웃긴 했지만 아무도 꿈쩍하지 않았다.

"자," 교수가 달래듯이 말했다. "아시다시피 해가 될 일은 없을 겁니다."

"자네가 자원하게, 친구."

내무부 장관이 법무부 장관에게 속삭였다.

"우리 당을 대표해서 올라가 보게."

한 국회의원이 옆의 동료를 팔꿈치로 쿡 찌르며 말했다.

"자네가 우리 대표잖나? 자네가 손을 들게."

한 고위 공무원이 다른 정부 부처에서 온 그의 동료를 재촉했다.

당혹스러운 순간이 계속 흘렀다. 그러나 아무도 자원하는 사람은 없었다.

"자원자가 필요합니다, 여러분."

루스 교수가 세 번째로 부탁을 했다.

"무심코 비밀을 누설할까 봐 두렵습니까?"

그러자 내무부 장관이 몸을 돌려 그의 뒤에 앉아 있는 사람들에게 화난 소리로 나직하게 말했다.

"누구 한 명 저 위로 올라가게!"

그때 청중 뒤편에서 누군가 조심스럽게 기침을 뱉으며 몸을 일으켰다. 빼빼 마르고 행색이 초라한 나이 든 남자였다. 그의 목젖이 긴장으로 오르락내리락하고 있었다.

"나는… 음," 그가 주저하며 말했다. "누구도… 내가… 다소… ."

"여기로 올라오십시오." 교수가 그의 말을 자르며 말했다. "여기 앉으세요. 먼저 무슨 일이 있었는지 말씀해야 합니다. 절대 생각하지 말고 그저 기계적으로 단어를 말씀하세요. 설사 잘 아는 내용이라도 생각하면 안 됩니다. 무슨 말인지 아시겠습니까?"

"네, 교수님."

자발적으로 실험 양이 된 남자는 저명한 청중들 앞에 선 것이 약간 불편한 듯한 기색을 비추며 말했다. 그러고는 마치 기말시험을 치르는 학생마냥 헛기침을 연신 내뱉으며 초조하게 눈을 깜박거렸다.

"나무."

루스 교수가 속사포처럼 그에게 단어를 뱉었다.

"위풍당당한."

나이 든 남자가 속삭이듯 말했다.

"네? 그게 무슨 뜻입니까?"

남자의 말을 이해하지 못한 교수가 반문했다.

"'숲 속의 거목'을 말하는 겁니다."

남자가 수줍게 설명했다.

"아, 예. 거리!"

"거리라 … 의식이 진행 중인 거리."

남자가 대답했다.

"그건 또 무슨 뜻입니까?"

"'행진' 혹은 '장례 행렬'을 의미합니다."

"그렇군요. 앞으로는 그냥 '행진'이라고 말하세요. 가급적 한 단어로 얘기하는 게 좋습니다."

"알겠습니다."

"계속합니다. 비즈니스(business)!"

"번창. 위기. 온실가스 배출전망치(business as usual). 고리타분한 정치 (politics as usual). 수상한 거래(shady business)."

"흠. 사무실."

"저, 어떤 종류의?"

"어떤 종류든 상관없습니다. 그냥 한 단어만 빠르게 말씀하면 됩니다."

"만약 교수님이 '대행사'라고 말씀해주시면 … ."

"좋아요. 대행사!"

"승인."

남자가 흡족한 듯 큰 소리로 대답했다.

"망치!"

"폭력. 그들은 폭력을 행사해 자백을 받아냈다. 그는 망치로 맞아 머리가 으깨졌다."

"흥미롭군요." 교수가 중얼거렸다. "피!"

"피 묻은 돈. 아무 죄 없이 흘린 피. 피로 쓴 역사."

"파이어(fire)!"

"전화戰禍(fire and sword). 용감한 소방대원. 불을 뿜는 듯한 열변."

"이번 건 정말 이상하군." 교수가 곤혹스럽다는 듯이 말했다. "한 번 더 해봅시다. 다시 말하지만 첫 번째로 생각난 것만 말하십시오. 이해하시겠습니까? 단어를 듣자마자 자동적으로 떠오르는 단어 하나만 말하는 겁니다. 자, 그럼, 시작합니다. 손!"

"우정의 손. 도움의 손길. 깃발을 움켜쥔 손. 불끈 쥔 주먹. 더러운 손. 손바닥을 맞다."

"눈!"

"국민의 예리한 시선. 눈을 속이다. 증인. 진실에 눈을 뜨다. 진실을 외면하다. 어린아이의 순진한 눈. 거짓 눈가림."

"이제 얼마 안 남았습니다. 비어(beer)!"

"보잘것없는 사람(small beer). 기분 좋음. 독주."

"음악!"

"천상의 음악. 힘차게 연주하다. 음악가의 나라. 감미로운 선율. 한마음으로 뭉친 강대국들(the great powers acted in concert). 은은하고 평화로운 피리 소리. 장엄한 국가."

"유리병!"

"황산. 짝사랑. 그녀는 끔찍한 고통 속에 병원에서 숨졌다."

"포이즌(poison)!"

"익명으로 모략중상 편지를 보내는 사람(poison pen). 우물에 독을 풀다."

루스 교수가 머리를 긁적거렸다.

"그런 건 처음 들어보는군요. 다시 한 번 말하겠습니다. 단순하고 일상적인 단어들을 말해주십시오. 그래야 말하는 사람의 주된 관심사나 직업을 알아낼 수 있습니다. 계속 하겠습니다. 레코드(record)!"

"시간을 기록하다. 기록을 정리하다(settle the record). 보복하다(settle the score). 역사에 길이 남다."

"페이퍼(paper)!"

"조금의 가치도 없음(not worth the paper it's printed on)." 남자는 신이 나서 외쳤다. "공문. 종이에 적어 놓기."

"자상도 하시군." 교수가 짜증스럽게 말했다. "돌!"

"첫 번째 돌을 던진 사람. 묘비. 평화로이 잠드소서." 남자의 목소리가 따뜻해졌다. "편히 쉬소서! 가여운 영혼이여."

"차!"

"개선하는 마차. 운명의 수레바퀴. 구급차. 검은 휘장을 두른 차량의 긴 행렬."

"아하!" 그때 루스 교수가 외쳤다. "이제 감이 오는군! 호라이즌

(horizon)!"

"어둑어둑하다." 남자가 기다렸다는 듯이 즉시 대답했다. "정치적 앞날에 드리운 새로운 암운(new clouds on the political horizon). 그의 시야는 좁다(his horizon is limited). 시야를 넓혀라(widen your horizons)."

"무기!"

"흉기. 완전무장. 발군의 실력으로 싸우다. 등에 총을 맞다." 남자가 게임에 열중하며 빠르게 말했다. "끝까지 굴복하지 않고 싸우다. 전장의 함성. 투표 전쟁."

"엘러먼츠(elements)!"

"격렬한 폭풍우(raging elements). 광포한 저항(elemental resistence). 범죄의 요소(criminal elements). 약간의 미스터리(an element of mystery). 약간의 의구심(an element of doubt). 그리고 …."

"이제 충분합니다." 루스 교수가 말을 잘랐다. " 신문사에 근무하시는군요? 그렇죠?"

"그렇습니다. 교수님." 남자가 열정적으로 대답했다. "30년간 근무했죠. 제 이름은 바사트코이고 현재 주필로 일하고 있습니다."

"감사합니다." 교수가 무미건조한 어투로 인사를 건넸다. "여러분, 실험은 끝났습니다. 이 신사분의 생각을 분석함으로써 우리는 그가 언론인이라는 것을 알았습니다. 이 실험을 더 이상 진행하는 건 무의미한 것 같습니다. 아까운 시간만 낭비할 겁니다. 이 실험은 실패입니다. 대단히 죄송합니다, 여러분."

"이것 좀 봐."

그날 저녁 바사트코는 그의 사무실에서 신문을 이리저리 넘기다가 갑자기 소리쳤다.

"경찰이 요제프 체펠카의 시체를 발견했어. 슈차네크네 집 정원 울타리 옆에 묻혀 있었다는군. 피가 묻은 마대도 함께 발견되었어. 이 루스 교수라는 사람이 결국 귀신같이 알아맞힌 거야. 믿을 수 없겠지만 그는 내가 신문사에 근무한다는 사실도 족집게처럼 맞혔어. 나는 신문에 관해서는 한마디도 그에게 하지 않았는데 말이야. 그는 사람들에게 '여러분, 이분은 존경받는 저명한 언론인입니다'라고 내 정체를 말했지, 난 그의 강의 내용을 기사로 썼어. '우리의 저명한 해외 동포가 행한 추론이 전문가들의 갈채를 받다.' 잠깐, 좀 더 수식어를 사용해서 세련되게 써야겠군. '우리의 저명한 해외 동포가 행한 놀라운 추론이 전문가들의 열화와 같은 갈채를 받다.' 그래, 이게 적당하겠군."

# 실종된 편지

"보제나."

장관이 샐러드를 한 움큼 집어 먹으면서 아내에게 말했다.

"오늘 오후에 당신이 아주 흥미로워할 내용이 담긴 편지 한 통을 받았어. 난 각료 회의에서 이걸 거론하려고 해. 아마 이게 공개되면 어떤 정당은 아주 골치 아파질 거야. 여기 있으니까 직접 한번 봐."

그러면서 그는 왼쪽 조끼 주머니에 손을 넣어 편지를 찾더니, 다시 오른쪽 주머니를 뒤졌다.

"가만, 이게 어디로 갔지?"

장관이 중얼거리더니 다시 왼쪽 조끼 주머니 속으로 손을 찔러 넣었다. 이윽고 그는 포크를 내려놓더니 양손으로 나머지 주머니들을 분주히 뒤졌다. 눈썰미가 좋은 사람이라면, 세상 모든 남자들처럼 장관의 옷에도 놀랄 만큼 많은 수의 주머니가 달려 있다는 사실을 눈치챌 것이다. 생각할 수 있는 모든 공간에 주머니가 달려 있었는데, 그 안에는 연필, 수첩, 열쇠, 석간신문, 공문, 이쑤시개, 오래된 편지, 성냥, 티켓 쪼가리, 동전 지갑, 만년필, 회중시계, 주머니칼, 휴대용 빗 등 이루 헤아릴 수 없이 많은 물건들이 숨겨져 있었다.

장관은 "도대체 어디에 편지를 둔 거지?"라거나 "내가 미쳤지" 혹은 "잠깐만"같이, 뭔가를 찾는 남자라면 으레 하기 마련인 소리들을 늘어놓으면서 주머니 속을 더듬거리며 편지를 찾았다. 그러나 그의 아내는 장관의 행동에는 별 관심 없이 여느 부인들처럼 "여보, 빨리 들어요. 음식이 식어요"라면서 남편 식사를 챙기고 있었다.

"맞아."

주머니 속에서 꺼낸 물건들을 제자리에 집어넣던 장관이 뭔가 떠올랐다는 듯 말했다.

"아마 서재 책상 위에 있을 거야. 거기서 편지를 읽었거든. 바로 거기야."

기분이 좋아진 장관이 구운 고기 한 점을 먹으면서 말을 이었다.

"여보, 어떤 사람이 직접 손으로 쓴 편지를 내게 보냈다는 사실이 상상이나 돼? 잠깐만, 안 되겠어. 서재에 가서 책상 위에 편지가 있는지 봐야겠어."

그는 불안한 표정으로 식탁에서 몸을 일으키더니 서재로 사라졌다. 10분이 지나도 돌아오지 않자, 아내가 그를 찾아 나섰다. 장관은 서재 바닥 한가운데 앉아 책상 위에 있던 서류와 편지 들을 한 장 한 장 살펴보고 있었다.

"저녁 다시 데워줄까요?"

그녀가 희미하게 짜증이 배어 있는 목소리로 물었다.

"그래. 금방 끝날 거야." 장관이 일에 몰두한 채 대답했다. "아마 실수로 엉뚱한 서류 사이에 놔둔 모양이야. 못 찾으면 정말 낭패인데 … 하지만 그럴 리는 없어. 틀림없이 여기 어딘가에 있을 거야."

"식사부터 먼저 하고 나서 찾아요."

그의 아내가 권유했다.

"곧 끝나. 오래 안 걸려." 장관이 짜증스럽게 말했다. "곧 찾아낼 거야. 그건 노란색 봉투에 들어 있었는데 … 정말, 내가 정신이 나갔지."

그가 씩씩대며 다음 서류 더미를 살피기 시작했다.

"바로 여기 책상에서 편지를 읽었어. 그리고 당신이 저녁 먹으라고 부를 때까지 한 발짝도 움직이지 않았어. 그런데 도대체 편지를 어디에 둔 거지?"

"식사, 여기로 가져올게요."

그의 아내는 마음을 고쳐먹고 서류 더미 사이에 앉아 있는 남편에게 줄 음식을 가지러 갔다. 그녀가 나가자 서재는 곧 깊은 침묵에 잠겼다. 밖에는 나뭇잎들이 바람에 바스락거리고, 하늘에는 금방이라도 땅으로 쏟아져 내릴 듯한 별들이 무수히 빛나고 있었다.

자정 무렵이 되자 하품을 거듭하던 보제나는 남편을 살피러 조심스럽게 서재로 다시 향했다. 장관은 물건들로 어질러진 방 한가운데 서 있었는데, 겉옷을 벗은 채 어지럽게 헝클어진 머리에 땀을 뻘뻘 흘리고 있었다. 그가 서 있는 바닥 주위에는 서류 더미가 잔뜩 쌓여 있었다. 가구들은 죄다 벽으로부터 앞쪽으로 당겨져 있었고, 양탄자는 한쪽 구석으로 치워져 있었다. 그리고 책상 위에는 손도 대지 않은 저녁식사가 싸늘하게 식어 있었다.

"세상에!" 그녀가 외쳤다. "여보, 도대체 이게 웬 소란이에요?"

"제발, 날 좀 가만 내버려둘 수 없어?" 장관이 신경질적으로 되받았다. "꼭 이렇게 5분마다 날 방해해야 해?"

하지만 그는 곧 자신의 반응이 지나쳤음을 깨닫고 부드러운 목소리로 달래듯이 덧붙였다.

"짜임새 있게 편지를 찾으려는 거야. 알겠어? 차근차근 방 안을 살펴보는 중이야. 틀림없이 여기 어딘가에 있는 게 분명해. 나를 제외하고 이 방에 발을 들여놓은 사람은 없단 말이야. 제기랄, 빌어먹을 서류가 이렇게 많을 줄이야!"

"내가 도와줄까요?"

그녀가 동정 어린 목소리로 말했다.

"아니, 그럴 필요 없어. 오히려 더 뒤죽박죽될 거야."

장관이 난장판이 된 방 안을 가리키며 아내를 재촉했다.

"가서 먼저 자. 곧 뒤따라갈게."

새벽 3시가 되자 장관이 깊은 한숨을 내쉬며 침대로 들어왔다.

'이건 말도 안 돼.'

장관이 속으로 생각했다.

'나는 오후 5시에 우편으로 노란 봉투에 들어 있는 편지를 받았어. 그러고는 곧장 서재로 와서 책상에서 편지를 읽은 뒤 8시까지 죽 일을 했어. 8시에 저녁 먹으려고 잠시 자리를 비웠다가, 5분도 안 돼서 편지를 찾으러 급히 서재로 돌아왔지. 그 짧은 5분 동안에 누군가 들어온다는 건 불가능한데 … .'

그 순간 장관이 갑자기 침대를 박차고 일어나더니 황급히 서재로 달려갔다. 그렇다. 그건 불가능했다. 창문은 열려 있었지만 서재는 2층이었다. 게다가 창문은 거리 쪽으로 나 있었다. 장관이 속으로 생각했다.

'사람들 눈을 피해 몰래 창문으로 들어오긴 거의 불가능해. 하지만 정말 그런지 날이 밝으면 밖에서 한번 살펴봐야겠군.'

장관은 다시 침실로 돌아와 육중한 몸을 침대에 뉘었다.

'가만.'

불현듯 어떤 생각이 그의 머리에 떠올랐다.

'저번에 어떤 책을 보니까 그 정도 크기의 편지는 바로 코밑에 있을 때는 도리어 눈에 안 띌 수 있다고 했어. 등잔 밑이 어둡다는 거지.'

그는 자신의 코밑에 무엇이 있는지 확인하러 다시 한 번 서재로 달려갔다. 물론 그가 본 것은 산더미 같은 서류와 활짝 열어젖혀진 서랍들, 그리고 편지 수색 끝에 엉망진창으로 어질러진 잡동사니뿐이었다. 그는 온갖 저주를 퍼부은 뒤 한숨을 쉬며 침대로 돌아왔다. 잠은 이미 저 멀리 달아나고 없었다.

날이 밝을 때까지 간신히 참고 있던 장관은 아침 6시가 되자마자 그의 동료인 내무부 장관의 집으로 전화를 걸어, 즉시 그를 깨워달라고 급히 요청했다.

"굉장히 중요한 문제가 생겼어요. 내 말 알겠어요?"

내무부 장관이 연결되자 그는 미친 듯이 말을 쏟아냈다.

"아침 일찍부터 미안합니다만 지금 즉시 가장 유능한 사람으로 서너 명만 보내주시기 바랍니다 … 아, 예, 물론 형사 말입니다 … 이건 말할 필요도 없지만 가장 믿을 수 있는 사람들로 말이죠. 굉장히 중요한 서류가 없어졌습니다 … 장관님, 정말 이해하기 힘든 일이 발생했습니다 … 예, 그럼, 그들이 오기를 기다리겠습니다. 물건들은 손대지 말고 그대로 놔두라고요? 정말 그럴 필요가 있다고 생각하십니까? 알겠습니다 … 도둑이라고요? 모르겠습니다 … 아, 그리고 이건 절대 비밀입니다. 한마디도 다른 사람에게 말씀하지 마십시오. 아시겠죠? 감사합니다. 번거롭게 해드려서 죄송합니다 … 정말 큰 신세를 졌습니다. 장관님!'

내무부 장관이 보낸 '가장 유능하고 믿을 만한 사람들'은 7명이었다. 그날 아침 8시 무렵 장관의 집 현관에 중절모를 쓴 7명의 사내가 모습을 드러낸 것이다.

장관이 그들을 서재로 안내하면서 말을 꺼냈다.

"이보게들, 나는 지난밤에 바로 여기 서재에서 어떤 물건을 책상 위에 내려놓고 … 그건 매우 중요한 편지인데 … 노란색 봉투에 들어 있고 … 주소는 보라색 잉크로 써 있는 … ."

그때 사내들 중 1명이 가볍게 휘파람을 불었다.

"이 자식, 정말 난장판으로 만들어놨군."

그가 감탄이라도 했다는 듯이 말했다.

장관이 몸을 움찔했다.

"누가 말인가?"

"도둑 말입니다."

형사가 현장을 세심히 살피면서 당연하다는 듯이 대답했다.

장관의 얼굴이 살짝 붉어졌다.

"맞네." 그는 재빨리 맞장구를 쳤다. "사실은 어제 편지를 찾으면서 내가 주의를 덜 기울인 탓도 있지. 자네들, 나는 … 하지만 나는 편지가 여기 어딘가 있을 가능성도 완전히 배제할 수 없다고 보네 … 어딘가 엉뚱한 데 놓여 있거나 어떤 물건 뒤에 떨어져 있을 수도 있다는 거지 … 아무튼 그 장소는 이 방 안밖에 없다고 얘기할 수 있네. 내 생각에는 … 그래, 나는 틀림없이 이 방 안을 체계적으로 조사했다고 장담하네. 하지만 이제는 자네들 몫이네. 이보게들, 사람이 할 수 있는 일이면 … 뭐든지 해보게."

사람이 할 수 있는 일은 의외로 많았다. 사내들 중 3명은 서재를 체계적으로 조사하는 일에 매달려야만 했고, 또 다른 사내 2명은 하녀와 요리사, 가정부와 운전기사를 심문해야 했다. 그리고 나머지 2명은 도시의 구석구석을 훑으며 단서를 찾았다.

그날 저녁 서재를 조사하던 3명의 '가장 유능하고 믿을 만한 사람들'은 편지가 서재 어딘가에 있을 가능성은 전혀 없다고 선언했다. 액자에서 그림을 떼어내고, 가구를 분해하고, 편지에 대해서는 일일이 목록을 만들 정도로 서재 구석구석을 철저히 조사했기 때문이었다. 다음 두 사내는 서재를 출입한 사람으로는 하녀가 유일하다고 보고했다. 그녀는 부인의 지시로 저녁식사를 서재로 날랐던 것이다. 그때 장관은 바닥에 앉아 있었기 때문에 그녀가 편지를 몰래 들고 나왔을 가능성을 완전히 배제할 수 없었다. 그래서 그녀의 남자 친구가 누군지에 대한 조사가 개시되었다. 그는 전화 회사의 직원으로 밝혀졌고, 즉시 그에 대한 감시가 시작되었다. 나머지 2명의 '가장 유능하고 믿을 만한 사람들'은 여전히 도시의 이름 모를 어딘가를 수사하고 있었다.

그날 밤 장관은 좀처럼 잠을 이루지 못한 채 마음속으로 계속 생각을 했다.

'그날 오후 5시에 노란 봉투에 든 편지가 도착했지. 난 서재 책상에서 그걸 읽은 뒤 저녁 먹으러 갈 때까지 자리를 뜨지 않았어. 그러므로 편지는 당연히 거기 있어야 해. 하지만 편지는 사라졌어.'

그는 이러한 모순과 곤혹스러운 수수께끼 앞에 슬픔과 당혹감을 금할 수 없었다. 결국 그는 수면제를 먹고 다음 날 아침까지 죽은 듯이 잠을 잤다.

다음 날 아침 그는 7명의 '가장 유능하고 믿을 만한 사람들' 중 단 1명만이 남아 있음을 알았다. 나머지 사내들은 다른 사건에 투입되었음이 분명했다.

"수사는 잘 진행되고 있습니다."

내무부 장관이 전화로 그에게 알려왔다.

"곧 수사보고서가 나올 것 같습니다. 장관님이 편지 내용에 대해 알려주신 바에 따르면 그것에 관심을 가질 대상이 누군지는 자명합니다. 만약 정부 관련 부처나, 그보다 더 좋기로는 신문사에 대한 수색영장이 있으면 좀 더 확실하게 알 수 있을 텐데 … 하지만 말씀드린 대로 수사는 잘되고 있습니다."

그날 새벽은 구름 한 점 없이 맑고 달빛이 눈부시게 밝은 밤이었다. 새벽 1시쯤 보제나는 서재에서 나는 발소리를 들었다. 그녀는 훌륭한 부인답게 용기를 내서 발끝으로 살금살금 걸어 서재로 갔다. 살짝 열린 서재의 문틈 사이로 책장이 하나 보였고, 그 앞에 잠옷을 입은 남편이 서 있었다. 그는 엄숙한 표정으로 손에 든 책을 한 페이지씩 넘기며 나직하게 뭔가를 계속 중얼거리고 있었다.

"맙소사!"

그녀가 놀라서 소리쳤다. "지금 뭐 하는 거예요?"

"찾아볼 게 있어서."

장관이 애매모호하게 대답했다.

"이렇게 어두운 곳에서요?"

그녀가 의아해했다.

"못 볼 정도는 아니야."

그가 대답하면서 책을 다시 책장에 꽂았다. 그러더니 "잘 자" 하고 가라앉은 목소리로 인사를 건네고는 천천히 침대로 돌아갔다.

보제나는 고개를 저었다.

'가여운 사람 … ' 그녀가 마음속으로 중얼거렸다. '그놈의 고약한 편지 때문에 잠을 통 이루질 못하잖아.'

다음 날 아침 장관은 웬일인지 기분이 한결 좋아 보였다. 얼굴에 만족스러운 표정까지 살짝 엿보였다.

"제발 무슨 일인지 말해줘요." 그녀가 남편에게 말을 건넸다. "도대체 지난밤 서재에서 뭘 찾고 있었던 거죠?"

아내의 말을 들은 장관이 숟가락을 내려놓더니 눈을 크게 떴다.

"내가? 지금 무슨 소리를 하는 거야? 난 서재에 간 적 없어. 밤새도록 세상모르게 곤히 잠만 잤다고."

"하지만 난 분명히 거기서 당신과 얘기까지 했는걸요. 당신은 어떤 책

같은 것을 휙휙 넘기고 있었어요. 뭔가를 찾고 있다면서."

"터무니없는 소리!"

장관이 믿을 수 없다는 듯 목소리를 높였다.

"당신, 꿈을 꾼 게 분명해. 난 지난밤 내내 침대에서 한 발짝도 움직이지 않았어."

"당신은 틀림없이 서재 한가운데 있는 책장 앞에 서 있었어요."

그녀가 반박했다.

"불도 켜지 않은 깜깜한 어둠 속에서 책장을 휙휙 넘기고 있었죠. 찾아볼 게 있다고 하면서 말이죠."

장관이 머리를 감싸 안았다.

"당신," 그가 꽉 깨문 이 사이로 말을 뱉었다. "지금 내가 몽유병자라도 된다는 얘기야? 천만에."

그가 마음을 가라앉히고 덧붙였다.

"당신은 그저 꿈꾼 거라고. 나는 절대 몽유병자 따위가 아니야!"

"그때는 분명 새벽 1시였어요."

그녀가 자신의 주장을 굽히지 않았다. 그러고는 약간 짜증스러운 목소리로 덧붙였다.

"당신은 내가 실성이라도 했다는 얘긴가요?"

장관은 티스푼으로 차를 저으면서 깊은 생각에 잠겼다.

"잠깐만." 그가 갑자기 말을 꺼냈다. "그게 정확히 어디였는지 알려줘."

그의 아내는 남편을 서재로 인도했다.

"당신은 이 책장 옆에 서 있었어요. 그리고 바로 이 책꽂이에서 책을 꺼냈죠."

장관이 당혹스러운 표정으로 책꽂이 쪽으로 몸을 돌렸다. 완벽하게 구비된 법령집이 그곳에 놓여 있었다.

"이런, 실성한 건 바로 나였군."

그가 손가락으로 책꽂이를 더듬다가 거의 기계적으로 책 한 권을 뽑아 들면서 중얼거렸다. 아래위가 거꾸로 꽂혀 있는 책이었다. 그는 책을 손에 들고 펼쳤다. 보라색 잉크로 주소가 적힌 노란색 봉투가 그 안에 있었다.

"이거 알아, 여보?" 장관이 말을 꺼냈다. "그날 내가 서재에서 꼼짝도 안 한 것은 분명한 사실이야. 맹세라도 할 수 있어. 하지만 이제 기억이 희미하게 나. 그날 편지를 읽고 나서 마음속으로 생각했지. '법령집 제 33권을 찾아봐야겠군.' 아마 난 몇 가지 메모를 해둘 요량으로 그 책을 뽑아서 책상으로 갖고 왔던 것 같아. 하지만 할 일이 계속 생겨서 편지를 책 속에 끼워 넣고 책을 덮은 뒤, 아무 생각 없이 다시 책꽂이에 꽂은 거지. 내가 무의식적으로 이 책을 찾아 여기로 온 것은 잠결에 그 사실을 깨달았다는 건데 … 그건, 흠 … 이 사실은 아무에게도 얘기하지 않는 게 좋겠어. 사람들에게 안 좋은 인상을 줄 테니까. 신비한 심리적인 현상이니 어쩌니 하면서 사람들 입방아에 오르내릴 수도 있고 말이야."

잠시 뒤 장관은 활기 넘치는 목소리로 내무부 장관에게 전화를 했다.

"좋은 아침입니다, 장관님. 잃어버린 편지 건으로 전화드렸습니다. 아, 아닙니다. 물론 아직까지 편지를 찾지 못한 건 알고 있습니다. 그 편지는 지금 제 손에 있습니다 … 뭐라고요? 아, 어떻게 찾았냐고요? 장관님, 그건 말씀드리기 곤란합니다. 내무부에서도 모르는 저만의 고유한 방법이 있다는 것만 말씀드리죠. 물론 당신이 보내준 사람들이 최선을 다했다는 걸 잘 압니다. 그들이라고 항상 모든 일에서 최고일 수는 없죠 … 아, 예. 지당한 말씀입니다. 서로가 이번 일에 대해선 언급하지 않는 게 최선이죠. 단 한마디도 말입니다. 여러 가지로 도움을 주서서 감사합니다 … . 네. 장관님도 좋은 하루 되십시오."

# 도난당한 서류, C부서의 139/7

'따르릉.'

새벽 3시, 국경수비대에 요란한 전화 벨소리가 울렸다.

"참모본부의 함플 대령이네. 지금 즉시 이쪽으로 헌병 두 명을 보내주게. 그리고 브르잘 중령에게도 … 그래, 물론 정보본부의 그 브르잘 중령이네 … 즉시 여기로 오라고 전하게. 맞아, 당장. … 그래. 그에게 차를 보내게. 빨리 서둘러. 긴급 상황이네."

그러고는 전화가 끊겼다.

1시간 뒤 브르잘 중령이 현장에 도착했다. 잘 알려지지 않은 전원주택지였다. 셔츠와 바지 차림의 민간인 복장을 하고 얼굴에는 수심이 가득한 노신사가 그를 맞았다.

"브르잘 중령, 아주 고약한 일이 터졌네. 이리로 앉지. 편히 앉게. 정말로 고약하고, 더럽고, 비열하고, 끔찍하고, 어리석기 짝이 없는 사건이야. 매우 불쾌하고 재수 없는 사건이지. 지금부터 하는 얘길 듣고 잘 생각해보게. 그저께 참모처장이 서류 하나를 건네면서 '함플 대령, 이 서류를 분석해보시오. 장소는 집이 좋겠소. 이 서류에 대해서는 아는 사람이 적을수록 좋으니, 본부에는 한마디도 하지 마시오. 지금 떠나시오.

며칠 휴가를 줄 테니 집에서 잘 연구해보시오. 그리고 항상 경계심을 늦추지 마시길!'이라고 말했어. 나는 시키는 대로 했지."

"어떤 서류였습니까?"

브르잘 중령이 물었다.

함플 대령이 잠시 머뭇거리더니 대답했다.

"그래, 자네도 아는 편이 낫겠지. 그건 C부서에서 만든 서류라네."

"아!" 브르잘 중령이 알겠다는 듯 나직이 감탄했다. 그의 태도가 훨씬 신중해졌다. "계속하십시오."

"낮 동안에는 줄곧 서류를 갖고 있으면 되네. 하지만 밤에는 도대체 어떻게 해야 한단 말인가? 우표 수집함에 숨겨둬야 할까? 그건 소용이 없어. 난 금고도 없네. 내가 서류를 갖고 있다는 걸 누가 아는 순간 모든 게 끝장이지. 그래서 나는 첫날 밤에 서류를 매트리스 밑에다 숨겼어. 아침에 일어나 보니 멧돼지가 밤새 그 위에서 구른 것 같더군."

"짐작이 갑니다."

브르잘 중령이 고개를 끄덕였다.

"그렇게 되지 않을 턱이 있나?" 대령이 한숨을 내뱉었다. "내 아내는 나보다 더 뚱뚱하거든. 다음 날 밤이 되자 아내가 이렇게 제안을 하더군. '할 말이 있어요. 서류를 마카로니 캔에 넣어 식품 저장실에 밤새 감춰두는 게 어때요? 식품 저장실을 자물쇠로 잠근 뒤 열쇠를 제가 갖고 있을게요. 뭐든지 먹어 치우는 뚱뚱한 가정부가 있어서 혹시 모르니까요.' 좋은 생각인 것 같았어. 누구도 식품 저장실에 그걸 감춰놨다고는 생각하지 않을 테니까 말이야. 그렇지 않나?"

"식품 저장실 창문이 이중으로 되어 있나요?"

중령이 말을 가로챘다.

"바로 그게 문제였어!" 대령이 분통을 터트렸다. "이중 창문이 아니라는 생각을 전혀 하지 못했네. 유사한 사건들을 토대로 문제가 될 부분을 조목조목 짚어보았지만 창문은 까맣게 잊고 있었네. 정말 한심한 일이야!"

"그다음에는 무슨 일이 있었습니까?"

중령이 재촉했다.

"글쎄, 전혀 예상치 못한 일이 발생했지. 새벽 2시에 아래층에서 가정부의 비명 소리가 들렸네. 아내가 무슨 일인가 싶어 뛰어서 내려갔지. 그런데 아내도 고함을 지르는 게 아니겠나. '식품 저장실에 도둑이 들었어요!' 아내는 열쇠를 가지러 황급히 올라왔네. 나는 권총을 챙겨서 식품 저장실로 내려갔지. 어이없고 고약한 일이 벌어져 있었어. 누군가 쇠지레로 창문을 강제로 열어젖힌 뒤 서류가 든 마카로니 캔을 갖고 사라진 거야. 그게 다네."

대령이 한숨을 쉬었다.

브르잘 중령이 손가락으로 책상을 톡톡 두드렸다.

"대령님, 집에 서류가 있다는 걸 아무도 모릅니까?"

대령이 언짢은 표정으로 손을 내저었다.

"잘 모르겠네. 모든 걸 캐고 다니는 추잡한 스파이들은 항상 있기 마련이니까."

그러나 곧 브르잘 중령의 업무가 뭔지 생각난 대령이 당황해했다.

"내 말은 그들이 매우 영리한 사람들이란 거지." 대령이 어색하게 말을 이었다. "아무튼 누구에게도 서류에 대해 말하지 않았네. 내 명예를 걸고 맹세할 수 있네. 그리고 그게 마카로니 캔에 들어 있으리라곤 누구도 생각하지 못했을 거야."

그가 의기양양하게 말했다.

"말이 나온 김에 여쭙겠는데, 어디에서 서류를 캔에 넣으셨습니까?" 중령이 물었다.

"바로 여기, 이 테이블이네."

"캔은 정확히 어디에 있었습니까?"

"그게," 대령이 잠시 기억을 더듬었다. "난 여기 앉아 있었지. 그리고 캔은 바로 내 앞에 놓여 있었네."

중령은 테이블에 기대어 꿈꾸듯 창밖을 바라보았다. 적회색으로 지은 맞은편 집의 실루엣이 새벽 어스름 속에 희미하게 보였다.

"저 집에는 누가 삽니까?"

중령이 지나가는 말처럼 물었다.

대령이 테이블을 '탕' 하고 손바닥으로 쳤다.

"아뿔싸, 까맣게 잊고 있었군. 저 집엔 어떤 유대인이 살고 있네. 은행 임원인가 뭔가 하는 사람이야. 망할 놈의 직업이지. 이제 어떻게 된 건지 알겠어! 브르잘, 이제 뭔가 실마리를 찾은 것 같네."

"식품 저장실을 볼 수 있을까요?"

중령이 어물쩍 말꼬리를 돌렸다.

"그럼. 이쪽으로 오게. 여기야."

대령이 열심히 그를 안내했다.

"다 왔네. 그 캔은 맨 위 선반에 있었어. 마리!" 그가 아내에게 고함쳤다. "뭘 그렇게 넋 놓고 보는 거야? 지하실로 내려가든지 아니면 다락으로 올라가!"

중령은 장갑을 끼고 풀쩍 뛰어 창문을 잡았다. 창문은 꽤 높은 곳에 있었다.

"끌을 이용해서 강제로 열었군요." 그가 창틀을 살피며 말했다. "창틀이 약한 나무로 되어 있군요. 대령님, 어린애라도 쉽게 쪼갤 수 있겠습니다."

"이런 죽일 놈들!" 대령이 깜짝 놀라 소리쳤다. "망할 놈들 같으니라고. 이렇게 형편없이 창문을 만들다니!"

그때 창문 너머로 장난감 병정처럼 울타리 옆에 서 있는 두 사람이 보였다.

"저들은 헌병인가요?" 브르잘 중령이 물었다. "좋습니다. 저는 바깥쪽을 마저 둘러보겠습니다. 그리고 대령님, 별도의 얘기가 있을 때까지는 집을 떠나실 수 없습니다."

"알겠네." 대령이 일단 수긍했다. "하지만 정확한 이유를 알 수 있겠나?"

"혹시 대령님이 필요할지 모르기 때문입니다. 물론 저 두 사람은 계속 남겨두도록 하겠습니다."

대령은 몰래 코웃음을 치며 목구멍까지 올라오는 말을 꿀꺽 삼켰다.

"알았네. 커피 들겠나? 아내더러 준비하라고 하겠네."

"그럴 시간은 없습니다." 중령이 무미건조하게 말했다. "잘 아시겠지만 도난당한 서류에 대해서는 누구에게도 절대 얘기해서는 안 됩니다 … 괜찮다고 할 때까지는 그러셔야 합니다. 한 가지 더 있습니다. 가정부에게는 그냥 통조림을 도둑맞았다고 말씀해두십시오. 이상입니다."

"그런데 말일세." 대령이 돌아서는 그를 다급한 목소리로 불렀다. "자네 그 서류를 찾아낼 수 있겠지, 그렇지 않나?"

"최선을 다하겠습니다."

중령이 구두 뒤축을 딱 하는 소리가 나게 맞부딪치며 군대식으로 대답을 한 뒤 자리를 떴다.

그날 오전 내내 함플 대령은 번민에 잠겨 작은 산처럼 웅크리고 앉아 있었다. 곧 그를 체포하러 두 명의 장교가 도착할 것만 같았다. 애써 불길한 생각을 떨친 그는 브르잘 중령이 지금 무얼 하고 있을지 상상했다. 그가 거대하고 미스터리에 싸인 군 첩보기구를 어떻게 움직여 나갈지 머릿속에 그려보기도 했다. 참모본부에 울리는 비상벨 소리도 귓전에 들리는 듯했다. 대령은 땅이 꺼져라 한숨을 내뱉었다.

"여보."

그의 아내가 스무 번도 넘게 그를 불렀다. (신중하게도 그녀는 훨씬 전에 그의 권총을 가정부의 가방 속에 숨겨놓았다.)

"뭐 먹을 거라도 좀 갖고 올까요?"

"제발, 나를 내버려 둬." 대령이 쏘아붙였다. "아무래도 저 건너편에 사는 유대인이 본 것 같아."

그녀는 가만히 한숨을 쉬고는 눈물이 그렁한 채 부엌으로 돌아갔다.

바로 그때 현관 벨이 울렸다. 대령은 벌떡 일어나 옷매무새를 바로 했다. 그는 자기를 체포하러 오는 장교들을 군인다운 위엄으로 맞이하고 싶었다. 어떤 자들이 올까? 그는 멍하니 생각에 잠겼다. 그러나 잠시 뒤 장교 대신에 체격이 왜소한 빨간 머리 사내가 들어왔다. 한 손에 중절모를 든 사내는 다람쥐처럼 이빨을 한껏 드러내며 대령을 향해 웃었다.

"실례합니다. 저는 경찰서에서 나온 피스토라 형사입니다."

"무슨 일로 오셨습니까?"

대령이 남몰래 안도의 한숨을 쉬며 물었다.

"식품 저장실이 털렸다는 얘길 들었습니다."

피스토라 형사가 뭔가 알 수 없는 자신감을 내비치며 싱긋 웃었다.

"그래서 들른 겁니다."

"도대체 용무가 뭡니까?"

대령이 고함쳤다.

"귀찮게 굴고 싶진 않지만," 형사가 활짝 웃으며 대답했다. "아시는 것처럼 여긴 저희 관할구역입니다. 오늘 아침 빵집에서 댁의 가정부가 식품 저장실이 털렸다는 얘기를 하더군요. 그래서 제가 서장님께 말씀드리고 온 겁니다."

"그럴 필요 없소."

대령이 으르렁거리는 목소리로 그의 말을 일축했다.

"도둑이 가져간 것은 … 마카로니 한 통뿐이오. 그러니 신경 쓸 것 없소."

"가져간 게 그것밖에 없다니 우습군요."

형사가 말했다.

"맞소. 아주 웃기는 일이지." 대령이 씁쓸하게 말을 받았다. "하지만 당신이 신경 쓸 일은 아니오."

"도중에 누군가 그들을 방해했을 수도 있습니다."

피스토라 형사가 갑자기 뭔가 깨달았다는 듯 다시 활짝 웃었다.

"그럼 좋은 하루되시오. 경찰 양반."

대령이 퉁명한 목소리로 형사를 몰아냈다.

"죄송하지만," 형사가 얼굴에 묘한 미소를 지으며 말했다. "식품 저장실을 한번 봐야겠습니다."

대령은 곧 폭발할 것 같았지만 이내 자신의 곤란한 처지를 생각하고는 간신히 화를 억눌렀다.

"그럼 이쪽으로 오시오."

대령이 지긋지긋하다는 듯 고개를 저으며 이 왜소한 사내를 식품 저장실로 안내했다. 피스토라 형사는 비좁은 식품 저장실을 구석구석 열정적으로 살폈다.

"정말 그렇군요." 형사가 만족스러운 표정으로 말했다. "끌로 창문을 강제로 열었습니다. 이건 페페크 아니면 안드를리크 짓입니다."

"지금 그게 무슨 소리요?"

대령이 날 선 목소리로 물었다.

"이런 수법을 쓰는 건 페페크나 안드를리크밖에 없다는 얘깁니다. 만약 유리창만 따고 들어왔다면 둔드르, 로이자, 노바크, 호시츠카, 혹은 클리멘트의 소행입니다. 페페크가 아직 감옥에 있으니까, 이번 건 안드를리크가 했겠군요."

"뭐, 당신 말이 맞겠죠."

대령이 중얼거렸다.

"혹시 누구 다른 신참의 소행이라고 생각하십니까?" 형사의 태도가 갑자기 근엄해졌다. "그건 아닐 겁니다. 최근에 메르틀이라는 놈도 창문을 강제로 열고 침입하긴 합니다. 하지만 그는 절대로 식품 저장실 쪽으로는 들어가지 않습니다. 늘 욕실로 들어가서 세탁물만 집어가죠."

피스토라 형사가 다람쥐처럼 생긴 이를 다시 드러냈다.

"확실합니다. 가서 안드를리크를 찾아봐야겠군요."

"그에게 안부나 전해주시오."

대령이 투덜거렸다.

'믿을 수 없군.'

대령은 또다시 혼자 남자 생각에 잠겼다.

'이렇게 무능한 경찰이 있다니 정말 어처구니없군. 최소한 지문이나 발자국 정도는 살펴봐야지. 그게 전문가다운 일 처리인데 그렇게 바보같이 일을 처리하다니. 국제 스파이 사건을 다루느라 허둥대는 경찰의 모습이 상상이 가는군. 그런데 브르잘은 지금 뭘 하고 있을까?'

그는 궁금함을 참지 못하고 브르잘 중령에게 전화를 걸었다. 30분이나 전화기와 씨름한 끝에 간신히 전화가 연결됐다.

"여보세요." 그의 목소리가 부드럽게 울렸다. "함플 대령이네. 얼마나 걸릴지 궁금해서 … 아, 물론 얘기할 수 없겠지. 하지만 나는 그저 … 알아. 하지만 뭔가 좀 나왔는지 여부만이라도 알려줄 수 없나? … 아, 그래. 아직 아무것도 없다고 … 아, 그건 어려운 사건이지. 하지만 … 잠깐 기다리게, 브르잘. 조금 더 내 얘기를 들어주게. 내게 생각이 있네. 사재를 털어서 10만 달러를 만들겠네. 누구든 도둑을 잡아오는 사람에게 그 돈을 줄 거야. 비록 내가 가진 전부이지만, 이 사건이 내게 어떤 의미가 있는지 생각하면 아깝지 않네 … 이건 완전히 사적인 거지 … 그래. 바로 그거야. 내가 사적으로 거는 돈이지. 공적인 거와는 전혀 상관없어 … 사립탐정하고 돈을 나눠도 되네. 어떤가? … 이해하네. 자네는 그 방면으로는 잘 모르겠지. 하지만 어떻게든 그 사람들로 하여금 내가 10만 달러를 걸었다는 걸 알게 만들면 … 맞아. 부하들이 말을 퍼뜨리게 하게 … 천만에, 별소릴 다 하는군 … 걱정을 끼쳐 미안하군. 고맙네."

함플 대령은 자신이 내린 관대한 결정으로 인해 마음이 편안해졌다. 그 망할 놈의 도둑을 잡는 데 개인적으로 무언가 상당히 기여한 기분이었다. 지나친 긴장 끝에 맥이 풀린 함플 대령은 소파에 누워 1백, 2백, 아니 3백 명의 사람들(모두 피스토라 형사처럼 붉은 머리에 다람쥐 같은 이빨을 가진 사람이다)이 기차 안을 뒤지거나 국경을 향해 전속력으로 질주하는 차량들을 세우는 모습을 그려보았다. 그들은 거리 구석에 숨어 자신의 사냥감을 기다리다 갑자기 앞으로 튀어나가 "법의 이름으로 당신을 체포한다. 입 다물고 순순히 우릴 따라 와라!"라고 외치기도 한다.

그는 깜빡 잠이 들어 꿈을 꾸었다. 자신이 군사학교에서 총술 시험을 받고 있었다. 잠시 뒤 그는 무거운 신음 소리를 내뱉으며 땀에 흠뻑 젖은 몸을 소파에서 일으켰다. 누군가 현관 벨을 울리고 있었다.

그는 벌떡 일어서서 정신을 수습했다. 현관문을 열자 피스토라 형사의 다람쥐 이빨이 눈에 들어왔다.

"접니다." 형사가 당당하게 말했다. "실례지만, 대령님, 그가 범인입니다."

대령은 그의 말을 이해하려 애썼다.

"누구 말이오?"

피스토라 형사가 다시 한 번 이빨을 드러내고 활짝 웃으려고 했지만 실패했다.

"그야 안드를리크죠." 그가 말했다. "또 누가 있겠습니까? 말씀드린 대로 페페크는 감옥에 처박혀 있었습니다."

"왜 그렇게 안드를리크에게 집착하는 거요?"

대령이 짜증스럽게 쏘아붙였다.

피스토라가 작지만 영민해 보이는 눈을 굴렸다.

"그가 식품 저장실에서 마카로니 통을 훔친 범인이기 때문입니다." 그가 진지하게 대답했다. "그는 기차역에서 잡혔습니다. 그런데 실례지만 한 가지 여쭤볼 게 있습니다. 안드를리크가 말하기를 그 통에 마카로니는 없었고 서류만 한 뭉치 있었다고 합니다. 그게 사실입니까?"

"어디에," 대령이 숨도 쉬지 않고 다급하게 말했다. "그 서류 어디에 있소?"

"제 주머니에 있습니다." 형사가 이빨을 다 드러내고 활짝 웃었다. "자, 내가 어디에 뒀더라 …" 그가 헐렁한 웃옷 이곳저곳을 손으로 더듬어댔다. "아. 이게 맞나요?"

대령이 피스토라의 손에서 서류를 휙 낚아챘다. 여기저기 구겨지긴 했지만 바로 그 소중한 C부서의 139/7이었다. 대령의 눈에서 안도의 눈물이 흘러내렸다.

"정말, 이렇게 고마울 수가." 그가 넘쳐 오르는 기쁨에 어쩔 줄 몰라 했다. "이걸 다시 찾을 수만 있다면 어떤 대가라도 치를 생각이었소. 여보!" 그가 목청껏 소리쳐 아내를 불렀다. "이리 와봐. 훌륭한 경찰관, 아니 특수 요원 한 분을 소개해줄게."

"피스토라 경위입니다."

그가 잇몸 전체를 드러내고 환하게 웃으며 인사했다.

"이분이 도난당한 서류를 찾았어." 대령이 들뜬 목소리로 소리쳤다. "브랜디하고 잔 좀 가져와. 피스토라 씨, 나는 … 당신은 정말 모를 거요 … 내 말은, 당신이 이걸 안다면 … 자, 건배!"

"별거 아니었습니다." 피스토라가 싱긋 웃었다. "이건 좀 독하군요, 대령님! 참, 부인, 마카로니 통은 경찰서에 있습니다."

"귀신이나 가져가라지 뭐." 대령이 행복에 겨워 소리를 질렀다. "그런데 정말이지 존경스럽군! 피스토라 씨, 어떻게 그렇게 빨리 서류를 찾을 수 있었소? 자, 당신의 건강을 위하여!"

"이번에는 대령님의 건강을 위하여!" 피스토라가 예의 바르게 말했다. "대령님! 정말 별거 아니었습니다. 식품 저장실이 털렸다면 안드를리크나 페페크 둘 중 한 명입니다. 하지만 페페크는 두 달째 복역 중이니까 간단한 거죠. 만일에 위층이 털렸다면 피세츠키나 절름발이 톤데라, 카네르 혹은 지마, 그도 아니면 호우수카의 짓이죠."

"오, 세상에!" 대령이 경탄을 금치 못했다. "그런데, 만일에 이게 스파

120

이 짓이라면 어떻게 하면 되오? 자, 건배!"

"감사합니다, 대령님. 아시는 것처럼 우리는 스파이 관련 사건은 다루지 않습니다. 놋쇠로 만든 문손잡이는 체네크와 핀쿠스가 전문입니다. 구리선이면 토우세크란 작자이고, 술집이 털렸다면 틀림없이 하노우세크나 부흐타, 혹은 슬레싱거 중 한 명입니다. 우리는 정확한 용의자 리스트를 갖고 있습니다. 금고털이에 관해서도 전국의 금고털이범 명단을 갖고 있습니다. 현재 … 끄윽! 금고털이범이 27명이나 있군요. 그중 6명은 수감 중이고요."

"그런 자들은 벌을 받아 마땅하지." 대령이 단호하게 말했다. "피스토라 씨, 건배!"

"친절히 대해주셔서 정말 감사합니다." 피스토라가 말했다. "하지만, 저는 술이 약합니다. 양해해주십시오. 자, 대령님을 위해 건배! 이 작자들은 … 끄윽! 이 작자들은 그렇게 영리한 편이 못 됩니다. 그들은 한 가지 기술밖에 모릅니다. 다시 감옥에 집어넣을 때까지 죽어라고 그 방법만 써대지요. 이 안드를리크처럼 말이죠. 그는 저를 보자마자 말했습니다. '아하! 식품 저장실 때문에 찾아오신 거군요. 하지만 그럴 필요까지는 없었습니다. 통에는 서류 뭉치밖에 없었거든요. 급히 빠져나오느라 다른 건 집어올 시간이 없었고요.' 그래서 전 그에게 '똑바로 들어, 이 얼간이! 너는 이것만으로도 일 년은 족히 썩을 거다'라고 말해주었습니다."

"일 년씩이나?" 대령이 약간 안됐다는 듯이 반문했다. "그건 좀 과하지 않소?"

"어쨌든 그건 주거침입죄거든요. 잘 아시겠지만." 피스토라가 싱긋 웃었다. "친절하게 대해주셔서 정말 감사합니다. 그만 가보겠습니다. 아직 가게 유리창을 부수고 들어간 사건이 남아 있어서요. 이건 틀림없이 클레츠카나 루들 짓입니다. 언제든지 도움이 필요하시면 경찰서로 연락주십시오."

"잠깐만," 대령이 어렵게 말을 꺼냈다. "노고에 답례를 하고 싶은데 … 그 서류는 특별히 중요한 건 아니지만 … 그래도 절대로 잃어버리고 싶지 않은 것이었소. 무슨 말인지 아시겠소? 여기 … 괜찮다면 이걸 받아주시오."

대령은 단숨에 말을 끝내고는 50달러를 피스토라의 손에 쥐여주었다. 피스토라는 깜짝 놀라며 감동했다.

"이럴 필요까지는 없는데 … " 그는 손에 든 50달러를 재빨리 주머니에 찔러 넣었다. "정말 별거 아니었거든요. 하지만 감사합니다. 앞으로도 필요한 게 있으면 언제든지 연락주십시오."

"그에게 50달러를 줬어." 대령이 흐뭇한 표정으로 아내에게 말했다. "사실 저런 작자에겐 20달러만 줘도 충분하지만 … ."

대령은 피스토라 형사를 향해 우아하게 손을 흔들며 말을 계속했다.

"그 빌어먹을 서류를 찾아낸 공로를 크게 감안했지."

# 조금 수상한 사람


"콜다 경사님, 말씀드릴 게 있습니다."

파초프스키가 말을 꺼냈다. 그는 전쟁 전 오스트리아 치하에서 기마경찰 생활을 했지만, 종전 뒤 새로운 환경에 적응하지 못하고 경찰 생활을 접었다. 일단 연금으로 세계 여행을 다녀온 그는 '전망 여관'의 주인으로 새로운 삶을 시작했다. 여관이 있는 지역은 다소 외지긴 했지만 요즘 꽤 인기를 끌고 있는 곳이었다. 아름다운 경관 속에서, 여유로운 소풍을 할 수 있고, 호수에서 수영 따위를 즐길 수도 있기 때문이었다.

"경사님, 정말 모르겠습니다. 로에들이라고 2주일째 묵고 있는 손님이 있습니다. 겉으로 봐서는 이상한 구석이 없는 사람인데 왜 이렇게 찜찜한지 모르겠습니다. 숙박비도 선불로 다 지불했고, 술이나 도박도 안 합니다. 하지만 … 저기 말입니다."

잠시 숨을 고른 파초프스키가 갑작스레 제안했다.

"언제 한번 오셔서 그를 직접 살펴보십시오."

"그 사람의 어디가 문제라는 건가?"

콜다 경사가 물었다.

"바로 그게 문제입니다." 파초프스키가 답답해하며 대답했다. "그걸 모르겠다는 거죠. 딱히 뭐가 문제라고 말씀드릴 수 있는 게 없습니다. 하지만 … 이걸 어떻게 표현해야 하나? … 그 사람은 조금 수상쩍은 구석이 있습니다."

"그게 무슨 소린가? 그가 사람이라도 피한다는 건가?"

"꼭 그렇지는 않습니다." 파초프스키가 자신 없는 목소리로 말했다. "하지만 … 도대체 누가 9월에 이런 시골을 찾는단 말입니까? 그리고 그는 여관 앞에 차가 설 때마다 자기 방으로 올라가버립니다. 식사 중일 때조차도 예외가 아닙니다. 그게 전부입니다. 한 가지 더 말씀드리면, 이 로에들이라는 작자는 생김새도 전혀 맘에 들지 않습니다."

콜다 경사가 잠시 뭔가를 생각했다.

"이렇게 해보게. 가을에 여관을 닫을 거라고 그에게 얘기하는 거야. 그러면 아마 프라하나 다른 곳으로 떠날 거야. 그게 최상이야. 그를 여기 계속 묵게 하면서 마음 졸일 필요가 없지. 아무렴."

그다음 날은 일요일이었다. 얼짱으로 불리는 매력적인 젊은 경찰 휴리흐는 비번이었다. 그는 집으로 가는 길에 여관에 들르기로 마음먹었다. 숲을 가로질러 곧장 여관의 뒤뜰로 들어선 그는 한걸음에 여관 후문에 당도했다. 문 앞에서 그는 파이프의 재를 털기 위해 잠시 멈춰 섰다. 바로 그 순간 뒤뜰과 접한 이층 창문이 덜컹하더니 그의 등 뒤로 털썩하고 누군가 뛰어내리는 소리가 들렸다. 얼짱 경찰은 쏜살같이 달려가 창에서 뛰어내린 남자의 어깨를 붙잡았다.

"선생님." 그가 못마땅하게 말했다. "지금 뭐 하시는 겁니까?"

남자의 얼굴은 창백하고 무표정했다.

"아니, 뛰어내리면 안 되는 법이라도 있습니까?" 그가 희미한 목소리로 항의했다. "저는 여기 묵고 있단 말입니다."

얼짱 경찰이 재빨리 머릿속으로 상황을 정리했다.

"여기 묵고 계시더라도 창에서 뛰어내리는 건 조금 수상합니다."

"창에서 뛰어내리면 안 된다는 건 전혀 몰랐습니다." 표정 없는 사내가 사과했다. "제가 여기 살고 있는지는 파초프스키 씨에게 물어보십시오. 제 이름은 로에들입니다."

"그러시군요." 얼짱 경찰이 말했다. "신분증 좀 보여주십시오."

"신분증이요?" 로에들이 움찔했다. "사실 신분증이 없습니다. 안 그래도 신청할 생각입니다."

"우리가 대신 신청해드리죠. 같이 좀 가시죠."

얼짱 경찰이 강압적으로 말했다.

"어딜 말입니까?" 로에들의 얼굴이 잿빛으로 변했다. "무슨 … 무슨 권리로 나를 데려가는 겁니까?"

"당신이 조금 수상해 보이기 때문이오. 로에들 씨." 얼짱 경찰이 단호하게 말했다. "입 다물고 따라오시오."

경찰서에는 실내화를 신은 콜다 경사가 의자에 앉아 낡고 긴 파이프를 빨아대면서 경찰 잡지를 읽고 있었다. 그는 얼짱 경찰이 로에들을 데리고 들어오는 모습을 보자 한바탕 푸념을 해댔다.

"맙소사, 얼짱, 도대체 내게 왜 이러는 건가? 난 일요일조차 작은 평화를 누릴 수 없나? 왜 일요일에 여기로 사람을 들이는 거야?"

"경사님, 이 사람 조금 수상쩍습니다. 제가 여관에 들어서는 것을 보자

126

창밖으로 뛰어내려 숲으로 달아나려 했습니다. 신분증도 없고요. 그래서 데려온 겁니다. 이름은 로에들이라고 합니다."

"그래?" 콜다 경사가 흥미를 보였다. "조사를 받아야겠군, 로에들."

"나를 체포할 수는 없습니다."

로에들이 불안해하며 말했다.

"그건 당신 말이 맞아." 콜다 경사가 동의했다. "하지만 여기 잡아두는 건 아무 문제없지. 이봐, 얼짱, 여관으로 달려가서 이자가 묵던 방에 있는 물건들을 이리로 가져와. 자, 이쪽으로 앉아, 로에들."

"난 … 난 어떤 진술도 거부하겠습니다." 로에들이 더듬거리며 말했다. "그리고 당신들을 고소하겠습니다 … 이런 부당한 처사는 받아들일 수 없습니다."

"이것 봐, 로에들." 콜다 경사가 한숨을 내쉬었다. "당신은 정말 좀 수상쩍군! 난 당신하고 논쟁하고 싶은 생각 없어. 그냥 거기 앉아서 주둥이 닥치고 있어!"

그러더니 콜다 경사는 신문을 집어 들고 읽기 시작했다. 잠시 뒤 그가 다시 말문을 열었다.

"이거 알아? 로에들, 누구라도 당신을 보면 뭔가 이상하다는 걸 알 수 있어. 내가 당신이라면 모든 걸 털어놓고 마음의 평화를 얻을 거야. 하지만 싫다면 별수 없지."

로에들은 의자에 앉아 창백한 얼굴로 땀을 비 오듯 흘렸다. 콜다 경사는 못마땅해서 연신 코웃음을 치며 그를 유심히 관찰하더니, 난로 위에 말리고 있는 버섯을 뒤집으러 갔다.

"이봐, 로에들." 잠시 뒤 그가 다시 말을 건넸다. "우린 당신의 신원을 조회할 거야. 그동안 당신은 여기 갇혀 있어야 돼. 누구하고 얘기할 수도 없지. 어리석게 굴지 말라고."

로에들은 고집스럽게 침묵을 지켰다. 콜다 경사는 넌더리가 난다는 듯 투덜거리며 파이프의 재를 떨었다.

"좋아. 이렇게 생각해보자고. 우리가 당신 정체를 알아내는 데 아마 한 달쯤 걸릴 거야. 그렇지만 그 한 달은 당신이 살아야 할 징역 개월 수에 포함되지 않아. 그냥 허공에 날려버리는 거라고. 정말 바보 같은 짓이지."

"만약 제가 자백하면," 로에들이 입을 열었다. "그때는…."

"그때는 구치소로 보내지지. 그게 중요해. 구치소에 있는 기간은 선고받은 징역 개월 수에 포함되거든. 어느 쪽이든 원하는 대로 하게. 당신은 조금 수상하기 때문에 나는 기꺼이 당신을 재판정에 세울 거야. 더이상 할 말은 없네, 로에들."

로에들이 한숨을 쉬었다. 뭔가를 감춘 듯 불안해 보이는 그의 눈에 오랜 방황에 지친 자의 슬픔이 어렸다.

"왜," 그가 고통스럽게 말을 뱉었다. "왜 다들 내가 수상해 보인다고 말하는 걸까요?"

"당신이 불안에 떨고 있기 때문이지. 당신은 뭔가를 감추고 있어, 로에들. 사람들은 그런 걸 싫어하지. 왜 사람들 눈을 똑바로 쳐다보지 않지? 당신은 뭔가 불안해 보여. 그게 이유야, 로에들."

"로스너입니다."

창백한 얼굴에 의기소침한 사내가 본명을 실토했다.

"로스너, 로스너 … " 콜다 경사가 이름을 되뇌며 뭔가를 떠올리려 애썼다. "잠깐, 무슨 로스너지? 분명히 귀에 익은 이름인데."

"페르디난드 로스너입니다."

사내가 불쑥 말했다.

"페르디난드 로스너."

경사가 이름을 반복했다. "뭔가 떠오를 것도 같은데 … 페르디난드 로스너 … ."

"비엔나 저축은행 사건."

창백한 얼굴의 사내가 기억을 도왔다.

"아!" 콜다 경사의 얼굴이 환하게 밝아졌다. "그 횡령 사건. 이제 기억나네. 로스너! 지난 3년간 우리가 쫓고 있던 바로 그 로스너군."

그가 기쁨에 넘쳐 소리쳤다.

"왜 진작 말하지 않았나? 난 화가 치밀어서 거의 당신을 창밖으로 내던질 뻔했다고. 당신이 바로 그 로스너군! 이봐, 얼짱!"

그가 때마침 들어오던 얼짱 경찰에게 소리쳤다.

"이자는 로스너야. 왜 있잖아, 그 횡령꾼 말이야."

"예, 그게 바로 접니다."

로스너가 몸을 움츠리며 힘없이 읊조렸다.

"감옥에 가겠지만 곧 익숙해질 거야, 로스너." 콜다 경사가 그를 다독였다. "이제 다 끝나서 오히려 속 시원하다고 생각하게. 그런데 도대체 지난 3년 동안 어디서 숨어 지냈나?"

"철저하게 몸을 숨겼죠." 로스너가 씁쓸하게 말했다. "침대차나 고급 호텔에서 지냈습니다. 거기라면 아무도 내가 누군지 어디에서 왔는지 묻지 않으니까요."

"오, 이런! 경비가 엄청나게 들었겠군."

콜다 경사가 동정했다.

"상상도 하기 어려운 금액이죠." 로즈너가 조금씩 긴장을 풀며 말했다. "그렇다고 항상 경찰이 들락거리는 곳에 갈 수는 없었습니다. 그렇지 않습니까? 그래서 분에 넘치는 곳에서 지낼 수밖에 없었던 거죠. 난 한곳에 사흘 이상은 묵지 않았습니다. 그런데 이렇게 덜미가 잡힌 거죠."

"편히 생각하게." 콜다 경사가 다시 한 번 그를 위로하기 시작했다. "지금쯤이면 자네 돈도 바닥이 나기 시작했을 걸세. 어차피 결과는 똑같았을 거야."

"아마 그렇겠죠." 로스너가 동의했다. "하지만 꼭 돈이 아니라도 전 이 생활을 더 이상 견디기 어려웠습니다. 아시는 것처럼 지난 3년 동안 누구하고도 마음을 터놓고 얘기해보지 못했죠. 마음 편하게 한 끼 식사도 할 수 없었습니다. 누가 저를 힐끗 쳐다보기라도 하면 그곳을 재빨리 벗어났죠 … 누구나 저를 이상한 사람처럼 바라보았습니다." 그가 한탄했다. "사람들이 다 경찰처럼 보였어요. 심지어는 파초프스키 씨도 말입니다."

"그건 자네가 이상한 게 아냐. 파초프스키는 한때 경찰이었거든."

콜다 경사가 말했다.

"이유가 뭘까요?" 로스너가 투덜거렸다. "제 얼굴 어디에 도망자 낙인이라도 찍혀 있는 겁니까? 왜 사람들이 저를 이상하게 쳐다보죠? 제가 범죄자처럼 생겼습니까?"

콜다 경사가 그를 깊은 눈빛으로 쳐다봤다.

"로스너, 내가 이유를 말해주지. 물론 지금은 아니야. 지금 자네는 다른 사람과 똑같아 보여. 하지만 방금 전까지만 해도 자네는 어딘가 수상해 보였네. 딱히 뭐가 수상한지는 꼭 집어 말할 수 없지만 말이야 … 자, 이제 우리 얼짱 경찰이 자넬 유치장으로 데려갈 거야. 아직 6시 전이니까 오늘도 징역 날짜에 포함될 걸세. 일요일이 아니라면 내가 직접 데려갈 텐데. 무슨 악의가 있었던 건 아니니까 너무 언짢게 생각 말게. 그저 자네가 수상해 보여서 이렇게 된 것뿐이니까. 다 잘될 걸세. 얼짱, 그만 데려가게."


"이거 알아? 얼짱." 그날 저녁 콜다 경사가 말했다. "사실 나는 로스너가 굉장히 맘에 들었어. 진짜 괜찮은 사람이지, 그렇지 않은가? 1년 이상 형을 받으면 안 되는데 … ."

"저도 그를 위해 한마디 해놨어요." 얼짱 경찰이 얼굴을 살짝 붉히며 말했다. "그래서 그들이 담요를 두 장 넣어줬습니다. 로스너는 아직 그런 데서 자는 게 익숙하지 않을 테니 … ."

"잘했어." 콜다 경사가 말했다. "나도 간수들에게 가끔씩 그와 얘기를 나누라고 해야겠군. 로스너가 이제 사람들 품으로 돌아왔다는 걸 느낄 수 있게 말이야."

# 시인

그건 늘 일어나는 사건이었다. 새벽 4시, 어둠이 짙게 깔린 지트나 거리에서 술에 취한 어떤 노파가 자동차 사고를 당했다. 사고를 낸 차는 전속력으로 뺑소니를 쳤다. 즉시 메이즈리크 형사가 투입되었다. 반드시 범인을 색출해야 한다는 무거운 책임감이 이 젊은 형사의 어깨를 짓눌렀다.

"흠," 메이즈리크가 담당 경관에게 물었다. "그러니까 약 30보 떨어진 거리에서 길에 쓰러진 사람과 빠른 속도로 달아나는 차를 보았단 말이지. 맨 처음 한 일이 뭔가?"

"먼저 피해자에게 달려갔습니다." 경관이 보고했다. "응급조치를 하기 위해서죠."

"먼저 가해 차량을 확인했어야지. 그러고 난 뒤에야 노파에 대해 걱정을 하든가 …" 메이즈리크가 투덜거렸다. "하지만 아마 나라도 그렇게 했을 거야."

메이즈리크가 연필로 머리를 긁적거리며 덧붙였다.

"어쨌든 차량 번호는 보지 못했단 말이군. 뭐 다른 건 없나?"

"제 생각에는 가해 차량이 짙은 색 종류였습니다. 아마 짙은 파란색이나 짙은 붉은색이었던 것 같습니다. 배기가스 때문에 알아보기 쉽지 않았습니다."

경관이 느릿느릿한 목소리로 말했다.

"큰일이군." 메이즈리크는 크게 낙담했다. "이래서야 어떻게 뺑소니 차를 찾는단 말인가? 온 도시의 운전자를 찾아가서 친절한 목소리로 '저 혹시 노파를 치지 않았나요?' 하고 일일이 물어보고 다닐까? 자네는 내가 어떻게 했으면 좋겠나?"

경관이 자신이라고 별수 있겠냐는 듯 어깨를 으쓱했다.

"형사님, 사실은 목격자가 한 명 있긴 합니다. 하지만 그도 아는 게 전혀 없습니다. 지금 밖에서 기다리고 있습니다."

"그래, 이리로 데려오게."

메이즈리크가 눈살을 찌푸리며 말했다. 그러고는 빈약한 사건 보고서에서 뭔가 눈에 띌 만한 단서를 찾아봤지만 허사였다.

"이름과 주소를 말씀해주세요."

그가 증인을 쳐다보지도 않고 기계적으로 말했다.

"크랄리크 얀입니다. 공과대학에 다니고 있습니다."

증인이 무덤덤하게 말했다.

"오늘 새벽 4시, 어떤 차가 보제나 마하츠코바를 치고 달아난 현장에 있었나요?"

"네. 그 사고는 전적으로 운전자 잘못입니다. 당시 도로는 오가는 차 한 대 없이 텅텅 비어 있었기 때문이죠. 운전자가 교차로에서 속도를 줄이기만 했어도…."

"사고 장소에서 얼마나 떨어져 있었나요?"

메이즈리크가 말을 가로챘다.

"열 걸음쯤 될 겁니다. 커피숍에서 나와 집으로 가는 친구를 배웅하고 있었죠. 우리가 지트나 거리를 따라 걸어가고 있을 때 ⋯ ."

"친구라니 누구 말입니까?" 메이즈리크가 다시 끼어들었다. "이 보고서에는 그런 사실이 안 적혀 있는데요."

"야로슬라브 네라드, 시인이죠." 목격자가 자부심이 묻어나는 목소리로 말했다. "하지만 그가 무언가 얘기해줄 수 있을지 모르겠군요."

"왜 그렇죠?"

메이즈리크가 지푸라기라도 잡으려는 듯 따졌다.

"그건 그는 ⋯ 그는 뭔가 안 좋은 일이 생기면 어린아이처럼 울음부터 터트리고 집으로 달려가 숨어버리는 그런 부류의 시인이기 때문이죠. 하여튼 우리가 지트나 거리를 걸어가고 있는데, 무언가가 미친 속도로 우리 뒤편에서 달려왔습니다. 바로 그 차가 ⋯ ."

"차 번호는요?"

"모릅니다, 형사님. 보지 못했거든요. 미친 듯이 질주하는 차를 보고는 스스로에게 이렇게 말했죠 ⋯ ."

"어떤 종류의 차였습니까?"

메이즈리크가 그의 말을 가로막고 물었다.

"4기통 내연기관!" 목격자가 공과 출신답게 대답했다. "물론 그게 무슨 자동차인지는 잘 모르겠지만 ⋯ ."

"차 색깔은 어땠나요? 누가 타고 있었죠? 컨버터블이었나요, 아니면 그냥 세단이었나요?"

"모르겠습니다." 목격자가 혼란스러운 표정으로 말했다. "검은색 차였던 것 같은데 자신은 없습니다. 사고가 났을 때 네라드에게 '저것 봐, 저 빌어먹을 놈이 사람을 치고는 그냥 가버리네!'라고 말하느라 미처 자세히 보지 못했습니다."

"흠," 메이즈리크가 실망해서 말했다. "그게 당연한 반응이고 또 의심할 바 없이 도덕적인 태도라는 건 이해합니다. 하지만 차라리 번호판을 봤으면 좋았을 텐데 … 사람들이 얼마나 간단한 관찰도 못하는지 정말로 놀라울 따름입니다. 당신은 운전자가 틀림없이 잘못을 저질렀고, 그런 자는 쓰레기 같은 놈이라고 굳게 믿겠죠. 하지만 체계적이고 실질적인 관찰은 … 감사합니다. 크랄리크 씨, 이제 가서도 좋습니다."

그로부터 1시간도 채 지나지 않아 담당 경관이 시인 야로슬라브 네라드의 집 초인종을 눌렀다. 시인 네라드는 자고 있었다. 잠시 뒤 시인이 현관에 모습을 드러냈다. 놀란 듯 작은 눈을 동그랗게 뜨고 불안한 표정으로 경관을 쳐다보았다. 그는 아무리 생각해도 자신이 어떤 잘못을 저질렀는지 기억나지 않았다.

하지만 그는 곧 경찰서에서 왜 자신을 찾아왔는지 알아차렸다.

"꼭 가야 합니까?" 그가 탐탁지 않은 목소리로 물었다. "사실 나는 아무것도 기억나지 않습니다. 그날 밤 저는 약간 … ."

"많이 취하셨겠죠." 경관이 이해한다는 듯이 말했다. "저는 아는 시인이 많거든요. 가서 옷 갈아입고 오십시오. 여기서 기다리겠습니다."

시인과 경관은 경찰서로 걸어가면서 이웃의 술집들과 사람들의 삶, 다양한 천체 현상과 그 밖의 많은 문제들에 대해 이야기를 나누기 시작했다. 다만 정치만은 예외였다. 둘 다 관심 밖이었던 것이다. 친근하고 유익한 대화가 이어지는 가운데 시인은 어느덧 경찰서에 도착했다.

"당신이 시인 야로슬라브 네라드 씨로군요." 메이즈리크가 말했다. "그리고 목격자이기도 하지요. 당신은 정체를 알 수 없는 차가 보제나 마하츠코바를 치고 도망간 현장에 있었지요."

"네. 맞습니다."

시인은 한숨을 내쉬었다.

"어떤 종류의 차였는지 말씀해줄 수 있나요? 세단인가요 아니면 컨버터블인가요? 어떤 색깔이었죠? 안에는 누가 있었죠? 차량 번호판은 보셨나요?"

시인이 기억을 되살리느라 애를 썼다.

"모르겠습니다. 신경 쓰지 않았거든요."

"세부적인 것은 전혀 기억나지 않습니까?"

메이즈리크가 몰아붙였다.

"단 하나도 기억나지 않습니다." 시인이 솔직하게 시인했다. "원래 세부적인 것에는 전혀 주의를 기울이지 않거든요."

"그거 감사하군요." 메이즈리크가 약간 비꼬는 투로 말했다. "그럼 대체 어떤 것에 주의를 기울이십니까?"

"전체적인 분위기죠." 시인이 모호하게 대답했다. "길게 늘어선 인적 없는 거리 … 새벽 여명에 … 그리고 도로에 쓰러져 있는 노파의 모습 … ."

시인이 갑자기 벌떡 일어섰다.

"집에 돌아와서 그 사건에 대해 쓴 게 있습니다!"

그가 주머니를 더듬거리더니 포장지와 영수증 같은 종이 쪼가리들을 줄줄이 꺼내기 시작했다.

"이게 아니야." 그가 혼잣말을 했다. "이것도 아니군. 잠깐, 이거 같은 데."

그가 어떤 편지 봉투의 뒷면을 뚫어져라 쳐다보며 말했다.

"내게 보여주시오."

메이즈리크가 부드럽게 말했다.

"별거 아닙니다." 시인이 완곡히 거절했다. "하지만 원하시면 읽어는 드리겠습니다."

그의 두 눈에 열정이 서서히 차올랐다. 이윽고 그의 입에서 모음을 길게 늘여가며 시를 암송하는 듣기 좋은 목소리가 흘러나왔다.


어둠 속 빌딩들의 행진, 하나둘 멈춰 서네

여명은 만돌린을 연주하고

소녀야, 너는 왜 얼굴을 붉게 물들이는가

120마력의 속도로 세상 끝으로 달려가는

혹은 싱가포르를 향하여

저 나는 듯이 달려가는 차를 세워라

우리의 위대한 사랑이 먼지 속에 뒹굴고 있네

꺾어진 한 떨기 꽃과 같은 소녀

백조의 목과 여인의 가슴, 북과 심벌즈

나는 왜 이리 구슬피 우는가

"이게 전부입니다."

야로슬라브 네라드가 말했다.

"실례입니다만 이것들이 다 무슨 소리죠?"

메이즈리크가 물었다.

"당연히 교통사고를 묘사한 것입니다. 이해가 안 되십니까?"

시인이 놀란 얼굴로 반문했다.

"전혀 그렇게 들리지 않는데요." 메이즈리크가 얼굴을 잔뜩 찌푸리며
말했다. "이 시가 어떻게 그날 사건을 설명하고 있다는 겁니까? 7월 15
일 새벽 4시 지트나 거리에서 정체불명의 차량이 보제나 마하츠코바라
는, 술에 취한 비렁뱅이 노파를 치었죠. 그녀는 치명적인 부상을 입고
병원으로 실려 갔는데, 지금 목숨이 위태로운 상태입니다. 당신의 시는
이런 사실들을 언급하고 있지 않습니다."

"하지만 그런 건 단지 겉으로 드러난 사실일 뿐이죠." 시인이 코를 만
지작거리며 말했다. "시는 내면적 진실입니다. 시인의 잠재의식에 존재
하는 자유롭고 초현실적인 이미지가 현실에 의해 촉발된 것이 시죠. 시
각과 청각의 연계라고 얘기할 수도 있습니다. 마음을 열고 자신을 시에
내맡겨보십시오. 그러면 그 의미를 이해할 수 있습니다."

"미안합니다만," 메이즈리크가 폭발했다. "잠깐 멈춰주십시오. 시를
저에게 보여주시겠습니까? 감사합니다. 음, 괜찮으시다면 여기 첫째 행

의 '어둠 속 빌딩들의 행진, 하나둘 멈춰 서네'가 무슨 뜻인지 설명해주시겠습니까?"

"그건 지트나 거리입니다. 길 양편에 늘어선 빌딩들을 가리키죠."

시인이 차분하게 말했다.

"왜 나로드니 거리는 아닌가요?"

메이즈리크 형사가 의아하게 물었다.

"거긴 지트나 거리처럼 길이 곧게 나 있지 않거든요."

확신에 찬 대답이 돌아왔다.

"그렇군요. '여명은 만돌린을 연주하고' … 아, 이건 그냥 넘어가죠. '소녀야, 너는 왜 얼굴을 붉게 물들이는가' … 왜 여기서 소녀가 나오는 겁니까?"

"그건 붉게 떠오르는 태양을 뜻합니다."

시인이 짤막하게 대답했다.

"아, 알겠습니다. '120마력의 속도로 세상 끝으로 달려가는' … 이건 뭐죠?"

"아마 차가 피해자를 막 덮쳤을 때 같습니다."

"속도가 120마력이었나요?"

"그게 아니라 그만큼 차가 빨랐다는 거죠. 마치 세상 끝까지 달려가려는 듯이."

"무슨 말인지 알겠습니다. '혹은 싱가포르를 향하여' … 왜 하필 싱가포르죠?"

시인이 어깨를 으쓱했다.

"글쎄요. 잘은 모르지만 말레이시아인들이 거기에 살고 있기 때문이 아닐까요?"

"그 차와 말레이시아인들이 무슨 관계가 있습니까?"

시인이 혼란스러워했다.

"아마도 차가 브라운색이었던 것 같습니다 … 그랬던 것 같습니다." 그는 곰곰이 생각하더니 말했다.

"틀림없이 무언가 브라운색이었습니다. 그렇지 않고서야 싱가포르가 떠오를 이유가 없습니다."

"이것 참. 이미 차 색깔로 빨간색과 푸른색, 그리고 검은색이 얘기되고 있는데 이제는 또 브라운색이라니, 어떤 색을 골라야 할까요?"

"브라운색을 고르십시오. 근사한 색깔이잖아요."

시인이 권유했다.

"'우리의 위대한 사랑이 먼지 속에 뒹굴고 있네. 꺾어진 한 떨기 꽃과 같은 소녀'" 메이즈리크 형사가 다음 구절을 읽었다. "여기 '꺾어진 한 떨기 꽃'이 그 술 취한 거지 노파를 말하나요?"

"전 술 취한 거지 노파에 대해 쓰지 않았습니다." 시인이 기분이 상한 듯 말했다. "그녀는 그저 한 여인이었습니다. 아시겠습니까?"

"아. 그러면 이건 뭐죠? '백조의 목과 여인의 가슴, 북과 심벌즈' 말입니다. 이게 말씀하신 자유연상인가요?"

"이리 줘보십시오." 시인이 혼란스러워하며 시가 적힌 종이 위로 몸을 숙였다. "백조의 목과 여인의 가슴, 북과 심벌즈 … 도대체 이게 뭐지?"

"바로 그걸 묻는 겁니다."

메이즈리크가 다소 성마른 어조로 말했다.

"잠깐만요." 시인이 곰곰이 생각했다. "뭔가 떠오를 것도 같습니다. 들어보세요. 숫자 2가 백조의 목선과 닮았다는 생각 안 드십니까? 이거 보십시오."

그가 메이즈리크의 연필로 숫자 2를 그렸다.

"아." 메이즈리크가 집중하며 말했다. "그렇다면 여인의 가슴은 뭡니까?"

"물론 그건 숫자 3이죠. 두 개의 곡선 … 아시겠죠?"

시인이 스스로 경탄했다.

"자, 이제 북과 심벌즈만 해결하면 됩니다."

메이즈리크가 외쳤다. 그의 목소리에 팽팽한 긴장감이 묻어났다.

"북과 심벌즈 … " 시인이 생각에 잠긴 목소리로 말했다. "북과 심벌즈 … 이건 숫자 5를 나타내는 것 같습니다. 그렇지 않나요? 이것 보세요." 그가 숫자 5를 그렸다. "여기 불룩 튀어나온 부분은 북을, 그리고 그 위는 심벌즈를 닮아 … ."

"잠깐." 메이즈리크가 말을 중단시키고 종이에 숫자 235를 썼다. "그러니까 차 번호가 235번이라는 건데 틀림없습니까?"

"저는 말씀드린 대로 숫자 같은 건 전혀 신경 쓰지 않았습니다." 시인이 단호하게 말했다. "하지만 그런 숫자가 있었던 것은 분명합니다. 그게 아니라면 제가 이렇게 썼을 리가 있겠습니까?"

그가 자신의 즉흥시를 들여다보며 스스로 감탄했다.

"이 부분이 이 시의 가장 뛰어난 부분이죠."

이틀 뒤 메이즈리크가 시인의 집을 방문했다. 그는 다행히도 이번에는 자지 않고 있었는데, 여자 친구로 보이는 여인이 그의 곁을 지키고 있었다. 그는 메이즈리크에게 자리를 권하려고 빈 의자를 찾았지만 곧 그럴 필요가 없다는 사실을 알았다.

"오래 머물 시간은 없습니다." 메이즈리크가 말했다. "그저 그 차 번호가 진짜로 235번이었다는 걸 알려주려고 들렀습니다."

"어떤 차 말씀이죠?" 시인이 의아해했다.

"백조의 목과 여인의 가슴, 북과 심벌즈." 메이즈리크가 단숨에 말했다. "그리고 싱가포르 말입니다."

"아, 그거요. 물론 압니다. 이제 당신도 내면의 진실이 뭔지 알게 되셨군요. 다른 시를 한두 편 더 읽어드릴까요? 이제는 그것들을 이해하실 테니까요."

"다음에 부탁드리죠." 메이즈리크 형사가 조금도 주저하지 않고 대답했다. "다른 사건이 생겼을 때 말이죠."

# 야니크 사건

여기에 나오는 야니크 씨는 정부에 근무하는 야니크 박사도 아니고, 부동산 재벌 이르샤를 저격한 야니크도 아니며, 연속해서 당구를 326게임이나 친 야니크도 아니다. 그는 펄프와 제지 도매 회사를 운영하는 야니크 앤 홀레체크사의 사장인 야니크다. 그는 키는 좀 작지만 평판이 좋은 신사로, 과거에 세베로바 양에게 구애를 거절당해 힘든 시간을 보낸 뒤로는 독신으로 지내고 있다. 아무튼 문제의 야니크는 다른 야니크와의 혼란을 피하기 위해 간단하게 '종이 남자'로 불리고 있다.

이 '종이 남자' 야니크는 순전히 우연으로 예상치 못한 사건에 관여하게 된다. 그가 여름휴가를 보내고 있던 사자바 강가를 따라 루제나 레그네로바의 시체 수색이 이루어진 것이다. 그녀는 약혼자인 인드리흐 바스타에게 살해되었다. 바스타는 이 불쌍한 여인의 시체에 등유를 부어 태운 뒤 숲에 묻어버렸다. 바스타는 루제나를 살해한 혐의로 유죄를 선고받았지만, 아직 그녀의 시체나 뼈는 발견되지 않았다. 경찰은 지난 9일 동안 바스타를 데리고 숲 속을 헤집고 다녔다. 그가 가리키는 곳마다 땅을 파고 삽질을 했지만 아무것도 발견되지 않았다. 그가 정확한 장소를 모르고 헛수고만 시키고 있든지, 아니면 고의로 시간을 끌고 있든지 둘 중 하나가 분명했다. 그는 명망 있는 집안에서 태어났지만 어딘지 문제가 있는 사람이었다. 비정상적이고 비뚤어진 데가 많았다. 아마도 그가 세상에 나올 때 산부인과 의사가 실수로 머리에 뭔가 충격을 주었던 것 같다. 지난 9일간 숲 속 여기저기로 경찰을 끌고 다니는 내내, 그의 안색은 유령처럼 창백했고 공포에 사로잡힌 듯 눈자위를 계속 씰룩거렸다. 그를 쳐다보는 것이 고통스럽고 끔찍할 정도였다. 경찰들은 그에 이끌려 월귤나무 숲과 늪지대를 수색하느라 갖은 고생을 했기 때문에 화가 머리 꼭대기까지 치밀어 있었다. 그들은 간신히 화를 삭이며 속으로 다짐했다. '이 나쁜 자식! 네가 어떤 수작을 부리더라도 반드시 찾아내고 말 테다. 그때까지 너를 죽도록 끌고 다니겠어!' 마침내 바스타는 더 이상 한 발짝도 뗄 수 없을 정도로 기진맥진한 상태가 되었다. 그는 허물어지듯 땅바닥에 주저앉더니 숨을 헉헉대며 말했다.

"여깁니다. 여기에 그 여자를 묻었다고요!"

"일어서, 바스타!" 한 경관이 그에게 고함쳤다. "여기 아닌 거 알아. 계속 가!"

바스타는 간신히 일어서서 비틀비틀 휘청거리며 걸었다. 하지만 몇 걸음 못 가고 다시 탈진해서 쓰러졌다. 수색 행렬은 이랬다. 네 명의 정복 경찰과 두 명의 사복 경찰이 앞에 서고, 두 명의 사냥터지기와 삽을 든 몇 명의 노인들, 그리고 만신창이가 되어 몸을 부들부들 떨며 억지로 걸음을 떼고 있는 바스타가 그 뒤를 따랐다.

야니크가 아닌 다른 사람이었다면, 아마도 괜히 나서지 말고 자신의 일이나 신경 쓰라고 경찰에게 구박을 당했을 것이다. 하지만 그는 여관

144

에서 경찰들과 안면을 익혔기 때문에 자연스럽게 행렬에 합류할 수 있었다. 게다가 그는 정어리 통조림과 살라미 소시지, 꼬냑같이 일행들의 환영을 받을 수 있는 물건을 많이 갖고 있었다. 수색이 9일째 접어들자 사정이 급격히 악화됐다. 야니크는 이제 이들과 헤어져야겠다고 결심했다. 경찰들은 잔뜩 부아가 치밀어 고래고래 고함을 질러댔고, 사냥터 지기들은 다른 일도 산더미처럼 쌓여 있는데 더 이상은 못하겠다고 대들었다. 삽을 멘 노인들도 이런 힘든 일에 하루당 20코루나는 말도 안 된다며 구시렁거렸다. 바스타는 땅바닥에 철퍼덕 주저앉아 몸을 부들부들 떨고 있을 뿐 경찰의 고함 소리나 어떤 요구에도 일절 반응을 보이지 않았다. 절망적이고 곤혹스러운 순간이었다. 바로 그때 야니크가 누구도 예상치 못한 행동을 했다. 바스타 곁에 무릎을 꿇고 앉아 햄이 든 롤빵을 그의 손에 쥐여주면서 연민에 찬 목소리로 말을 건넨 것이다.

"이거 좀 들어봐요, 바스타 씨. 제 말 들리나요?"

그 순간 바스타가 끄윽 하고 울음을 터트렸다.

"제가 반드시 찾겠습니다. 반드시 찾겠습니다, 선생님."

그가 흐느끼며 일어서려고 애를 썼다. 그때 사복 경찰 한 명이 다가와 그를 일으켜 세우며 상냥하게 말했다.

"나에게 기대게, 바스타. 야니크 씨가 다른 쪽에서 잡아주실 걸세. 자, 이제 그곳으로 야니크 씨를 안내해주게. 그럴 거지?"

1시간 뒤 인드리흐 바스타는 허벅지 뼈가 발견된 얕은 구덩이 위에 서서 담배를 피우고 있었다.

"루제나 레그네로바의 뼈인가?"

트룬카 경사가 엄한 목소리로 물었다.

"그렇습니다." 바스타가 차분하게 대답하며 담뱃재를 구덩이에 털었다. "더 알고 싶은 게 있습니까?"

그날 저녁 여관에서 트룬카 경사가 야니크에게 말했다.

"대단합니다, 선생님. 당신은 심리학자나 진배없습니다. 당신 덕분에 이 사건이 해결됐습니다. 자, 당신의 건강을 위해 건배! 그는 당신이 '바스타 씨!' 하고 부르자 고분고분해졌습니다. 그는 한 가닥 남은 자존심이나마 지키고 싶었던 겁니다. 불쌍한 자식 … 그런데 우린 그를 마구 대했으니 … 선생님은 그를 부드럽게 대하면 일이 잘 풀릴 거라는 걸 어떻게 아셨습니까?"

"아, 저는 늘 그렇게 합니다. 누구에게나 '씨'를 깍듯이 붙이죠. 그리고 그때 그가 안돼 보였습니다. 그래서 햄이 든 롤빵을 주자고 생각했죠."

이날의 영웅이 얼굴을 붉히며 겸손하게 말했다.

"타고나신 거네요." 트룬카 경사가 말했다. "제가 감이 좋다고 하는 게 그거죠. 자, 당신의 건강을 위해 건배! 야니크 씨, 아까운 재능을 썩히고 있는 겁니다. 그러지 말고 우리와 같이 일하는 게 어떻습니까?"


그 일이 있고 나서 얼마 뒤, 야니크는 브라티슬라바행 야간열차를 탔다. 슬로바크 제지 공장에서 열리는 정기 주주총회에 참석하기 위해서였다.

"브라티슬라바에 도착하기 전에 깨워주시오." 그가 차장에게 당부했다. "오스트리아 국경까지 가지 않게 말이오."

말을 마친 그는 마침 손님이 없어 침대칸을 독차지하게 된 것을 기뻐
하며 침대로 들어갔다. 편안하게 이층 침대의 아래 칸에 몸을 뉘어 잠시
이런저런 사업상의 문제들을 생각하던 야니크는 곧 잠이 들었다. 얼마
나 흘렀을까. 정확한 시간은 알 수 없었지만, 야니크는 차장이 문을 여
는 소리에 어렴풋이 잠이 깼다. 차장이 새로운 손님을 침대칸으로 안내
하고 있었다. 그는 들어오자마자 잽싸게 옷을 벗더니 위쪽 침대로 올라
갔다. 비몽사몽간에 사다리에 매달려 있는 남자의 양말과 털이 수북하
게 난 다리가 보이더니, 곧이어 누군가 침대 커버 아래로 몸을 눕히느
라 쿵 하는 소리가 들렸다. 그러고는 전등 스위치가 달칵하는 소리가 나
더니 다시 어둠이 내려앉았다. 다시 잠이 든 야니크는 내내 털이 수북한
남자에게 쫓기는 꿈에 시달리다가 어느 순간 밖에서 누군가가 외치는
소리에 잠이 깼다.

"질리나에서 다시 보세나!"

그 순간 그는 침대에서 벌떡 일어나 창밖을 내다봤다. 날이 이미 훤하
게 밝아 있었고, 브라티슬라바 역을 알리는 이정표가 보였다. 차장이 깜
박하고 그를 깨우지 않은 것이다. 야니크는 공황 상태에 빠져 아무렇게
나 바지를 꿰어 입었다. 총알같이 나머지 옷들을 파자마 위에 걸치고 잡
동사니들을 주머니 속에 쑤셔 넣은 야니크는 허겁지겁 승강장으로 뛰
어내렸다. 기차가 막 경적을 울리며 천천히 역을 빠져나가고 있었다.

"에이!"

야니크가 떠나는 기차를 향해 주먹을 흔들어대고는 옷매무새를 정돈
하러 화장실로 들어갔다. 주머니 속의 물건을 정리하던 야니크는 소스

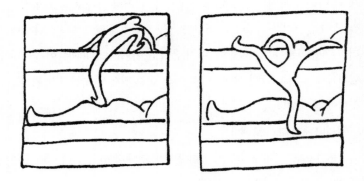

라치게 놀랐다. 안주머니에 자신의 지갑이 하나가 아니라 두 개가 있었던 것이다. 남의 것임이 분명한 두툼한 지갑에는 5백 코루나짜리 빳빳한 지폐가 60장이나 들어 있었다. 전날 밤 함께 침대칸을 나눠 쓴 승객의 것임이 틀림없었다. 야니크는 미처 달아나지 않은 잠을 쫓으면서 생각을 해봤지만, 아무리 생각해도 그 지갑이 어떻게 자신의 주머니 속에 들어오게 되었는지 알 수 없었다. 그는 서둘러 경찰서를 찾아가 지갑을 건넸다. 경찰이 갈렌타에 전화를 걸어 14번 침대칸의 승객에게 브라티슬라바 경찰서에서 지갑을 보관하고 있다는 사실을 전해달라고 말했다. 그동안 야니크는 한구석에서 주린 배를 움켜쥐고 기다려야 했다. 통화를 끝낸 경찰에게 자신의 신상 정보를 얘기한 야니크는 비로소 경찰서를 나와 식당으로 향했다. 그런데 경찰이 그의 뒤를 황급히 쫓아오는 것이 아닌가. 경찰은 야니크에게 무언가 잘못 알고 있는 것이 아니냐고 물었다. 14번 침대칸의 승객이 지갑을 분실한 적이 없다고 얘기했다는 것이다. 야니크는 경찰서로 돌아와 다시 한 번 지갑이 그의 손에 들어오게 된 경위를 설명해야 했다. 설명이 끝나자 어디선가 나타난 두 명의 사복 경찰이 60장의 지폐를 가져갔다. 30분쯤 기다렸을까. 다시 돌아온 사복 경찰이 야니크를 어떤 고위 경관에게 데려갔다.

"야니크 씨." 고위 경관이 입을 열었다. "우리는 방금 14번 침대칸의 승객을 붙잡아 놓으라고 파르칸 나나에 전보를 쳤습니다. 그의 정확한 인상착의를 알려주시겠습니까?"

야니크가 얘기할 수 있는 것은 털이 수북한 다리밖에 없었다. 고위 경관이 얼굴을 찡그렸다.

"야니크 씨, 그 돈은 위조지폐로 밝혀졌습니다. 그 승객이 도착할 때까지 여기서 기다리십시오."

야니크는 속으로 승무원에게 저주를 퍼부었다. 승무원이 제때 깨우지 않아 서둘러 짐을 챙기느라 이런 사달이 난 것이다. 1시간쯤 뒤 파르칸 나나로부터 전갈이 도착했다. 14번 침대칸의 승객이 노베 잠키에서 하차한 뒤 사라져버렸다는 내용이었다. 기차에서 내린 뒤 그의 행적은 밝혀지지 않았다.

"야니크 씨, 이제 돌아가셔도 좋습니다. 우리는 이 사건을 프라하의 흐루세크 형사에게 넘길 겁니다. 위조지폐 사건에 관한 한 그를 따라갈 자가 없기 때문입니다. 이건 매우 심각한 사건이라는 점을 명심하십시오. 가능한 한 빨리 프라하로 돌아가세요. 경찰이 곧 연락을 취할 겁니다. 이렇게 운 좋게 위조지폐를 찾게 되어 얼마나 감사한지 모르겠습니다. 이건 단순한 위조지폐 사건이 아닙니다."

야니크가 프라하에 돌아오자마자 기다렸다는 듯이 전화기가 울렸다. 경찰본부였다. 야니크는 즉시 달려갔다. 모두가 대장이라고 부르는, 덩치가 산처럼 큰 남자 한 명과 창백하고 말라빠진 흐루세크 형사가 그를 맞았다.

"이리 앉으십시오, 야니크 씨." 몸집이 커다란 남자가 작은 소포의 봉인을 뜯으면서 말했다. "이게 … 이게 브라티슬라바 역에서 당신의 호주머니 속에 들어 있던 지갑입니까?"

"네."

야니크가 한숨을 내쉬었다.

남자가 지갑 속의 지폐를 세었다.

"60장이군요. 모두 27451이라는 동일한 일련번호가 새겨져 있습니다. 헤프에 있는 국경수비대에서 우리에게 전보를 칠 때 쓰는 숫자와 같습니다."

비쩍 마른 형사가 지폐 한 장을 손가락 사이에 집더니 지그시 눈을 감고 비벼댔다. 지폐를 코에 대고 냄새를 맡기도 했다.

"이것들은 그라츠에서 만든 겁니다." 남자가 말했다. "제네바에서 만든 건 이렇게 끈적거리지 않습니다."

"그라츠." 우람한 덩치의 대장이 뭔가를 골똘히 생각하면서 되뇌었다. "부다페스트에 위조지폐를 대는 곳이지, 그렇지 않나?"

비쩍 마른 형사는 그저 눈만 깜박거렸다. 잠시 뒤 그가 입을 열었다.

"제가 비엔나로 갈 수는 있습니다. 하지만 아마도 비엔나 경찰이 그를 넘겨주지 않을 겁니다."

"흠." 몸집이 좋은 대장이 나지막이 신음을 뱉었다. "그러면 그를 잡아올 수 있는 다른 방법을 찾아보자고. 정 안 되면 레베르하르트하고 맞바꾸자고 비엔나 측에 얘기하세. 하여튼 잘 다녀오게, 흐루세크. 그리고 …"

그가 야니크를 향해 말했다.

"야니크 씨, 어떻게 감사드려야 할지 모르겠습니다. 인드리흐 바스타가 살해한 약혼자의 시체도 찾아내셨다고 들었습니다."

야니크가 얼굴을 붉혔다.

"운이 좋았을 따름입니다." 그가 빠르게 말했다. "저는 정말 … 그렇게 될지는 ….”

“이런 쪽으로 특출한 뭔가가 있는 겁니다.” 몸집이 좋은 남자가 확신한다는 듯이 말했다. “신이 주신 재능이죠. 대부분의 사람들은 아무리 애써도 작은 단서조차 찾지 못하지만 당신 같은 사람들은 발부리에 걸리는 돌처럼 쉽게 찾아내죠. 야니크 씨, 당신은 우리와 함께 일해야 합니다.”

“그럴 순 없습니다.” 야니크가 펄쩍 뛰었다. “나는 … 내 일이 있습니다. 지금 한창 잘되고 있는 사업이죠 … 아주 오래된 … 가업인데 할아버지로부터 물려받았죠 ….”

“마음대로 하십시오.” 우람한 덩치의 대장이 한숨을 쉬었다. “그렇지만 매우 유감입니다. 모든 사람이 당신처럼 운이 좋은 건 아니거든요. 다시 봅시다, 야니크 씨.”


그로부터 한 달 뒤 야니크는 라이프치히에서 온 사업상의 파트너와 만찬을 즐기고 있었다. 두말할 나위 없이 비용에 대해서는 전혀 걱정할 필요가 없는, 전형적인 사업가들의 만찬이었다. 야니크는 특히 이날의 백미인 브랜드를 곁들여 느긋하게 저녁 식사를 즐겼다. 걸어서 집에 돌아갈 생각이 손톱만큼도 없었던 야니크는 식사가 끝날 무렵 웨이터를 불렀다.

“차와 운전기사를 준비해주게.”

식사를 마친 야니크가 호텔을 나서자 현관 앞에 차 한 대가 주차되어 있는 것이 보였다. 그는 주저 없이 차 문을 열고 올라탔다. 하지만 그는 기분 좋게 오르는 술기운을 즐기느라 자신이 미처 행선지를 말하지 않았다는 사실을 깨닫지 못하고 있었다. 차가 천천히 출발하자 그는 시트 한구석에 편안하게 몸을 누이고 곧 잠이 들었다.

얼마나 시간이 흘렀는지 알 수 없지만, 야니크는 차가 멈추고 운전기사가 차 문을 여는 소리에 잠에서 깨어났다.

"도착했습니다. 위층으로 올라가시면 됩니다."

야니크는 잠시 주위를 둘러보았지만 브랜디 탓에 자신이 도착한 곳이 어디인지 분간이 되지 않았다. 그는 위층으로 올라갔다. 어느 방에선가 시끄러운 사람들의 목소리가 흘러나왔다. 그가 방문을 열었다. 방 안에는 대략 스무 명가량의 사람들이 있었는데, 그가 들어서자 모두들 몸을 돌려 놀란 얼굴로 그를 바라보았다. 갑작스러운 침묵이 방 안에 드리워졌다. 어떤 남자가 일어서더니 야니크에게 다가왔다.

"여기서 뭐 하는 겁니까? 당신은 누굽니까?"

야니크는 깜짝 놀라 주위를 둘러보았다. 그가 아는 얼굴이 대여섯 명 정도 있었다. 그들은 부유층으로 공통의 정치적인 목적을 위해 수시로 만나고 있다는 소문이 돌고 있었다. 하지만 야니크는 절대로 정치에는 끼어들지 않았다. 그가 약간 혀가 풀린 목소리로 기분 좋게 말했다.

"이게 누구십니까? 코우베크 씨하고 헬러 씨 아닙니까? 그리고 당신은 페리 씨군요. 여러분, 나도 술이라면 한잔할 수 있습니다."

"저 사람 여기서 뭐 하는 겁니까?" 그들 중 한 명이 화가 나서 소리쳤다. "우리 회원입니까?"

무리 중에서 두 사람이 나오더니 야니크를 복도로 밀쳐냈다.

"어떻게 여기에 들어온 거야? 누가 여기로 오라고 했어?"

야니크는 험악한 분위기에 술기운이 달아났다.

"여기가 어딥니까?" 야니크가 분개하며 물었다. "도대체 누가 나를 이리로 데려왔습니까?"

그러자 두 사람 중 한 명이 아래층으로 달려 내려가 운전기사에게 퍼부어댔다.

"이런 바보 멍청이, 어디에서 저 사람을 태워 온 거야?"

"호텔 현관 앞이지 어디겠습니까?" 운전기사도 맞받아쳤다. "오늘 오후에 그러시지 않았습니까? 밤 10시에 호텔에서 나오는 사람을 이리로 데려오라고 말입니다. 이 사람은 정각 10시에 호텔에서 나와 차를 타더니 한마디도 하지 않았습니다. 그래서 곧장 이리로 태우고 온 겁니다."

"맙소사." 다른 사람이 소리쳤다. "이 사람이 아니라고! 당신 때문에 일이 엉망으로 돼버렸어."

그 집에서 쫓겨난 야니크는 층계에 걸터앉아 있었다.

"알 것 같습니다." 야니크가 득의양양하게 말했다. "이건 어떤 비밀 모임이 틀림없어요. 그렇지 않나요? 이제 당신들은 나를 목 졸라 죽인 뒤 시신을 땅에 묻겠군요. 그 전에 물이나 한 잔 주세요."

두 사내 중의 한 명이 말했다.

"뭔가 착각하신 것 같소. 위층에 있는 사람은 코우베크 씨도 헬러 씨도 아니오. 알겠소? 이건 전적으로 착오 때문에 일어난 일이오. 프라하로 다시 보내주겠소. 미안하게 됐소."

"천만에요." 야니크가 관대하게 말했다. "가는 길에 기사가 나를 총으로 쏴 죽인 뒤 숲에 묻을 거라는 것쯤은 압니다. 하지만 상관없습니다. 내가 바보처럼 주소를 말하지 않았기 때문에 벌어진 일의 대가니까요."

"취하셨군? 그렇지 않소?"

사내가 안도의 기색을 역력히 드러내며 말했다.

"약간은요." 야니크가 동의했다. "마이어와 저녁을 같이했거든요. 드레스덴에서 온 친구죠. 참, 나는 야니크라고 합니다. 펄프와 제지 도매 회사를 운영하고 있습니다."

그가 계단에 걸터앉은 채로 자기소개를 했다.

"할아버님이 세운, 유서 깊고 훌륭한 기업이죠."

"가서 그만 자는 게 좋겠소. 잠들면 우리가 … 이렇게 불편을 끼친 것은 기억조차 하지 못할 거요."

"그건 당신 말이 맞아요." 야니크가 근엄하게 말했다. "당신도 주무셔야지. 그런데 내 침대는 어디에 있지?"

"당신 집에 있지 어디 있겠소? 기사가 집으로 데려다줄 거요. 이제 일어서시오. 내가 돕겠소."

"혼자 일어날 수 있어요. 난 당신만큼 취하지 않았거든. 빨리 가서 주무시죠. 이봐, 기사 양반! 부베네츠로 갑시다!"

차가 부베네츠를 향해 출발하자 야니크는 여우처럼 눈을 반짝이며 차가 어디에서 출발해서 어떤 길로 가고 있는지 주의 깊게 살피기 시작했다.


다음 날 아침 야니크는 경찰본부에 전화를 걸어 어젯밤의 모험담을 털어놓았다.

"야니크 씨." 잠시 침묵이 흐른 뒤 전화기 저편에서 목소리가 들렸다. "매우 흥미로운 사건 같군요. 지금 즉시 본부로 나와주시겠습니까?"

야니크가 도착했을 때 덩치 좋은 본부장을 필두로 4명의 사내가 그를 기다리고 있었다. 야니크는 다시 한 번 그들에게 지난밤 무슨 일이 있었고 누구를 보았는지 설명했다.

"차량 번호는 NXX705이었어." 본부장이 뒤이어 말했다. "개인 소유의 차량이고. 야니크 씨가 목격한 6명 중 3명은 몰랐던 사람들이야. 여러분, 잠시 자리를 떠야겠소. 야니크 씨, 저와 함께 가시죠."

야니크는 수줍은 초등학생처럼 얌전하게 본부장실 의자에 앉았다. 본부장은 말없이 방 안을 앞뒤로 왔다 갔다 하며 뭔가를 골똘히 생각했다.

"야니크 씨." 본부장이 마침내 입을 열었다. "먼저 부탁드리고 싶은 게 있습니다. 이 얘긴 누구에게도 하지 마십시오. 국가적인 문제이기 때문입니다. 아시겠습니까?"

야니크는 조용히 머리를 끄덕였다. '맙소사' 그가 속으로 생각했다. '다시 사건에 휘말렸구나!'

"야니크 씨." 본부장이 갑작스럽게 말했다. "우린 당신의 도움이 필요합니다. 이건 괜히 추켜세우자고 하는 말이 아닙니다. 당신에겐 항상 행운이 따르거든요. 그게 중요하죠. 사람들은 방법론에 대해 이러니저러니 늘어놓지만, 행운이 따르지 않는 형사는 아무짝에도 쓸모없습니다. 우린 행운이 따르는 사람이 필요합니다. 머리 좋은 사람들은 이미 차고 넘칠 정도입니다. 이제 필요한 건 몇몇 운 좋은 사람들이죠. 이제 아시겠죠? 당신이 왜 우리와 같이 일해야 하는지?"

"제 사업은 어떡하고요?"

야니크가 힘없이 항변했다.

"동업자에게 맡기면 됩니다. 그런 재능을 낭비하는 건 부끄러운 일입니다. 자, 어떻게 생각하십니까?"

"저기 … 좀 … 더 생각해봐야겠습니다." 야니크가 우울한 목소리로 더듬거렸다. "일주일 뒤에 다시 찾아뵙겠습니다. 정말 제가 그런 재능이 있고 … 그것이 제가 해야 할 일이라면 … 휴, 모르겠군요. 어쨌든 이제 가봐야겠습니다."

"좋습니다." 본부장이 그의 손을 힘껏 움켜쥐며 악수를 나눴다. "당신의 재능에 대해서는 단 한순간도 의심치 마십시오. 그럼, 다음 주에 봅시다."

일주일이 채 지나기도 전에 야니크가 다시 본부장실에 나타났다.

"저 왔습니다."

그는 목소리가 들떠 있었고 얼굴에는 광채가 나는 듯했다.

"결정을 하셨나요?" 본부장이 물었다.

"네, 다행히도 그렇습니다." 야니크가 안도의 한숨을 쉬었다. "아무래도 경찰 일은 할 수 없을 것 같습니다. 이 말씀을 드리러 왔습니다. 그쪽 방면으로 재능이 없다는 걸 알았습니다."

"재능이 없다고요? 왜 그런 말씀을 하시죠?"

"들어보세요." 야니크가 득의만면해하며 말했다. "내 동업자가 지난 5

년간 회사 돈을 횡령하고 있었지 뭡니까? 저는 바보같이 그런 사실을 까맣게 모르고 있었습니다. 생각해보십시오. 이런 내가 어떻게 형사가 될 수 있겠습니까? 5년간이나 악당과 나란히 일하면서도 알아차리지 못하다니! 이제 제가 얼마나 쓸모없는지 아시겠죠? 아, 하느님 감사합니다! 그동안 너무나 골머리가 아팠습니다. 그런데 이렇게 아무 일도 일어나지 않게 해주셔서 너무 다행입니다! 이제 한시름 놓았습니다. 감사합니다. 정말 감사합니다!"

# 보티츠키 가문의 몰락

어느 날 어떤 왜소한 체격의 사내가 형사 반장인 메이즈리크 박사를 찾아왔다. 사내는 금테 안경을 쓰고 있었고, 얼굴에는 근심이 가득했다. "저는 역사학자인 디비세크라고 합니다." 그가 중얼거리듯이 자기소개를 했다. "상의드릴 게 있어서 왔습니다 … 반장님께서는 범죄학자로 이름이 높다고 들었습니다. 특히 복잡한 범죄 사건을 해결하는 데 일가견이 있다고요 … 그래서 말인데 제가 … 아주 곤혹스러운 사건을 하나 알게 돼서 말이죠."

"말씀해보십시오."

메이즈리크가 메모장과 연필을 잡으며 말했다.

"이건 반드시 수사가 필요합니다." 디비세크가 목소리를 높였다. "누가 페트르 베르코베치 경을 살해했고, 그의 동생인 헨리쿠스가 어떻게 죽었는지, 그리고 페트르 경의 부인인 카테리나에게 무슨 일이 일어났는지 말입니다."

"페트르 베르코베치 … ." 메이즈리크가 되뇌었다. "내가 아는 한 그런 사람의 죽음을 보고받은 기억이 없군요. 범죄 신고를 하러 오신 건가요?"

"오, 아닙니다." 역사학자가 말했다. "저는 그저 자문을 얻을까 해서 온 겁니다. 뭔가 끔찍한 일이 있었던 게 틀림없거든요."

"그게 언제죠?" 메이즈리크가 재촉했다. "먼저 날짜를 말씀해주세요."

"당연히 1465년이지 언제겠습니까?" 디비세크가 안경 너머로 형사 반장을 질책하듯 바라보았다. "뽀제브라디 가문의 이리 왕이 찬란한 치적을 쌓던 시절이죠. 그 정도는 아셔야 합니다, 반장님."

메이즈리크가 메모장과 연필을 한쪽으로 밀어놓으며 말했다.

"이런 일이라면 저보다는 크노블로흐 박사와 얘기해보시는 게 좋겠군요." 그의 머리에 경찰 주치의의 얼굴이 떠올랐다. "제가 불러드릴까요?"

역사학자가 눈살을 찌푸렸다.

"당신을 찾아가보라고 다들 권유해서 왔는데 이거 실망이군요. 나는 이리 왕의 치세에 관한 역사책을 쓰려고 준비하다가 이 문제에 봉착하게 된 겁니다. 누구와 이 문제를 의논해야 될지 몰랐죠."

'병자는 아니군.'

메이즈리크가 속으로 생각했다.

"유감스럽게도 제가 큰 도움이 될 것 같지는 않군요. 역사에는 그야말로 문외한이어서 말입니다."

"그건 잘못된 일입니다." 디비세크가 단호하게 말했다. "역사는 반드시 알아야 합니다. 음, 이렇게 하지요. 관련된 역사적 사실을 반장님이 모른다고 하니, 내가 지금까지 알려진 사실들을 말씀드리겠습니다. 불행히도 알려진 사실은 극소수입니다. 그중에서 가장 중요한 건 올레슈나의 라디슬라프 프하치 경이 체르카니의 얀 보르소프스키 경에게 보낸 편지입니다. 물론 이 편지는 알고 계실 겁니다."

"미안하지만 모릅니다."

메이즈리크가 수업 준비를 소홀히 한 학생마냥 주눅이 든 목소리로 고백했다.

"이런, 반장님." 디비세크가 놀라서 외쳤다. "역사학자인 세베크가 그의 논문에 이 편지를 실은 건 벌써 17년 전의 일입니다. 백번 양보해도 그 정도는 아셔야죠!"

쯧쯧 혀를 찬 역사학자가 안경을 매만지며 덧붙였다.

"하지만 세베크나 페카르, 노보트니뿐만 아니라 그 어느 누구도 이 편지를 제대로 분석한 사람은 없습니다. 나는 바로 이 편지 때문에 아까 말씀드린 사건의 단서를 발견할 수 있었죠."

"아," 메이즈리크가 나지막이 신음을 흘렸다. "계속하십시오."

"불행히도 지금 수중에 편지가 없어서 보여드리지는 못하지만, 거기에 언급되고 있는 사실 중 하나가 이 사건과 관련이 있습니다. 편지에서 라디슬라프 프하치 경은, 그의 삼촌인 스칼리체의 제섹 스칼리츠키 경이 더 이상 프라하 궁정에 출입할 수 없게 되었다고, 얀 보르소프스키 경에게 말하고 있습니다. 1465년의 일이죠. '보티체 벨레노바에서 벌어진 개탄스러운 행위'로 인해 당시 이리 왕이 제섹 경에게 궁정 출입을 금지하는 명령을 내린 겁니다. 그에게 화급한 성질을 회개하면서 신의 심판을 기다리라는 말과 함께 말입니다. 제섹 경을 그의 영토에 연금시킨 거죠. 뭔가 이상하다는 생각이 안 듭니까?"

"글쎄요, 잘 모르겠습니다."

메이즈리크가 메모장에 낙서를 하면서 말했다.

"반장님!" 디비세크가 의기양양하게 외쳤다. "세베크도 미처 몰랐어요. 이건 매우 예외적인 상황입니다. 그 개탄스러운 행위가 어떤 것이었는지 모르겠지만, 왕이 제섹 경을 재판에 회부하지 않고 신의 심판에 맡겨 놓은 것 말입니다. 왕은 속세의 정의로 그의 개탄스러운 행위를 심판할 수 없다는 것을 분명히 밝혔습니다. 이리 왕을 조금이라도 아는 사람이라면 이게 얼마나 일어나기 어려운 상황인지 금방 깨달을 겁니다. 이리 왕은 신의 축복을 받은 기억력의 소유자이자, 엄격하고 공정하게 정의를 구현해야 한다는 신념이 투철한 사람이었습니다."

"왕이 제섹 경을 두려워한 것 아닐까요?" 메이즈리크가 나름대로 추측을 해봤다. "아시는 것처럼 그 시절에는 …."

역사학자가 의자에서 벌떡 일어섰다.

"반장님." 그가 격앙해서 말을 더듬거렸다. "지금 … 지금 무슨 말을 하는 겁니까? 이리 왕이 누군가를 두려워하다니요? 그것도 기사 나부랭이를 말입니까?"

"그게 아니라면 제섹 경을 편애했던 것 아닐까요? 왜 살다 보면 우린 …."

"편애라니 말도 안 됩니다!"

디비세크가 펄쩍 뛰었다. 그는 얼굴을 붉히며 소리쳤다.

"블라디슬라프 왕이라면 혹시 모를까 이리 왕에게는 어림없는 소리입니다. 그런 말을 꺼내기만 해도 당장 불호령을 내릴 사람이니까요."

역사학자가 숨을 고르며 말을 이었다.

"아무튼 편애는 절대 아닙니다. 제섹 경의 개탄스러운 행위에 뭔가가 있기 때문에 왕이 그를 신의 심판에 맡긴 게 분명합니다."

"그 행위라는 게 뭡니까?"

메이즈리크가 한숨을 내쉬었다.

디비세크가 깜작 놀라며 말했다.

"그건 당신이 이제부터 알아봐야 될 일이죠. 범죄학자가 왜 있습니까? 그것 때문에 당신을 찾아온 겁니다."

"오, 제발."

메이즈리크가 항변하기 시작했다. 하지만 역사학자는 그가 말을 계속하도록 내버려두지 않았다.

"그러려면 당신은 먼저 사실을 알아야 합니다. 나는 편지에서 다소 모호하게 언급된 내용들을 확인하기 위해서 보티체 벨레노바에서 벌어진 개탄스러운 행위에 대한 조사에 착수했습니다. 불행하게도 어떤 기록도 남아 있지 않았습니다. 하지만 보티체 벨레노바에 있는 한 교회에서 페트르 베르코베치의 묘비를 발견할 수 있었습니다. 1465년에 만들어졌다고 적혀 있는 묘비였죠. 아시다시피 페트르 경은 제섹 경의 사위입니다. 그가 제섹 경의 딸인 카테리나와 결혼했기 때문이죠. 여기 묘비를 찍은 사진이 있습니다. 한번 보십시오. 뭔가 이상하다는 생각 안 드십니까?"

"아뇨."

메이즈리크가 사진을 살펴보면서 대답했다. 묘비 중앙에는 양손을 가슴 위에서 교차하고 있는 기사의 모습이 새겨져 있었고, 그 주변으로 묘비명이 고딕체로 적혀 있었다.

"잠깐, 여기 구석 자리에 지문이 있군요."

"그건 아마도 내 지문일 겁니다." 역사학자가 말했다. "그것보다 묘비명에 주목해보십시오."

"ANNO DOMINI MCCCCLXV서기 1465년을 뜻하는 라틴어." 메이즈리크가 정성 들여 묘비명을 한 자 한 자 읽었다. "서기 1465년. 이 사람이 사망한 해로군요, 그렇죠?"

"물론 그렇습니다. 그 밖에 눈에 띄는 게 없나요? 잘 보십시오. 몇몇 글자가 다른 글자에 비해 눈에 띄게 크게 새겨져 있습니다!"

역사학자가 연필로 종이에 'ANNO DOMINI MCCCCLXV'라고 빠르게 적어 내려갔다.

"조각가가 고의적으로 두 번째 O와 첫 번째 C, 그리고 네 번째 C를 크게 새겼습니다. 이건 일종의 암호입니다. 아시겠습니까? O, C, C … 뭔가 떠오르는 게 없으십니까?"

"OCC, OCC …" 메이즈리크가 입속으로 되뇌었다. "뭔가 생각이 날 듯한데 … 아, 그건 OCCISUS의 약자이군요! 그렇죠? '피살된'이란 뜻을 가진 라틴어 말입니다."

"맞습니다." 역사학자가 엄숙하게 말했다. "조각가는 그런 식으로 고귀한 태생의 페트르 베르코베치 경이 누군가에게 살해당했음을 후대에 알린 겁니다."

"아, 살인범은 그의 장인인 제섹 스칼리츠키가 아닌가요?"

메이즈리크가 갑자기 역사적 진실을 깨달은 듯 흥분을 감추지 못하며 말했다.

"그건 말도 안 됩니다." 디비세크가 그의 말을 일축했다. "만약 제섹 경이 페트르 경을 살해했다면 당연히 이리 왕이 그를 소환했을 겁니다. 그 것뿐이 아닙니다. 페트르 경의 묘비 바로 옆에 또 다른 묘비가 하나 더 있는데, 그 밑에는 페트르 경의 동생인 헨리쿠스 베르코비치 경이 잠들어 있습니다. 이 묘비에 적혀 있는 날짜도 1465년으로 동일합니다. 다만 암호만 없을 뿐이죠! 그 묘비에는 칼을 손에 쥔 헨리쿠스 경이 새겨져 있습니다. 헨리쿠스 경이 명예로운 결투 끝에 사망했음을 알리고 싶었던 거죠. 반장님, 이제 이 두 죽음 사이에 어떤 연관이 있는지 저에게 알려주십시오."

"혹시 그저 헨리쿠스가 우연히 같은 해에 사망한 게 아닐까요?"

메이즈리크가 자신 없는 목소리로 말했다.

"우연이라고요!" 역사학자가 격분해 크게 소리쳤다. "우리 역사가들은 우연 따윈 인정하지 않습니다. 과거에 일어난 일들이 그저 우연 때문이라면 현재를 어떻게 설명할 수 있겠습니까? 역사에는 반드시 인과관계가 있기 마련입니다! 그리고 당신에게 들려주기로 한 얘기가 아직 남아 있습니다. 다음 해인 1466년, 제섹 스칼리츠키 경이 사망합니다. 그의 재산들은 모두 앞에서 언급한 그의 사촌, 얀 보르소프스키 경의 수중에 떨어집니다. 이게 무슨 뜻인지 아시겠습니까? 그건 어린아이조차도 페트르 베르코베치 경과 결혼했다는 것을 알고 있는, 제섹 경의 딸 카테리나가 이미 이 세상 사람이 아니었다는 의미입니다. 그런데 카테리나 부인의 묘비는 어디에도 없습니다. 당신은 그녀 남편의 사망에 이어 카테리나 부인이 연기처럼 증발한 것이 우연 때문이라고 생각하십니까? 그리고 그녀의 묘비가 왜 없을까요? 우연히? 나는 그 이유가 이리 왕이 신의 심판에 맡겼던 그 '개탄스러운 행위'와 관련이 있다고 봅니다."

"전적으로 가능한 얘기 같군요."

메이즈리크가 부쩍 흥미를 보이며 말했다.

"전적으로 확실한 얘기입니다." 디비세크가 확신에 차서 말했다. "문제는 누가 누구를 죽였으며, 이러한 죽음들이 서로 어떻게 연결되어 있는가 하는 겁니다. 제섹 경의 죽음은 우리의 관심사가 아닙니다. 그는 그 '개탄스러운 행위'가 일어난 뒤에도 살아 남았기 때문이죠. 그게 아니라면 이리 왕이 그 행위에 대해 신에게 회개하라고 그에게 명령을 내릴 이유가 없습니다. 우리는 누가 페트르 경을 살해했고, 헨리쿠스 경은 어떻게 죽었는지, 그리고 카테리나 부인에게는 무슨 일이 있었으며, 제섹 스칼리츠키 경은 이 모든 일과 어떤 관련이 있는가를 파헤쳐야 합니다!"

"잠깐만요." 메이즈리크가 말을 가로챘다. "이쯤에서 관련자 목록을 만들어보는 게 좋겠습니다."

그러더니 그가 종이에 관련자들을 적어 내려갔다.


1. 페트르 베르코베치 — 살해되었음

2. 헨리쿠스 베르코베치 — 누군가와 결투 끝에 사망함

3. 카테리나 — 아무 단서도 남기지 않고 사라짐

## 4. 제섹 스칼리츠키 ─ 신의 심판에 회부됨

"정확한가요?"

목록을 다 적은 메이즈리크가 디비세크에게 물었다.

"네. 그렇습니다."

디비세크가 조심스럽게 눈을 깜박이며 대답했다.

"참고로 그들을 페트르 경, 제섹 경처럼 불러도 괜찮을 것 같습니다. 계속하시죠."

"그리고 … " 메이즈리크가 뭔가를 곰곰이 생각하며 말했다. "당신은 제섹이 자신의 사위인 페트르 베르코비치를 살해했을 가능성은 없다고 말씀하셨죠. 만약 그랬다면 제섹이 바로 법정에 불려갔을 거라면서."

"법정이 아니라 왕에게 불려갔을 거라고 했습니다." 역사학자가 말을 바로잡았다. "그 외에는 말씀하신 그대로입니다."

"그렇다면 헨리쿠스밖에 없군요. 페트르의 동생 말입니다. 필시 헨리쿠스가 그의 형을 살해한 것이 분명 … ."

"그건 불가능합니다." 역사학자가 펄쩍 뛰었다. "만약 그랬다면 사람들이 교회에 그를 안장했을 리가 없습니다 … 그것도 그의 형 무덤 바로 옆에 말이죠."

"아. 그러면 헨리쿠스가 누군가를 시켜 그의 형을 살해한 뒤에 자신은 어떤 전투에서 사망한 겁니다. 어떻습니까?"

"그럼 무엇 때문에 이리 왕은 제섹 경의 화급한 성질을 질책한 것입니까? 그리고 카테리나는 도대체 어디로 사라진 거구요?"

역사학자가 불만에 찬 목소리로 반박했다.

"일리가 있는 말씀이군요." 메이즈리크가 중얼거리더니 잠시 생각에 잠겼다. "이 사건은 복잡하기 짝이 없군요. 그럼 이렇게 된 게 아닐까요? 페트르는 부인인 카테리나가 동생인 헨리쿠스와 불륜을 저지른 사실을 알고 격분해서 그녀를 살해했고, 이를 알게 된 제섹 경이 다시 딸에 대한 복수로 자신의 사위를 죽인 거죠."

"그것도 아닙니다." 디비세크가 이의를 제기했다. "만약 페트르 경이 부정을 저지른 아내를 살해한 것이라면 그녀의 아버지도 수긍했을 겁니다. 불륜 행위에 대해서는 다들 매우 엄격했던 시절이었으니까요."

"잠깐만요." 메이즈리크가 뭔가를 골똘히 생각했다. "페트르가 우발적으로 그녀를 죽였을 수도 있습니다. 그녀와 말싸움 같은 걸 하다가 말이죠."

"하지만 그런 경우라면 사람들이 그녀의 묘비를 세워주었을 겁니다." 역사학자가 고개를 가로저으며 말했다. "그것도 정답이 아닙니다. 난 그동안 일 년도 넘게 이 문제를 풀기 위해 머리를 쥐어짜봤지만 결국 어떤 해답도 찾지 못했습니다."

"흠." 메이즈리크가 몇 명만 적혀 있는 목록을 응시하며 말했다. "정말 골치가 아프군. 혹시 우리가 다섯 번째 인물을 놓치고 있는 건지도 모릅니다."

"다섯 번째 인물로 뭘 하시려고요?" 디비세크가 힐책하듯 물었다. "지금 이 네 명만으로도 쩔쩔매고 있지 않습니까?"

"다섯 번째 인물이 없다면 페트르 베르코비치 살인범은 두 사람 중 하나입니다. 그의 장인 혹은 동생이죠 — 잠깐, 이런 바보 멍청이!" 메이즈리크가 갑자기 소리쳤다. "카테리나입니다. 그녀가 범인입니다."

"이런!" 역사학자가 놀라서 소리쳤다. "난 그런 생각은 떠올리기조차 싫었습니다. 정말로 그녀가 그런 짓을 했다고요? 도대체 그녀에게 무슨 일이 있었단 말입니까?"

메이즈리크가 생각에 집중하느라 귀가 벌게졌다.

"잠깐."

그가 자리에서 벌떡 일어나더니 초조하게 방 안을 왔다 갔다 했다.

"그렇군." 그가 외쳤다. "이제 좀 감이 오는군. 세상에! 정말로 놀라운 사건이야. 그래, 이제 사건의 전모를 알겠어. 주인공은 제섹 경이야. 맞아. 그거야. 그래서 이리 왕이 … 들어보세요, 박사님. 그는 정말 유능한 연출자였습니다, 이리 왕 말입니다."

"그럴 겁니다." 디비세크가 신자처럼 경건하게 말했다. "이리 왕은 매우 현명한 군주였으니까요."

"사건은 아마 이런 식으로 일어났을 겁니다. 제가 설명드리는 것이 실제 사건과 똑같다는 점을 성경을 두고 맹세할 수도 있습니다. 저는 정확한 가설을 세우기 위해 먼저 모든 알려진 사실을 고려했습니다. 그것과 상충되는 내용은 아무리 사소하더라도 허용하지 않았습니다. 다음으로 이런 사실들을 하나의 연속된 사건으로 배열했습니다. 이렇게 만들어진 사건이 단순 명쾌하면 할수록, 그리고 좀 더 많은 사실이 서로 잘 연결되어 있으면 있을수록, 실제로 일어난 사건과 똑같아지는 겁니다. 지금 저는 사건의 재구성에 대해 얘기하고 있습니다. 알려진 모든 사실들을 서로 잘 연결된 사건의 고리로 재구성할 수 있을 때 비로소 우리가 찾는 가설을 얻을 수 있습니다. 이해하시겠습니까?"

메이즈리크가 역사학자를 똑바로 응시하며 덧붙여 말했다.

"그게 우리 방법론의 기본 규칙입니다."

"네."

역사학자가 말 잘 듣는 아이처럼 공손하게 대답했다.

"우리가 반드시 고려해야 될 사실들은 아마 다음과 같은 순서로 발생했을 겁니다. 첫째, 페트르 베르코베치가 카테리나와 결혼한다. 둘째, 페트르가 살해된다. 셋째, 카테리나가 묘비도 없이 사라진다. 넷째, 헨리쿠스가 어떤 싸움 끝에 사망한다. 다섯째, 왕이 제섹 경의 화급한 성질에 대해 질책을 한다. 여섯째, 그러나 왕은 제섹 경을 재판에 부치지는 않는다. 따라서 제섹 경이 저지른 일에는 무언가 정당한 측면이 있다. 자, 이것들이 알려진 사실의 전부입니다. 계속해보죠. 이런 알려진 사실들에 비추어볼 때 헨리쿠스나 제섹은 페트르의 살해범이 될 수 없습니다. 그렇다면 누가 그를 살해할 수 있었을까요? 두말할 필요도 없이 카테리나입니다. 카테리나의 묘비가 없다는 것이 이러한 추측을 뒷받침합니다. 아마 그녀는 개처럼 어딘가에 아무렇게나 묻혔겠지요. 그런데 왜 그녀는 재판에 부쳐지지 않았을까요? 틀림없이 누군가 성마른 사람이 그 즉시 그녀에게 복수했기 때문입니다. 그게 헨리쿠스였을까요? 당연히 아닙니다. 만약 헨리쿠스가 그녀를 죽여 원한을 갚았다면 제섹 경도 순순히 받아들였을 것입니다. 그러나 이게 사실이라면 왜 뒤에 왕이 제섹 경의 화급한 성질을 질타했겠습니까? 이런 사실로 볼 때 분노한 그녀의 아버지가 손수 카테리나를 처벌한 것입니다. 그렇다면 이제 남은 문제는 누가 결투를 벌여 헨리쿠스를 죽였냐는 겁니다. 누구일까요, 박사님?"

"모르겠습니다."

역사학자가 처량하게 한숨을 내쉬었다.

"제섹이 아니고 누구겠습니까?" 메이즈리크가 크게 소리쳤다. "헨리쿠스와 결투를 벌일 이유가 있었던 사람은 제섹밖에 없습니다. 그래야 모든 게 아귀가 맞습니다. 모르시겠어요? 이렇게 생각해보세요. 페트르 베르코비치의 아내인 카테리나는 … 음, 이걸 어떻게 말해야 할까 … 그녀는 남편의 동생인 헨리쿠스에 대한 추악한 욕망에 사로잡힙니다."

"무슨 증거라도 있나요?"

디비세크가 귀가 솔깃해서 물었다.

"자연스러운 논리적 귀결입니다." 메이즈리크가 단호하게 대답했다. "사건 뒤에는 항상 돈 아니면 여자가 있습니다. 그건 주어진 조건과 같은 거죠. 헨리쿠스가 어느 정도까지 그녀의 열정에 화답했는지는 알 수 없습니다. 하지만 여기서 중요한 건 동기죠. 카테리나가 그녀의 남편을 살해할 이유 말입니다. 그녀는 분명한 동기가 있습니다."

그가 권위에 찬 목소리로 못을 박았다.

"그녀가 남편을 살해한 범인입니다."

"믿기 어렵군요."

역사학자가 우울하게 한숨을 내뱉었다.

"그리고 이제 그녀의 아버지가 가문의 명예를 수호하기 위해 사건 전

면에 등장합니다. 그는 남편을 죽인 딸을 사형집행인에게 넘기느니 차라리 자신의 손으로 직접 죽이는 것을 선택합니다. 그러고는 뒤에 헨리쿠스에게 결투를 신청합니다. 끔찍한 범죄와 딸의 죽음에 크든 작든 원인을 제공한 이 불운한 청년을 그냥 둘 수 없었던 거죠. 헨리쿠스는 손에 칼을 들고 결투에 임합니다. 물론 달리 생각할 수도 있습니다. 격분한 아버지로부터 카테리나를 지키기 위해 헨리쿠스가 제섹에게 결투를 청하게 된 것으로 말이죠. 그러나 첫 번째일 가능성이 더 높다고 봅니다. 어쨌든 이제 개탄스러운 행위가 뭔지 알게 되었습니다. 이리 왕은 폭력을 통한 정의 구현에 대한 인간의 판단이 얼마나 보잘것없는지를 잘 알았습니다. 그래서 이 끔찍하고 난폭한 아버지를 신의 심판에 맡겨버린 것입니다. 아마 현명한 재판관이라면 누구나 똑같이 했을 겁니다. 비탄에 젖은 제섹은 그해가 가기 전에 쓸쓸히 숨을 거두었습니다. 아마도 심장마비였겠죠."

"아멘!" 디비세크가 두 손을 맞잡고 기도를 올렸다. "그게 사건의 전모군요. 내가 아는 이리 왕이라면 다른 식으로는 처리할 수 없었을 겁니다. 제섹이라는 사람도 거칠지만 정말 대단한 사람이군요. 그렇지 않습니까? 이제 모든 게 명확해졌습니다. 바로 눈앞에서 보는 것처럼 말입니다. 그리고 모든 게 딱 맞아떨어집니다."

역사학자가 감탄했다.

"반장님, 정말 가치를 따질 수 없을 만큼 귀중한 도움을 역사학계에 베풀어주셨습니다. 그 시대의 인물상을 이보다 더 뛰어나게 조명할 수는 없을 겁니다. 그리고 정말로 …."

디비세크는 감격에 겨워 야단스럽게 손을 내밀며 악수를 청했다.

"지금 제가 쓰고 있는 『이리 왕의 통치 시대』가 출판되면 실례를 무릅쓰고 꼭 한 부를 보내드리겠습니다. 책에서 제가 학자로서 이 사건을 어떻게 다루는지 보실 수 있을 겁니다."

얼마간의 시간이 흐른 뒤 디비세크는 정말로 자신의 친필 사인이 적힌 『이리 왕의 통치 시대』를 메이즈리크에게 보내왔다. 메이즈리크는 자신이 역사학자의 학문적 업적에 도움이 될 수 있었다는 데 뿌듯함을 느끼며 처음부터 끝까지 차근차근 책을 읽었다. 그러나 그가 기대하는 내용은 어디에도 없었다. 실망스러운 마음으로 막 책을 덮으려는 순간 책 맨 뒤에 있는 참고 도서의 해제 부분에 다음과 같은 글이 적혀 있는 게 눈에 띄었다.

세베크 야로슬라브, 14세기 및 15세기 사료집, p.213, 올레슈나의 라디슬라프 프하치 경이 체르카니의 얀 보르소프스키 경에게 보낸 편지. 내용 중 스칼리체의 제섹 스칼리츠키 경에 대해 언급한 부분이 흥미로움. 특별한 관심을 갖고 분석할 가치가 있어 보이지만, 아쉽게도 아직까지 그에 필요한 적절한 학문적 방법론이 부재한 상태임.

# 세계기록

"판사님, 사람이 크게 다친 사건이 발생했습니다. 세상에! 바깥 날씨가 찜통 같습니다!"

경관 헤이다가 지방법원 판사인 투체크에게 사건을 보고하며 호들갑을 떨었다.

"이리 와서 편하게 앉게."

판사가 따뜻하게 말했다.

헤이다는 소총을 구석에 세운 뒤 헬멧을 벗어 바닥에 던지고 코트 단추를 풀었다.

"이 비열한 악당 놈! 판사님, 이런 사건은 처음입니다. 한번 보십시오."

그가 들어오면서 문가에 놓아두었던 묵직한 물건을 들어 판사에게 보였다. 푸른 보자기에 싸인 것이었는데, 보자기의 매듭을 풀자 사람 머리통만 한 크기의 돌이 나왔다.

"이게 뭔가?" 판사가 연필로 돌을 긁으면서 물었다. "석회암 덩어리처럼 보이는군, 그렇지 않나?"

"맞습니다. 아주 큰 놈이죠." 헤이다가 대답했다. "어떻게 된 일인지 말씀드리겠습니다. 바츨라프 리시츠키라고 열아홉 살 먹은 벽돌공이 있는데 공장 기숙사에서 살고 있습니다. 다 적으셨나요? 또 프란티세크 푸딜, 돌니 우이에즈드 14번지에 사는 농부가 있습니다. 적으셨죠? 농부가 이 돌에 맞았습니다. 여기 증거로 돌을 제출하겠습니다. 무게는 6kg이 약간 안 됩니다. 푸딜은 어깨가 탈구되고 팔과 쇄골이 부러졌습니다. 어깨 근육에 출혈상이 있고 힘줄과 회선 건판이 파열되었습니다. 다 적으셨습니까?"

"적었네." 판사가 말했다. "그런데 이 사건이 뭐가 특이하다는 건가?"

"좀 더 들어보시면 아마 깜짝 놀라실 겁니다." 헤이다가 장담했다. "사건이 일어난 그대로 말씀드리겠습니다. 사흘 전 일입니다. 푸딜이 사람을 보내 저를 불렀죠. 판사님도 그가 누군지는 아시죠?"

"물론 아네." 판사가 말했다. "노상 방뇨로 여기 온 적 있지. 또 한번은 …"

"불법 카드 게임 때문이었죠. 어쨌든 바로 그 푸딜입니다. 그는 강가에 있는 과수원 주인이죠. 과수원은 강이 크게 굽이치는 곳에 있습니다. 그래서 강폭이 다른 지역보다 넓습니다. 어쨌든 그날 아침 푸딜이 뭔가 일이 생겼다며 사람을 보내 저를 불렀죠. 그래서 달려갔더니 그가 침대에 누워 끙끙대면서 험한 욕을 해대고 있었습니다. 그는 전날 밤에 체리를 살피러 과수원에 나갔다고 했습니다. 그런데 어떤 꼬마 녀석이 나무에 올라가 체리를 따고 있는 걸 본 거죠. 아시다시피 푸딜은 성질이 고약한 사람입니다. 그는 허리에 차고 있던 벨트를 풀어 꼬마의 발에 건 뒤 꼬마를 나무 위에서 끌어내렸습니다. 그러고는 벨트로 꼬마를 마구 후려치기 시작했죠. 바로 그 순간 반대편 강둑에서 누군가 그에게 소리쳤습니다. '푸딜, 그 애를 놓아줘!' 푸딜은 시력이 그렇게 좋은 편이 아닙니다. 아마도 술을 너무 많이 마신 탓일 겁니다. 어쨌든 푸딜은 반대편 강독에서 그를 응시하고 있는 사람을 알아볼 수 없었습니다. 그래서 푸딜은 혹시 몰라 '괜한 데 끼어들지 말고 댁의 일이나 신경 쓰시지' 하고 나름 정중하게 그에게 말했습니다. 그러고는 이전보다 훨씬 더 세게 꼬마를 탁탁 때렸습니다. '푸딜, 그 애를 놓아주라니까! 내 말 안 들려?' 건너편 강독의 사내가 다시 고함을 쳤습니다. 푸딜은 속으로 혼자 생각했죠. '그래 봤자 거기서 할 수 있는 건 없어.' 그래서 그는 마음껏 소리쳤습니다. '천만에. 그렇게는 못 하겠어. 이 얼간아!' 바로 그 순간 그는 왼쪽 어깨에 지독한 통증을 느끼며 바닥에 쭉 뻗어버렸습니다. 누워 있는 그의 귓가에 강 건너편 사내가 외치는 소리가 들렸습니다. '누워서 반성이나 해. 멍청한 놈 같으니!' 혼자 일어설 수 없을 정도로 푸딜의 상태가 안 좋았기 때문에 사람들이 그를 들것에 실어 옮겼죠. 푸딜이 누워 있던 자리 바로 옆에 이 돌이 떨어져 있었습니다. 사람들은 푸딜을 의사에게 데려갔지만, 의사는 그의 뼈가 모두 박살났다면서 빨리 큰 병원으로 옮기라고 권했죠. 사람들은 앞으로 푸딜이 왼쪽 팔을 제대로 쓸 수 없을 거라고 쑥덕댔습니다. 하지만 푸딜은 수확 때문에 병원에 갈 수 없다고 버텼죠. 그는 대신에 다음 날 저를 불러서 그에게 돌을 던진 악당을 잡아달라고 얘기했습니다. 그로서는 당연한 일이죠.

사람들이 돌이 있는 곳으로 안내했을 때 저는 오랫동안 그 앞에 서서 멍하니 바라보았습니다. 그 돌은 석회암이지만 안에 황철석 같은 것이 섞여 있었습니다. 그래서 보기보다 무게가 많이 나갔습니다. 6kg도 넘을 것이라고 생각했는데, 실제로는 6kg에 약간 못 미쳤죠. 장담하건대 던지는 법을 모르고서는 이만한 무게의 돌을 던질 수 없습니다. 저는 과수원과 강도 살펴봤습니다. 푸딜이 고꾸라졌던 자리에는 풀들이 짓이겨져 있었습니다. 거기서 강가까지는 약 2m 정도 되는 것 같았습니다. 그리고 강폭은 얼핏 보기에도 14m는 족히 돼 보일 정도로 넓었습니다. 강이 굽이치는 지점이었기 때문이죠. 저는 강가에서 반대편을 향해 소리도 지르고 제자리에서 펄쩍펄쩍 뛰어도 봤습니다. 그런 뒤에 사람들에게 19m, 아니 20m쯤 되는 줄을 갖다달라고 얘기했습니다. 줄을 가져오자 저는 푸딜이 쓰러진 자리에 막대를 꽂은 뒤 줄 한쪽을 거기에 맸습니다. 그리고 옷을 벗어던졌죠. 모든 준비가 끝나고서 저는 다른 쪽 줄 끝을 이빨로 문채 건너편 강둑을 향해 헤엄쳐 갔습니다. 어떻게 되었을지 한번 맞춰보십시오, 판사님. 그 줄로도 맞은편에 간신히 도달할 만큼 강폭은 넓었습니다. 강가에서 조금 더 전진하자 작은 발자국 한 쌍이 나타났습니다. 저는 막대에서 발자국까지 거리를 재봤습니다. 세 번이나 재봤죠. 정확히 19m 50㎝였습니다."

"헤이다." 판사가 말했다. "그럴 리가 없네. 19m 50㎝는 너무 먼 거리야. 범인이 강에 들어가서 던진 게 아닐까? 이를테면 강 한가운데쯤에서 말이야."

"저도 그 생각을 안 해본 건 아닙니다." 헤이다가 대답했다. "하지만 거기는 강이 굽이치는 곳이기 때문에 수심이 매우 깊습니다. 사람 키를 훌쩍 넘죠. 그리고 강물에 제방이 떠내려가지 않도록 돌을 쌓아놨는데, 거기에 큰 구멍이 하나 있었습니다. 돌 한 개가 없어진 거죠. 틀림없이 그 남자가 제방에서 돌을 뽑아낸 것입니다. 어쨌든 그 남자는 발자국 있는 데서 돌을 던졌습니다. 강은 너무 깊고 제방도 미끄러워서 거기서는 돌을 던지는 게 불가능하기 때문입니다. 이건 그가 19m 50㎝를 온전하게 던졌다는 얘기죠."

"아마 새총으로 쐈나 보지."

판사가 자신 없이 말했다.

헤이다가 힐난하듯 그를 바라보았다.

"판사님은 새총을 쏴보신 적이 없으시군요. 6㎏ 가까이 나가는 돌을 던지려면 새총이 아니라 투석기가 필요합니다. 판사님, 저는 지난 이틀간 이 돌과 씨름했습니다. 돌 주위에 올가미를 걸어서 던져보려고 말이죠. 하지만 헛수고였습니다. 번번이 돌이 올가미에서 미끄러져 빠져나갔죠. 판사님, 하지만 그는 깨끗하게 던졌습니다. 마치 투포환 선수처럼 말입니다. 그리고 이거 아십니까?" 그가 흥분해서 소리쳤다. "그 남자가 던진 거리는 세계신기록입니다."

"농담하지 말게."

판사가 놀라서 말했다.

"세계신기록입니다." 헤이다가 엄숙하게 반복했다. "물론 공식 투포환은 조금 더 무거운 걸 사용하죠. 7㎏ 정도 됩니다. 지금 투포환 최고 기록은 16m쯤 될 겁니다. 지난 19년간 최고 기록은 15m 80㎝였죠. 그런데 작년에 이름이 쿡인가 허쉬펠드인가 하는 미국 사람이 16m를 던져버렸죠. 6㎏짜리로 던질 경우 19m쯤 되는 거리입니다. 그런데 우리가 갖고 있는 기록은 얼마입니까? 6㎏짜리로 19m 50㎝, 7㎏짜리 정식 포환으로는 대략 16m 20cm입니다. 판사님, 이 남자는 연습도 변변히 하지 않고 세계기록보다 20cm를 더 던진 겁니다! 세상에, 16m 20cm라니! 판사님, 전 한때 투포환 선수였습니다. 예전에 군인으로 시베리아에서 근무할 때 부대원들은 항상 '헤이다, 어서 저 멀리 던져봐' 하고 외쳐댔죠. 사실 그건 수류탄이었지만 말입니다. 블라디보스토크에 근무할 때는 미국 해군들이랑 같이 투포환 시합을 했었죠. 전 14m 정도 던졌습니다. 하지만 미군 사목이 던진 게 저보다 조금 더 나갔죠. 판사님, 제가 시베리아에서 근무할 무렵은 한참 힘이 넘칠 때였습니다. 하지만 그때로 돌아가더라도 기껏해야 15m 50cm밖에 못 던졌을 겁니다. 더 이상은 무리죠. 그런데 16m 20cm라니! 저는 속으로 생각했죠. '맹세코 이 친구를 내가 꼭 가르쳐봐야겠어. 그가 우리를 위해 세계기록을 세워줄 거야. 생각해봐. 미국 놈들에게서 세계기록을 빼앗아오는 거라고!'"

"푸딜은 어떡하고 말인가?"

판사가 제동을 걸었다.

"푸딜 따위는 어떻게 돼도 상관없습니다." 헤이다가 소리쳤다. "판사님, 저는 곧장 이 미지의 세계기록 보유자를 찾아 나섰습니다. 그게 국익에도 부합되니까요, 그렇지 않습니까? 하지만 저는 먼저 그에게 푸딜에게 한 행위로 처벌받지 않는다는 보장을 해줘야 했습니다."

"잠깐만, 그게 무슨 소리인가?"

판사가 소리를 높였다.

"조금만 더 들어주십시오. 저는 그가 확실하게 6kg짜리 돌을 강 건너까지 던질 수 있을 때만 그걸 보장해주겠다는 겁니다. 그러니 걱정하지 마십시오. 저는 이게 얼마나 영광스러운 일이고 전 세계가 우리들 얘기에 열광할 것이라는 점을 알렸습니다. 그리고 그게 누구든 간에 수많은 사람들이 그를 보러 몰려들 것이라고 말했죠. 맙소사, 판사님, 그때부터 인근 수마일 내에 사는 모든 청년들이 추수 거리를 내팽개치고 강가로 달려가 돌을 던져댔어요. 그들이 돌을 빼가는 바람에 제방은 이미 완전히 무너져 내렸습니다. 이제 그들은 던질 돌을 찾기 위해 경계석이나 석벽까지 손을 대고 있습니다. 뿐만 아닙니다. 아무짝에도 쓸모없는 애들까지 잔뜩 몰려나와 마을 여기저기에서 돌을 던져댔죠. 얼마나 많은 닭들이 죽어 나갔는지 상상도 못하실 겁니다. 저는 제방 위에 서서 지켜봤습니다. 물론 어느 누구도 강 중앙보다 더 멀리 던지지 못했습니다. 판사님, 반쯤 날아가다 떨어진 그 무수한 돌들 때문에 틀림없이 강바닥이 점점 높아지고 있을 겁니다. 그런데 저녁이 다 되어갈 무렵이었죠. 사람들이 푸딜에게 돌을 던진 장본인이라면서 어떤 청년을 데려왔습니다. 판사님도 조금 있다 이 빌어먹을 악당 놈을 직접 보실 수 있을 겁니다. 지금 밖에서 기다리고 있으니까요. 아무튼 제가 그에게 질문했습니다. '리시츠키, 자네가 이 돌을 푸딜에게 던졌나?' 그가 대답했죠. '물론입니다. 푸딜이 저에게 욕을 해서 화가 났거든요. 주변에 돌이라곤 그것밖에 없었죠.' 그래서 제가 다시 말했습니다. '여기 그것과 똑같은 돌이 있어. 이걸 푸딜이 서 있던 곳으로 다시 던져봐. 이 악당 놈아, 만약 성공하지 못하면 땅을 치고 후회하게 될 거야!'

그래서 그는 돌을 집어 들었죠. 손이 마치 삽처럼 생겼더군요. 그는 발자국이 찍힌 바로 옆에서 자세를 잡고 목표를 겨냥했죠. 저는 그를 찬찬히 살펴보았습니다. 그는 던지는 기술이나 방법을 전혀 모르더군요. 다리나 몸통을 전혀 사용하지 않았어요. 철퍼덕! 그가 던진 돌이 강에 떨어졌습니다. 14m쯤 나간 것 같았죠. 나쁜 기록은 아니지만 기대했던 것과는 거리가 멀었습니다. 전 속으로 생각했죠. '좋아. 어떻게 던져야 하는지 알려줘야겠군.' 그러고는 이렇게 말했죠. '잘 들어, 이 돌대가리. 자세는 이렇게 취해야 해. 오른쪽 어깨를 뒤로 젖혔다가 던질 때 어깨를 힘껏 앞으로 밀어내는 거야. 알겠어?' '네.' 그가 대답하더니 마치 화형에 처해진 순교자처럼 몸을 한껏 꼬았습니다. 철퍼덕! 하지만 그가 던진 돌은 9m쯤 날아가다가 힘없이 강물에 떨어졌죠.

제가 얼마나 화가 났는지 짐작하실 겁니다. '이 사기꾼.' 저는 고함을 쳤죠. '네가 푸딜을 맞혔다고? 거짓말하지 마!' '헤이다 경관님.' 그가 말했습니다. '제가 푸딜을 돌로 맞힌 건 틀림없는 사실입니다. 거기 푸딜을 세워놔보십시오. 그러면 제가 그 비열한 놈을 다시 맞혀드리겠습니다.' 판사님, 저는 그 길로 당장 푸딜에게 달려가서 사정했습니다. '푸딜 씨, 이건 세계신기록이 걸려 있는 일입니다. 그날 저녁 서 있던 자리로 가서 그 벽돌공에게 욕을 퍼부어주십시오. 그가 한 번 더 당신에게 돌을 던지게 말입니다.' 그런데 믿을 수 없는 일이 벌어졌습니다, 판사님. 푸딜이 거절한 것입니다. 그래 봤자 자신에게 돌아오는 게 뭐가 있냐면서 말이죠. 아무튼 요즘 사람들은 자신밖에 모르는 것 같습니다.

할 수 없이 저는 다시 벽돌공 바츨라프에게 돌아갔습니다. '이 사기꾼!' 저는 그에게 고함을 질렀죠. '푸딜을 때려눕힌 사람은 네가 아니야. 그건 다른 사람이라고 푸딜이 말했어!' 그러자 리시츠키가 반박했죠.

'그건 거짓말입니다. 틀림없이 제가 했습니다.' 그래서 제가 말했죠. '그럼 그렇게 멀리 던질 수 있다는 걸 내게 보여봐!' 리시츠키는 머리를 긁적거리면서 어색한 미소를 지었습니다. '헤이다 경관님, 이렇게 맨송맨송한 상태에서는 할 수 없습니다. 그때는 분통이 터질 지경이었거든요.' '바츨라프.' 제가 그에게 나지막이 속삭여주었습니다. '저기까지 던질 수 있다면 풀어주마. 그렇지 못하면 폭행죄로 콩밥을 먹어야 돼. 푸딜을 거의 불구로 만들어놓았으니까 말이야. 이 나쁜 놈, 아마 족히 여섯 달은 감방에서 썩어야 할걸.' '그럼 겨울 내내 감방에서 보내겠군요.' 바츨라프가 우울하게 말했죠. 결국 저는 법의 이름으로 그를 체포했습니다.

그는 지금 바깥 복도에서 기다리고 있습니다. 판사님, 그가 정말로 돌을 던졌는지 아니면 그저 허풍을 떨고 있는 건지 직접 한번 알아보십시오. 제가 보기엔 그는 지금 겁을 집어먹고 물러서려고 하는 것 같습니다. 하지만 그렇더라도 적어도 한 달은 때려주십시오. 공무 집행 방해 또는 사기에 해당되니까요. 그리고 아시다시피 스포츠에서 거짓은 용납될 수 없습니다. 엄격한 처벌을 받기 마련입니다. 그럼, 그를 데려오겠습니다."

"자네가 바츨라프 리시츠키군." 판사가 금발의 범인을 엄한 눈으로 쳐다보며 말을 꺼냈다. "프란티세크 푸딜을 해칠 의도로 이 돌을 그에게 던져 심각한 중상을 입혔다고 자백을 했더군, 사실인가?"

"판사님." 범인이 대답했다. "그게 이렇게 된 겁니다. 푸딜이 어떤 어린애를 마구 때렸습니다. 강 건너편에서 그걸 보고 애를 놔주라고 그에

182

게 소리쳤죠. 그러자 그가 제게 욕을 퍼부어 … ."

"이 돌을 던졌나, 안 던졌나?"

판사가 말을 잘랐다.

"제가 던졌습니다." 범인이 뉘우치는 기색을 보이며 말했다. "하지만 그가 제게 욕을 해댔기 때문입니다. 그래서 이 돌을 손에 쥐고는 … ."

"닥치게." 판사가 소리쳤다. "왜 자꾸 거짓말을 하지? 사법 당국을 속이면 중죄에 처해진다는 걸 모르나? 우린 자네가 이 돌을 던지지 않았다는 걸 다 알고 있어!"

"제가 던졌습니다. 판사님." 젊은 벽돌공이 항변했다. "푸딜이 저한테 '천만에 절대 그렇게는 못 해'라고 해서 … ."

판사가 의견을 묻듯이 헤이다를 쳐다봤다. 헤이다는 자신도 모르겠다는 듯 어깨를 으쓱했다.

"옷을 벗게." 잔뜩 움츠린 범인에게 판사가 고함을 쳤다. "지금 당장 벗어. 바지까지 모두. 어서!"

몸집이 커다란 이 가여운 청년은 신이 빚은 태초의 모습 그대로 판사 앞에 섰다. 그의 몸이 쉴 새 없이 떨렸다. 고문이 곧 시작될 거라고 지레 짐작하고 겁에 질려 있는 게 분명했다. 체포되면 당연히 고문을 받을 거라고 생각하는 눈치였다.

"헤이다, 이 삼각근들 좀 살펴보게." 투세크 판사가 말했다. "여기 이두박근들도 … 어떻게 생각하나?"

"흠, 그것만 보면 이자가 돌을 던졌다고 생각할 수도 있겠는데요." 헤이다가 전문가답게 분석을 늘어놓았다. "하지만 결정적으로 복근이 빈약하군요. 판사님, 투포환을 하려면 복근이 있어야 합니다. 몸통을 강하게 회전시켜야 하기 때문이죠. 제 복근을 보면 무슨 말인지 아실 겁니다."

"자네 복근이라면 벌써 예전에 구경한 것 같네만." 판사가 투덜거렸다. "이 가슴 좀 보게. 맙소사, 흉곽이 엄청나군!"

그가 바츨라프의 가슴에 난 노란 털을 손가락으로 쿡쿡 찌르며 말했다.

"하지만 다리가 너무 빈약해. 여기 촌뜨기들은 하나같이 다리가 약해 빠졌어."

"무릎을 구부리지 않기 때문이죠." 헤이다가 못마땅한 듯 말했다. "저런 건 다리라고 할 수도 없습니다. 던지기 선수라면 최고의 다리를 갖고 있어야 합니다."

"돌아서게." 판사가 젊은 벽돌공에게 명령했다. "등은 어떤가?"

"어깨 위쪽은 괜찮군요." 헤이다가 조심스럽게 말했다. "하지만 아래쪽은 형편없습니다. 이래 가지곤 몸통에 힘이 있을 수 없죠. 판사님, 제 결론은 이렇습니다. 이자가 던진 것이 아닙니다."

"옷을 입게." 판사가 벽돌공에게 쏘아붙였다. "마지막으로 말할 테니 잘 듣게. 이 돌을 던졌나? 안 던졌나?"

"정말로 제가 던졌습니다."

바츨라프 리시츠키가 황소고집을 부리며 버텼다.

"이 멍청한 놈." 판사가 식식거리며 말했다. "만약 돌을 던진 게 맞다면 심각한 상해를 입힌 죄로 몇 달 동안 콩밥을 먹게 된다고! 알겠어? 그러니까 허풍 좀 그만 떨고 모두 꾸민 얘기라고 자백해. 그러면 사법 당국을 속인 벌로 사흘만 영창에 넣었다가 집에 갈 수 있도록 해주지. 자, 어느 쪽이야? 그 돌을 푸딜에게 던졌나, 안 던졌나?"

"던졌습니다." 바츨라프 리시츠키가 고집스럽게 말했다. "그가 강 건너편에서 제게 욕을 해대기에 … ."

"이 빌어먹을 악당 놈을 당장 데리고 나가게!"

판사가 고래고래 고함을 질렀다.

잠시 뒤 헤이다의 머리가 다시 문틈으로 불쑥 나타났다.

"판사님." 그가 복수심에 불타서 말했다. "그를 재물 파손죄로도 처벌할 수 있습니다. 그가 제방에서 돌을 빼냈으니까요. 그리고 아시다시피 지금 제방은 산산이 무너져버렸다고요."

# 셀빈 사건

"흠, 내 인생에서 가장 위대한 성공이란 내게 가장 큰 기쁨을 안겨준 성공이지 … ."

체코 문학계의 거장으로 노벨상 등 각종 상을 수상한 위대한 시인, 레오나르드 운덴이 회상에 잠겼다.

"젊은 친구들, 내 나이쯤 되면 승리의 월계관이나 환호의 갈채, 혹은 가슴 끓는 사랑 같은, 모든 덧없는 것들은 더 이상 개의치 않게 됩니다. 그것들이 먼 과거의 추억이라면 더욱 그러합니다. 물론 젊은 때는 이 모든 걸 맘껏 누려봐야 합니다. 그렇지 못하다면 어리석은 겁니다. 하지만 젊음의 유일한 문제점은 즐길 돈이 없다는 겁니다. 사실, 인생은 거꾸로 진행되어야 합니다. 먼저 인생의 전반부는 노년기이어야 합니다. 늙은이로 살면서 가치 있는 일들을 한껏 하는 겁니다. 늙어서는 일 말고는 할 것이 없으니까요. 그러다가 인생의 후반부인 청년기에 이르면 그동안 열심히 일한 과실을 맘껏 향유하며 즐겁게 사는 겁니다. 이런, 늙은이가 너무 횡설수설했군요. 제가 무슨 얘기를 하려고 했었죠? 아, 그렇죠. 내 인생의 가장 위대한 성공. 그건 결코 제가 그동안 써온 드라마 각본들이나 책들 중 하나가 아닙니다. 내 인생의 가장 위대한 성공은 바로 셸빈 사건이었습니다.

물론, 여러분 나이에 그 사건을 아는 사람은 드물 겁니다. 왜냐하면 그건 지금으로부터 26년, 아니 29년 전에 일어난 일이기 때문입니다. 네. 정확히 29년 전 어느 아름다운 날이었습니다. 머리가 하얗게 센 자그마한 여인이 검은 드레스를 입고 나를 찾아왔습니다. 나는 당시 사람들에게 자자하게 칭송을 받았던 예의 바른 태도로 그녀에게 용건을 물어보려 했습니다. 그런데 그녀가 갑자기 땅바닥에 허물어져 내리더니 무릎을 꿇고 울음을 터트리는 게 아니겠습니까. 나는 영문을 몰랐지만 하염없이 우는 그녀의 모습을 보니 가슴이 아팠습니다.

간신히 노부인을 진정시키자, 그녀가 말문을 열었습니다.

'선생님은 시인이 아니십니까. 제발 당신의 한없는 인류애로 제 아들을 구해주십시오. 신문에서 프랑크 셸빈 사건 기사를 읽으셨을 줄로 압니다.'

나는 겉모습만 어른인 아이처럼 비춰지지 않을까 속으로 뜨끔했습니다. 신문을 읽기는 했지만 프랑크 셸빈에 관한 기사는 전혀 몰랐기 때문입니다. 아무튼 노부인이 흐느끼며 얘기한 사연을 정리하면 이렇습니다.

그녀의 외아들 프랑크 셸빈은 이제 스물두 살밖에 안 된 청년인데 그날 무기징역을 선고받았습니다. 그는 이모인 소피를 살해하고 물건을 훔쳤다는 죄목으로 그동안 재판을 받아왔습니다. 그가 계속해서 범행을 부인한 것이 배심원들의 마음을 결정적으로 돌아서게 만들었습니다. 하지만 셸비노바 부인은 억울해했습니다.

'선생님, 제 아들은 결백합니다. 하늘에 맹세해도 좋습니다. 그 끔찍한 일이 벌어진 날 저녁에 프랑크는 머리가 아프다면서 산책을 나갔습니다. 그래서 알리바이를 입증하지 못하는 것뿐입니다! 누가 밤에 길거리에서 우연히 부딪힌 젊은이를 눈여겨보겠습니까? 우리 애가 약간 욱하는 성질이 있긴 합니다. 하지만 선생님도 한때 젊은 시절이 있지 않았습니까? 생각해보세요. 그 애는 이제 겨우 스물두 살이라고요! 어떻게 그런 식으로 한 젊은이의 인생을 무참히 짓밟을 수 있단 말입니까?'

여러분도 하얗게 머리가 센 어머니가 아들 때문에 비통해하는 모습을 눈앞에서 보게 된다면, 당시의 저하고 똑같은 심정을 느꼈을 겁니다. 자신이 도와줄 힘도 없는 사람을 동정하는 건 정말 고통스럽기 짝이 없습니다. 그래서 어떻게 했냐고요? 일이 해결되는 순간까지 절대로 포기하지 않고 최선을 다해 그녀를 돕겠다고 맹세했습니다. 그리고 아들의 결백도 믿는다고 맹세했습니다. 내 말을 들은 그녀는 내 손등에 입을 맞추었습니다. 이 가여운 노부인의 축복 앞에 나는 무릎을 꿇고만 싶었습니다. 누군가 자신을 신처럼 여기며 감사하는 것이 얼마나 곤혹스러운 일인지 여러분도 충분히 상상이 될 겁니다.

그 순간부터 셸빈 사건은 내 삶의 모든 것이 되었습니다. 나는 당장 소송기록을 찾아 읽었습니다. 감히 말씀드리지만 이런 엉성한 재판은 평생 처음 보았습니다. 명백히 사법 역사에 길이 오점을 남길 재판이었습니다. 보고서에 따르면 사건 자체는 매우 간단합니다.

어느 날 저녁 문제의 소피 이모네 가정부가 주인의 침실에서 누군가 이리저리 거니는 소리를 들었습니다. 가정부의 이름은 안나 솔라로바로, 쉰 살 먹은 약간 모자라는 사람이었습니다. 그녀는 주인이 왜 아직까지 잠들지 못하고 있는지 알아보기 위해 주인의 침실로 갔습니다. 그런데 방문을 연 그녀는 한 남자가 활짝 열린 창문을 넘어 정원으로 뛰어내리는 것을 목격했습니다. 그녀는 미친 듯이 비명을 질러댔고, 놀라서 달려온 이웃 사람들이 자신의 스카프에 목이 졸린 채 바닥에 쓰러져 있는 소피 부인을 발견했습니다. 그녀가 평소 돈을 넣어두던 옷장이 부서진 채 열려 있었고, 방바닥에는 옷가지들이 어지럽게 널려 있었습니다. 하지만 사라진 돈은 없었습니다. 범인이 가정부의 갑작스런 출현에 놀라서 황급히 도망치느라 돈을 챙기지 못한 것입니다. 이상이 사건의 주요 내용입니다.

다음 날 프랑크 셀빈이 체포되었습니다. 가정부가 그를 창가에서 뛰어내린 남자로 지목했기 때문입니다. 더구나 그는 사건이 일어난 시각에 집에 없었습니다. 산책한다고 나갔다가 약 반 시간 뒤에 집으로 돌아와 잠자리에 들었죠. 설상가상으로 이 청년이 무절제한 생활로 빚을 지고 있다는 사실까지 밝혀졌습니다. 더 결정적인 것은 어떤 호사가의 증언이었습니다. 사건이 있기 며칠 전에 프랑크가 돈을 빌리러 소피 부인을 찾아왔었다는 얘기를 그녀에게서 직접 들었다는 겁니다. 그리고 소피 부인이 이를 거절하자(사실 그녀는 지독한 구두쇠죠) 프랑크가 '두고 보세요, 소피 이모. 곧 세상 사람들이 기절초풍할 일이 벌어질 테니까요!'라고 얘기했다고 증언했습니다.

재판은 반나절 만에 끝났습니다. 프랑크 셀빈은 혼자 산책을 나갔다가 돌아와서 곧장 잠자리에 들었을 뿐이기에 억울하다는 주장만을 반복했고, 증인들에 대한 반대신문은 아예 이루어지지도 않았습니다. 프랑크의 변호를 맡은 국선변호인(가난한 셀비노바 부인에게 더 좋은 변호사를 고용할 돈은 없었습니다)은 좋은 게 좋다는 식의 무능한 사람이었습니다. 그가한 일이라곤 배심원들에게 자신의 의뢰인이 젊다는 사실을 강조하면서관용을 베풀어달라고 호소하는 것밖에 없었습니다. 검사도 자기 일에대한 진지한 고민이라고는 전혀 없었습니다. 그는 셀빈 사건 이전에 무죄 평결을 받았던 사건들을 거론하면서, 이렇게 모든 범죄들이 배심원들의 자비와 관용 때문에 면죄부를 받는다면 도대체 이 사회가 어떻게되겠느냐며 열변을 토했습니다. 배심원단은 점점 검사의 말에 귀를 기울이기 시작했습니다. 그리고 열띤 검사의 주장이 끝날 무렵에는 대부분의 배심원들이 더 이상 자신들의 느슨함이나 관용 때문에 문제를 만들고 싶지 않다고 생각하게 되었습니다. 결국 그들은 11대1의 압도적인차이로 프랑크 셀빈의 살인 혐의에 대해 유죄 평결을 내렸고, 재판은 막을 내렸습니다.

이 모든 걸 알게 되자 정말이지 어이가 없었습니다. 나는 비록 변호사는 아니었지만 분노를 금할 수 없었습니다. 아니, 정확히 말해서 변호사가 아니었기 때문에 분노가 치밀어 올랐습니다. 한번 생각해보십시오.이 사건의 가장 중요한 증인은 정신적인 결함을 가진 사람입니다. 물론그게 아니더라도 일반적으로 쉰 살이 다 된 갱년기 여성은 신뢰도가 떨어지기 마련입니다. 그리고 나중에 알아본 바에 따르면, 그녀가 창가에서 뛰어내리는 남자를 목격한 그날 밤은 사람 얼굴을 도저히 알아볼 수없을 정도로 칠흑같이 어두웠습니다. 그런 어둠 속이라면 얼굴은 고사하고 키조차도 정확히 가늠하기 어렵습니다. 나는 이러한 사실을 몸소 실험해봤습니다. 그것도 아주 철저하게 말입니다. 그리고 다른 무엇보다 이 여인은 프랑크 셀빈을 병적으로 싫어했습니다. 평소에 프랑크가 그녀에게 '이 놀고먹기만 하는 멍청이!'라고 자주 놀려댔기 때문입니다. 그녀는 이 말을 끔찍하게 싫어했습니다.

한 가지 더 알아두어야 할 사실이 있습니다. 소피는 그의 언니인 셀비 노바를 미워했습니다. 서로 말을 한마디도 나누지 않았고, 언니라고 부르지도 않았습니다. 만약에 그녀 입으로 프랑크가 자신을 위협했다고 말했다면, 그건 아마도 그녀의 언니를 창피하게 만들기 위해 악의적으로 지어낸 거짓말일 겁니다. 한편, 프랑크는 한 사무실에서 일하고 있었는데, 그는 우리 주변에서 흔히 볼 수 있는 평범한 청년이었습니다. 여느 젊은이처럼 여자 친구도 있었습니다. 그녀에게 열심히 감상적인 연애편지도 써 보냈죠. 물론 가끔씩 사이가 틀어질 때는 험한 말을 써 보낼 때도 있었습니다. 그가 습관적으로 술을 마시게 된 것은 지나치게 감상적인 성격 때문이었습니다. 그리고 사람들에 따르면, 그가 빚을 지게 된 것은 가난 때문이지 그의 잘못이 아니었습니다. 그녀의 어머니는 가여운 여인이었죠. 누구보다 선량했지만 한평생 암과 가난, 그리고 비통함에 시달려야 했습니다. 이상이 조사 결과 밝혀진 사실이었습니다.

여러분은 내가 젊은 시절에 어땠는지 잘 모를 겁니다. 한번 열정에 휩싸이면 그 어떤 것도 나를 막지 못했습니다. 나는 〈프랑크 셀빈 사건〉이라는 제목의 연재물을 신문에 투고했습니다. 거기에서 나는 목격자들의 증언, 특히 가정부의 증언에 신뢰성이 떨어지는 문제를 조목조목 지적했습니다. 이를 위해 증언 녹취록을 분석해서 증언에 존재하는 각종 모순과 편견을 파헤쳤고, 가정부가 범인을 알아볼 수 있었다는 주장이 얼마나 비현실적인지 반박했습니다. 이 과정에서 판사의 무능함을, 그리고 검사의 논고가 악의적 선동에 다름 아님을 하나하나 입증했습니다. 하지만 이것만으로는 충분하지 않았습니다. 나는 형법과 배심원 제도 같은 전체 사법 체계의 문제점과, 냉담하고 이기적인 사회질서에 대해서도 공격하기 시작했습니다. 내 기사는 엄청난 사회적 반향을 일으켰습니다. 특히 젊은 세대들이 전폭적인 지지를 보내주었습니다. 법원 앞에서는 대규모 시위까지 열렸습니다. 나는 그때 이미 꽤 명성을 날리고 있긴 했지만, 반응이 그 정도일 줄은 상상도 못했습니다.

바로 그 무렵 셸빈의 변호인이 나를 급히 만나야 한다며 달려왔습니다. 그는 초조하게 두 손을 비벼대면서 내가 상황을 어렵게 만들고 있다고 불평했습니다. 그는 현재 항소를 제기해놓은 상태인데, 만약 항소심이 열린다면 셸빈의 형량이 한 몇 년쯤으로 감형될 것이 유력하다고 했습니다. 그런데 지금처럼 여론 재판이 계속된다면 항소심 재판부는 자신의 권위를 지키기 위해서라도 항소 자체를 기각할 것이라는 게 그의 주장이었습니다. 하지만 나는 근심이 가득한 그에게 내가 이렇게 행동하는 이유는 셸빈 사건 때문만은 아니며, 좀 더 보편적인 진리와 정의 문제에 관심이 있기 때문이라고 말했습니다.

셸빈의 변호인이 옳았습니다. 항소심은 기각되었습니다. 하지만 항소심 판사는 그로 인해 자신이 옷을 벗게 될 것이라고는 꿈에도 생각하지 못했을 겁니다. 젊은 친구들, 나는 항소심이 기각된 뒤부터 복수심에 불타올라 더욱 열정적으로 행동에 나섰습니다. 나는 오늘날까지 이를 '정의를 위한 성전'으로 부르고 있습니다만, 이런 행동이 그날 이후로 우리 사회가 겪은 많은 긍정적인 변화에 작으나마 기여를 했다고 굳게 믿고 있습니다. 아무튼 셸빈 사건은 신문 지면을 타고 전 세계 구석구석까지 전파되었습니다. 나는 선술집이건 국제회의장이건 사람이 모여 있는 곳이라면 어디든지 달려가 셸빈 사건의 부당성을 알렸습니다. 당시 전 세계 사람들은 '셸빈의 재판을 다시 하라!'는 구호를 '전쟁 반대!'나 '여성에게 투표권을!'이라는 구호만큼 열렬히 외쳤습니다. 나중에 셸빈의 어머니가 눈을 감았을 때는 무려 1만 7천 명이나 되는 사람들이 이 작고 가여운 여인의 운구 행렬을 따랐습니다. 관에 누워 있는 그녀를 바라보는 내 입에서는 그 전까지 한 번도 하지 않던 말들이 흘러나왔습니다. 여러분, 영감이란 정말로 이상하고 뜻하지 않은 순간에 찾아오는 것인가 봅니다.

나의 투쟁은 7년 동안 전개되었습니다. 투쟁이 끝날 무렵 나는 더 이상 이전의 내가 아니었습니다. 나는 내가 쓴 책들이 아니라 셸빈 사건을 통해 세계적인 명사로 떠올랐습니다. 사람들은 나를 '양심의 소리' 혹은 '진리의 기사' 따위로 불러대며 칭송했습니다. 아마 이 가운데 몇몇은 내가 죽으면 묘비에 새겨질 테지요. 그리고 시간이 얼마쯤 더 흐르면 틀림없이 교과서에도 내 이름이 실릴 겁니다. 시인이자 진리를 위해 싸운 투사로 말이죠. 그러고는 서서히 잊히겠지요.

투쟁이 7년째로 접어들 무렵 가정부인 안나 솔라로바가 사망했습니다. 그녀는 눈을 감기 직전 고해성사를 했습니다. 그날 밤 창에서 뛰어

내린 살인범이 누구인지도 모르면서 프랑크 셀빈을 범인으로 몰았다고 신부에게 고백을 한 것입니다. 그녀는 그동안 양심의 가책 때문에 괴로웠다며 참회의 눈물을 흘렸습니다. 사람 좋은 신부는 내게 그 사실을 알려주었습니다. 이 무렵에는 나도 어느 정도 세상 물정을 알 때였기 때문에 얼른 신문사로 달려가는 대신에 그 신부를 법원으로 보냈습니다. 그리고 일주일도 채 지나지 않아 프랑크 셀빈 사건의 재심 명령이 내려졌습니다. 한 달 뒤 프랑크 셀빈은 다시 배심원들 앞에 섰습니다. 이번에는 최고의 변호사가 그의 곁을 지켰습니다. 그는 일체의 수임료도 받지 않고 재판 내내 검사의 기소 내용을 통렬하게 비판했습니다. 마침내 변호인의 최후 변론이 끝나자 검사가 자리에서 일어나 배심원들에게 셀빈을 석방해줄 것을 권유했습니다. 그리고 배심원들은 만장일치로 프랑크 셀빈에게 무죄 평결을 내렸습니다.

내 인생에 있어 가장 위대한 승리의 순간이었습니다. 그 어떤 성공도 이보다 큰 만족감을 안겨주지는 못했습니다. 그리고 동시에 공허감이 밀려왔습니다. '이제 진실은 다 밝혀졌어. 셀빈 사건이 정말 그리울 거야.' 나는 사건 뒤에 찾아온 예기치 못한 허탈감에서 좀처럼 벗어나지 못했습니다. 그러던 어느 날 가정부가 어떤 사람이 나를 찾아왔다고 알려주었습니다.

'저는 프랑크 셀빈이라고 합니다.' 그가 현관에 서서 말했습니다. 그때의 기분이라니. 이걸 어떻게 표현해야 될지 모르겠습니다만, 나는 실망감을 감출 수가 없었습니다. 나는 속으로 생각했습니다. '나의 셀빈이 이렇게 생긴 사람이라니 … .' 인정하고 싶진 않지만 셀빈은 마치 복권

장사치같이 보였습니다. 약간 통통한 몸매에 얼굴은 창백했고, 머리는 이제 막 벗겨지기 시작한 데다가 약간 땀에 젖어 있었습니다. 한마디로 말해 길에서 항상 마주치는 흔해 빠진 사내의 모습이었던 것입니다. 더구나 그의 입에서는 맥주 냄새까지 났습니다.

'존경하는 저명한 시인 선생님.' 셸빈이 중얼거리듯이 말했습니다. 맙소사! 존경하는 저명한 시인 선생님이라니! 나는 할 수만 있다면 그를 발로 차버리고 싶었습니다. '감사를 드리려고 찾아뵈었습니다 … 정말 제게 큰 은혜를 베풀어주셨습니다.' 그가 마치 외운 것처럼 높낮이 없는 목소리로 말했습니다. '평생이 걸려도 갚지 못할 빚을 졌습니다. 어떻게 감사해야 될지 모르겠습니다.'

'천만에요.' 나는 재빨리 대답했습니다. '할 일을 한 것뿐입니다. 당신이 누명을 쓴 것이라는 확신이 들자 … .'

셸빈이 고개를 저었습니다. '존경하는 시인 선생님.' 그가 하소연하듯이 말했습니다. '은혜를 베풀어주신 분께 거짓말을 하고 싶지 않습니다. 사실은 제가 살인범이 맞습니다.'

나는 펄쩍 뛰었습니다. '그게 사실이라면 왜 법정에서 말하지 않았나요?' 그러자 셸빈이 그것도 모르냐는 듯 나를 빤히 쳐다보았습니다. '존경하는 시인 선생님, 그건 제 권리입니다. 피고인은 무죄를 주장할 권리가 있는 것 아닙니까?'

나는 아연실색하지 않을 수 없었습니다. '이제 와서 그런 얘기를 하는 이유가 뭡니까?' 나는 겨우 정신을 수습해서 물었습니다.

'저는 그저 선생님이 보여주신 관대함에 감사를 표하기 위해 찾아뵌 겁니다.' 그가 감동을 받았다는 것을 나타내려는 듯 떨리는 목소리로 말했습니다. '가여운 늙은 어머니를 도와주신 점에 대해서도 감사드립니다. 신의 축복이 있을 겁니다, 고귀한 시인 선생님!'

'당장 여기서 나가!' 나는 미친 듯이 고함을 질렀습니다. 그자는 쏜살같이 계단을 달려 내려갔습니다.

3주일 뒤 거리를 걷고 있는데 그가 어디선가 나타나 나를 불러 세웠습니다. 그는 약간 취해 있었습니다. 나는 그를 뿌리칠 수 없었습니다. 나는 엉거주춤 서서 그가 원하는 것이 무언지 생각해보았지만 알 수 없었습니다. 그런데 그가 내 옷깃을 부여잡더니 말을 꺼냈습니다. 그는 내가 자신의 인생을 다 망쳐놓았다고 했습니다. 내가 자신의 사건에 대해 떠들어대지 않았으면 법원이 항소를 받아들였을 것이고, 그랬으면 자신이 7년이나 감옥에서 썩지 않아도 됐다는 얘기였습니다. 그러면서 나보고 현재 그가 처한 궁핍한 생활에 일말의 책임감을 느껴야 한다고 주장했습니다. 그게 남의 인생에 함부로 개입한 데 대한 최소한의 대가라고 하면서 말입니다. 나는 그의 손에 돈을 쥐어주지 않을 도리가 없었습니다. '늘 신의 축복이 함께 하시기를. 고마우신 선생님.' 셀빈이 눈물을 글썽이며 말했습니다.

그때 셀빈은 좀 더 악의적으로 제게 접근했습니다. 그는 자신의 사건 때문에 내가 큰 덕을 봤다고 했습니다. 하지만 나는 내가 옳다고 생각한 대의명분으로 해서 명성을 얻은 것입니다. 왜 그는 그것을 이해하지 못할까요? 나는 그에게 어떤 빚도 지지 않았다는 사실을 도저히 납득시킬 수 없었습니다. 하는 수 없이 그전보다 더 많은 돈을 그에게 쥐어주었습니다.

그때부터 그는 점점 더 자주 나를 찾아왔습니다. 늘 소파에 앉아 한숨을 내쉬며 자신이 살인을 저지른 걸 괴로워하고 있다고 한탄했습니다. '지금이라도 자수를 하고 싶습니다. 고귀하신 시인 선생님!' 그가 음울하게 말했습니다. '하지만 그러면 선생님은 어떻게 되시겠습니까? 국제적인 망신을 당하실 겁니다. 정말 어떻게 해야 마음의 평화를 얻을 수 있을지 모르겠습니다.'

나는 그의 한탄 소리를 듣고 가슴이 덜컹 내려앉았습니다. 그래서 그가 계속해서 마음의 고통을 견뎌낼 수 있도록, 있는 돈을 모두 털어 그에게 주었습니다. 나중에는 비행기 표를 끊어 그를 미국으로 보내버렸습니다만, 그가 거기에서 마음의 안식을 되찾았는지는 잘 모르겠습니다.

자, 이것이 내 인생의 가장 위대한 성공입니다. 젊은 친구들, 기회가 된다면 레오나르드 운덴의 부고에 이렇게 써주십시오. '셸빈 사건의 영웅인 그의 이름은 우리 가슴에 길이 남을 것이다. 영원히 변치 않을 감사의 마음을 그에게 바친다.'"

# 영수증

찜통같이 더운 8월의 어느 저녁, 야외 카페는 사람들로 넘쳐나고 있었다. 빈자리를 찾지 못한 민카와 페파는 콧수염이 무성한 어떤 신사가 혼자 앉아 있는 테이블로 향했다.

"같이 앉을 수 있을까요?"

페파가 양해를 구하자, 신사가 말없이 고개를 끄덕했다.

'이런 고리타분하게 생긴 사람과 한자리에 앉게 되다니!'

민카가 속으로 생각했다. 민카는 페파가 자신의 손수건으로 깨끗하게 닦아준 의자에 귀부인처럼 우아하게 앉았다. 그러고는 한 점의 햇빛도 피부에 허용할 수 없다는 듯 재빨리 콤팩트를 꺼내어 얼굴에 분을 바르기 시작했다. 그녀는 자신이 콤팩트를 꺼내는 순간 핸드백에서 구깃구깃한 종이 한 장이 바닥으로 떨어진 사실을 미처 깨닫지 못했다. 옆자리에 앉은 콧수염 신사가 재빨리 몸을 숙여 종이를 주워 민카에게 건넸다.

"물건을 잘 간수하시오, 아가씨."

그가 음울하게 말했다.

민카는 낯선 사람이 자신에게 말을 건넨 데다가 자신이 얼굴을 붉혔다는 사실에 화가 나서 얼굴이 화끈거렸다.

"감사합니다." 그녀는 얼른 콧수염 신사에게 인사를 건네고는 페파 쪽으로 몸을 돌려 말했다. "스타킹 가게 영수증이에요."

"그렇더군요." 어딘지 우울해 보이는 콧수염 신사가 그녀의 말을 받았다. "언제 그게 필요할지 모르니 잘 보관하시오."

페파가 기사도 정신을 발휘해 끼어들었다.

"왜 그런 쓸모없는 종이 나부랭이를 잘 간수하라는 겁니까?" 페파가 그를 쳐다보지 않은 채 말했다. "주머니가 금방 가득 차버릴 겁니다."

"그래도 그렇게 해야 하오. 그게 다른 무엇보다 중요할 때가 종종 있기 때문이오."

콧수염 신사가 의미심장하게 말했다.

민카의 얼굴이 딱딱해졌다.

'이 성가신 노인네가 이제 본격적으로 우리 대화에 끼어들려고 하는군. 세상에, 왜 진작 다른 자리에 앉지 못했을까!'

페파는 얼른 이 상황을 끝내고 싶었다.

"더 중요하다는 게 무슨 의미입니까?"

그가 이맛살을 찌푸리며 차갑게 물었다.

'역시 페파야, 정말 그답게 잘하고 있군.'

민카가 감탄하며 그를 바라보았다.

"단서가 되기 때문이오." 노신사가 들릴 듯 말 듯 나직하게 말했다. "내 말은 … 난 소우체크 경관이오."

그가 대충 자신을 소개하더니 말을 이었다.

"얼마 전에 주머니에 있던 종이가 단서가 된 사건을 다룬 적이 있소."

그는 어지러이 손짓을 해가며 말했다. "사람들은 자기 주머니에 뭐가 들었는지 전혀 모르오."

"어떤 사건이었습니까?"

페파는 묻지 않을 수 없었다.

그때 민카는 자신을 몰래 훔쳐보는, 옆 테이블에 앉은 젊은 남자의 시선을 느꼈다.

'두고 봐, 페파! 이렇게 날 버려두고 저 노인네와 노닥거리다니, 가만두지 않을 테야!'

"로즈틸리 인근에서 발견된 여인에 관한 사건이오."

콧수염 신사가 말을 마치고는 깊은 침묵에 빠졌다.

민카는 갑자기 호기심이 일었다. 여인이 관련된 사건이었던 것이다.

"어떤 여인이었나요?"

그녀가 불쑥 질문을 던졌다.

"거기에서 발견된 여자인데 … ."

소우체크 경관이 얼버무렸다. 그는 자세한 얘기는 피하고 싶은 듯했다. 그가 초조한 듯 주머니에서 담배 한 개비를 꺼내 물었다. 바로 그때 아무도 예상치 못한 일이 벌어졌다. 페파가 얼른 호주머니에서 라이터를 꺼내더니 그에게 담뱃불을 붙여주었던 것이다.

"이거, 고맙소." 소우체크 경관은 대접을 받았다는 생각에 적잖이 감동을 받았다. "추수를 하던 농부들이 로즈틸리와 크르츠 사이에 있는 옥수수밭에서 여인을 발견했소."

그가 호의에 대한 감사의 표시로 사건에 대한 설명을 시작했다.

"그런 사건이 있었나요? 왜 못 들어봤을까?" 민카가 눈을 동그랗게 떴다. "페파, 우리도 크르츠에 갔었잖아요? 그게 언제였더라 … 그래서 그녀에게 무슨 일이 있었던 거죠?"

"목이 졸려 죽어 있었소." 소우체크 경관이 사무적으로 대답했다. "목주위에 끈이 그대로 감겨 있었는데, 그녀의 상태는 끔찍했소. 이렇게 젊은 아가씨 앞에서는 얘기조차 하기 힘들 정도지. 생각해보시오. 때는 한창 무더운 7월이었고, 그녀의 시신은 거기에 두 달이나 놓여 있었소."

갑자기 속이 메스꺼운 듯 소우체크가 담배 한 모금을 깊이 빨았다.

"여러분은 그런 상태에 놓인 사람의 모습이 어떤지 얘기해줘도 믿지 못할 거요. 어머니조차도 알아보지 못할 만큼 처참하오. 그리고 그 파리들하며 … ."

소우체크가 서글프게 고개를 저었다.

"아름다움이란, 아가씨, 덧없는 것이라오. 일단 피부가 썩어 문드러지기 시작하면 절세가인이라도 별수가 없지. 그 뒤에 신원을 확인하는 건 정말 고약한 일이오. 물론 눈과 코가 붙어 있는 한 신원은 확인할 수 있소. 하지만 태양 아래 두 달이나 누워 있던 시체란 … ."

"그렇지만 틀림없이 시체 어딘가에 모노그램서츠나 손수건 등에 자신의 이니셜을 새기는 것이 있었을 텐데요?"

페파가 전문가답게 물었다.

"모노그램 얘기는 하지도 마시오." 소우체크가 투덜거렸다. "미혼 여성들은 자신의 이니셜을 어디에도 새기지 않아요. 그들은 스스로에게 이렇게 말하지. '지금 귀찮게 할 필요가 뭐 있어? 어차피 결혼하면 할 텐데.' 이 여자도 모노그램이라곤 단 하나도 없었소. 그러니 모노그램은 잊어버리시오."

"몇 살쯤 되어 보이던가요?"

민카가 끼어들었다. 그녀는 점점 더 관심을 보였다.

"25세쯤. 치아 같은 것들을 봤을 때 그 정도 되는 것 같다고 의사가 얘기했소. 옷 입은 걸 보면 여공이나 가정부처럼 보였는데, 그중에서도 가정부일 가능성이 높았소. 시골 아이들이 입는 속치마를 입고 있었기 때문이오. 그리고 그녀가 여공이었다면 누군가 그녀를 찾았을 거요. 여공들은 이리저리 잘 옮겨 다니지 않기 때문이오. 하지만 가정부들은 수시로 집을 옮기기 때문에 그녀들이 사라져도 아무도 관심을 갖지 않소. 우습게 들리겠지만 사실이오. 그래서 우리는 그녀가 가정부임이 분명하다고 생각했소. 그녀가 사라진 지 두 달이 됐지만 아무도 그녀를 찾지 않았으니 말이오. 그런데 더 중요한 건 영수증이었소."

"영수증이라니요?"

페파가 눈을 반짝이며 물었다. 그는 자신의 핏속에 형사나 선장, 또는 사냥꾼의 영웅적인 기질이 흐르고 있다는 것을 깨달았다. 페파는 이런 상황에서 그런 사람들이 지었음직한 집념 어린 표정으로 소우체크의 얘기에 집중했다.

"그건 이렇게 된 거라오." 소우체크가 어두운 얼굴로 땅을 내려다보며 말했다. "우린 그녀의 몸에서 아무것도 찾아내지 못했소. 단 하나도 말이오. 그녀를 죽인 범인이 값나갈 만한 것은 모조리 갖고 가버린 거지. 다만 그녀는 죽은 뒤에도 왼손에 자신의 핸드백 끈을 움켜쥐고 있었는데, 나중에 조금 떨어진 옥수수밭에서 끈이 떨어진 핸드백이 발견되었소. 틀림없이 범인이 핸드백도 뺏어갈 속셈이었지만 몸싸움 끝에 끈이 떨어져버리자 그냥 밭에다 던져버린 거지. 하지만 그는 핸드백 안에 있던 것은 모두 가져가버렸소. 남은 거라고는 핸드백 안감 속에 처박혀 있던 7번 전철 티켓과 중국 도자기 가게에서 발행한 55코루나짜리 영수증뿐이었소. 그게 우리가 발견한 전부였소."

"하지만 그녀의 목에 감겨 있던 끈도 있잖습니까? 그건 틀림없이 귀중한 수사 단서가 되었을 것 같은데요."

페파가 반문했다.

소우체크가 고개를 저었다.

"그건 그냥 평범한 빨랫줄에 불과했소. 단서로서 어떤 가치도 없었지. 우리가 가진 건 전철 티켓과 영수증이 전부였소. 물론 우리는 언론에 발표했소. 회색 치마와 줄무늬 블라우스를 입은 25세가량의 여자 시체를 발견했다고 말이오. 그리고 두 달 정도 가정부가 행방불명된 집이 있으면 경찰에 신고하라고 덧붙였소. 우린 백 통도 넘게 전화를 받았소. 왜, 아시다시피 5월은 그런 달이잖소. 가정부들이 한꺼번에 일하는 집을 옮겨 다니는 시기라서 … 물론 이유는 잘 모르오. 결론적으로 모두 상관없는 전화였소. 그걸 하나하나 조사하느라고 엄청나게 고생했지만 소득은 없었던 거요."

소우체크가 침울하게 말했다.

"예컨대 데이비체에서 일하던 가정부가 없어졌다기에 조사해보니 브르소비체나 코시레에서 일하고 있었소. 하루 종일 이리저리 뛰어다녔

204

지만 헛고생을 한 거지. 그것만이 아니오. 그 가정부는 비단 살아 있었을 뿐만 아니라 우리를 한껏 비웃었소. 아! 지금 나오는 이 음악, 정말 근사하군."

그가 카페에 소속된 악단이 열정적으로 연주하고 있는 바그너의 발퀴레[바그너의 악극〈니벨룽겐의 반지〉가운데 두 번째 작품]에 맞추어 기분 좋게 머리를 흔들면서 말했다.

"하지만 좀 슬프게 들리지, 그렇지 않소? 나는 슬픈 음악을 매우 좋아하오. 그게 내가 항상 장례식장에 가서 소매치기가 없나 살펴보는 이유요."

"하지만 살인범은 무언가 단서를 남기기 마련입니다."

페파가 고집스럽게 말했다.

"저기 카사노바 타입으로 생긴 사람 보이시오? 보통 저런 사람은 교회 헌금함을 노리는데, 이런 데서 뭐 하고 있는지 모르겠군." 소우체크가 갑자기 정색을 하고 혼잣말을 하더니 대답했다. "아니오. 살인자는 어떤 단서도 남기지 않소. 하지만 걱정할 건 없어요, 아가씨. 그래도 우리는 누가 살해를 했는지 찾아낼 수 있소. 여자가 살해되면 십중팔구는 남자 친구가 살인범이기 때문이오. 아주 흔한 일이지. 하지만 우선은 그녀가 누구인지를 밝혀내야 하오. 사실 그게 가장 어려운 부분이지."

"하지만 경찰도 나름대로 방법이 있지 않습니까?"

페파가 자신 없이 말했다.

"물론 그렇긴 하오. 하지만 그건 쌀자루에서 보리 알갱이를 찾는 방법 같은 거요. 한없는 인내심이 필요하지요. 나는 추리소설 읽는 걸 무

척 좋아하오. 왜 그 현미경 같은 것들이 잔뜩 등장하는 추리소설 말이
오. 하지만 이 경우에는 현미경 따윈 소용없소. 현미경으로 들여다본다
고 이 불쌍한 여인에 대해 무얼 알아낼 수 있겠소? 그건 벌레들을 관찰
할 때나 필요한 거요. 기분 나쁘게 듣지는 말아요, 아가씨. 나는 누가 방
법에 대해 운운할 때면 부아가 치밀어 오릅니다. 우리가 하는 일은 책을
읽고 앞으로 상황이 어떻게 전개될지 예측하는 것과는 다르오. 그보다
는 한 글자도 놓치지 않고 책을 꼼꼼히 읽으면서, '그러나'라는 단어가
나올 때마다 해당 페이지 숫자를 기록하는 것과 같소. 우리 일은 그런
식이지. 도움이 될 만한 어떤 방법이랄 것도 없고, 근사한 묘책은 더더
욱 존재하지 않소. 그저 할 수 있는 일이라곤 계속해서 책을 읽어나가는
것뿐이오. 마침내 책에는 '그러나'라는 단어가 한 번도 나오지 않는다는
사실을 알아낼 때까지 말이오. 혹은 안나와 마르카라는 이름을 가진 수
많은 사람들의 행방을 알기 위해 온 프라하를 뒤지기도 하지. 그러고는
그들 중에 누구도 피살된 사람이 없다는 사실을 알아내는 것이오. 이런
게 형사가 하는 일이오. 추리 작가들이 책을 쓰려면, 시바의 여왕이 도
난당한 진주 목걸이 같은 얘기 말고 이런 걸 다루어야 하는 거요. 그게
실제 형사들이 하는 일이기 때문이오."

"그럼 이 사건 수사는 어떻게 하셨나요?"

페파가 질문을 던졌다. 페파는 그가 뭔가 다른 방법으로 수사를 했으
리라는 느낌이 강하게 들었다.

"어떻게 수사를 했느냐." 소우체크가 되뇌더니 깊은 생각에 잠겼다.
"먼저 우리는 무언가 출발점이 필요했소. 그래서 우선 7번 전철 티켓에

서부터 시작했지. 우린 이 여자가 진짜 가정부라면 7번 전철 노선 근처에 있는 집에서 일했을 거라고 추정했소. 물론 그렇지 않을 수도 있소. 그저 우연히 전철을 탔을 수도 있으니까 말이오. 그렇지만 어디에선가는 수사를 시작해야 하니까 이건 불가피하오. 그렇지 않소? 하지만 결과적으로 이 방법은 소용없었소. 7번 전철은 프라하의 한쪽 끝에서 다른쪽 끝까지 오가오. 브레브노브에서 출발해 말라스트라나와 노베메스토를 경유한 뒤 지즈코프에서 끝나지. 너무 넓은 지역이어서 전철 티켓만으로는 할 수 있는 게 거의 없었소. 그래서 우리는 그녀의 핸드백에서 나온 영수증으로 눈을 돌렸소. 그건 적어도 언젠가 그녀가 그 중국 도자기 가게에 들러 55코루나짜리 물건을 샀다는 사실을 알려주기 때문이오. 그래서 우리는 그 가게를 찾아갔소."

"그들이 그녀를 기억하고 있었겠군요!"

민카가 자신도 모르게 소리를 질렀다.

"정반대요, 아가씨." 소우체크가 침울하게 말했다. "그들은 그녀를 전혀 기억하지 못했소. 하지만 내 상관인 메이즈리크 반장은 포기하지 않았소. 그는 몸소 그 가게에 다시 가서는 55코루나로 무엇을 살 수 있는지 물어보았소. '55코루나로 살 수 있는 건 다양합니다. 몇 개를 사느냐에 따라 달라지죠. 하지만 만약 한 개에 55코루나짜리 물건을 찾는 거라면 이 영국산 찻주전자밖에 없습니다. 일인용이지만 큼직하게 나온 거죠.' 그들이 이렇게 대답했소. 그러자 메이즈리크 반장이 말했소. '그럼 나도 이걸 사겠소. 하지만 내겐 도맷값으로 파시오.' 경찰서로 돌아온 반장은 나를 불러서 이렇게 지시했소. '소우체크, 내 말 잘 들어보게. 그 여자가 가정부라고 쳐보세. 가정부들은 항상 뭔가를 깨뜨리지. 하지만 그런 일이 서너 번쯤 반복되면 주인이 더 이상 참지 못하고 화를 내기 마련이네. 당장 물어내라고 고래고래 고함을 지르지. 결국 가정부는 깨뜨린 물건을 메워놓기 위해 똑같은 물건을 사러 가게 되네. 그러니까 물건 한 개를 사러 가는 거지. 그리고 그 도자기 가게에서 딱 55코루나짜리 물건은 이 찻주전자밖에 없네.' '말도 안 되게 비싸군요!' 내가 반장에게 말했어. '바로 그 점이 중요해. 바로 그게 왜 그녀가 영수증을 간수하고 있었는지 설명해주네. 55코루나는 그녀가 감당하기 어려운 금액이지. 그녀는 아마 나중에 주인이 갚아줄지 모른다고 생각했을 거야. 그리고 그 찻주전자가 일인용이라는 것도 중요한 사실을 알려주네. 바로 그녀 주인이 혼자 사는 사람이라는 거지. 아니면 그녀의 주인집에 하숙생이 한 명 있어서 그녀가 매일 아침 차려주거나. 찻주전자가 그녀의 주인을 위한 것이라면 아마 그 사람은 여자일 걸세. 대개 혼자 사는 남자는 이렇게 근사하고 비싼 찻주전자에 돈을 쓰지 않으니까. 남자들이란 찻주전자에는 신경도 안 쓰지, 그렇지 않나? 그래서 십중팔구 혼자 사는 여자일 가능성이 높다는 걸세. 독신 여성, 특히 하숙을 치는 여성의 경우 항상 근사한 무언가를 갖고 싶어 하지. 그래서 이런 사치스러운 고가의 제품에 돈을 펑펑 쓴다네.'"

"맞아요." 민카가 외쳤다. "폐파, 내게 아주 근사한 작은 꽃병이 있는 거 알죠!"

"바로 그거요." 소우체크가 말을 받았다. "물론 아가씨는 영수증을 보관하지는 않을 테지만. 어쨌든 반장은 계속해서 이렇게 말했소. '소우체크, 생각해볼 게 또 있네. 뭐 그다지 근거가 있는 생각은 아니야. 하지만 어디에선가는 시작해야 되니 말일세. 자, 들어보게. 55코루나를 찻주전자에 써버리는 사람이라면 지즈코프에 살지는 않을 걸세.' 메이즈리크 반장은 7번 전철 티켓을 다시 떠올린 것이 분명했소. '그리고 프라하 중앙 지역에는 하숙생이 많지 않고, 말라스트라나에 사는 사람들은 커피만 마시지. 그렇다면 7번 전철이 지나는 히라드차니와 데즈비체 사이 어딘가에 사는 사람일 가능성이 높아. 그리고 이런 영국산 찻주전자로 차를 따라 마시는 사람이라면 틀림없이 정원이 딸린 작은 집에서 살 거야. 요즘에는 뭐든지 영국을 따라 하는 게 유행이잖나, 소우체크.' 때때로 기발한 발상을 잘하는 메이즈리크 반장다운 생각이었지. 그가 계속해서 얘기를 해나갔소. '그래서 말인데, 소우체크. 부유한 부인들이 세를 놓고 사는 지역으로 가서 사람들에게 이 찻주전자를 아는지 물어보게. 그래서 이 찻주전자와 똑같은 것을 갖고 있는 사람을 알게 되면, 그 사람에게 혹시 5월쯤에 그만둔 가정부가 있었는지 물어보게. 빈약하기 이를 데 없는 단서이긴 하지만 시도는 해봐야지, 그렇지 않나? 자, 소우체크, 지금 즉시 출발하게. 이제부터 자네가 이 사건 담당이네.' 나는 사실 이런 식의 추측을 좋아하지는 않소. 진정한 형사란 점성술사나 점쟁이 같은 사람이 아니오. 뭔가를 추측하느라 애쓰지 않지. 나는 그런 게 정직한 형사가 할 일이라고 보지 않소. 아, 물론 때로는 우연히 뭔가를 알게 되는 경우도 있소. 하지만 그것은 말 그대로 우연일 따름이오. 이 전철 티켓과 찻주전자 같은 게 형사에게는 중요하오. 적어도 직접 눈으로 보고 만질 수 있는 것들이기 때문이오. 그 밖의 나머지 것들은 … 그저 상상의 산물일 뿐이지."

소우체크가 유식한 표현을 쓰는 게 어색한 듯 약간 쑥스러워하면서 말을 이어나갔다.

"그래서 나는 내 방식대로 수사를 해나갔소. 나는 반장이 얘기한 지역의 집들을 일일이 찾아다니면서 그 찻주전자에 대해 아는지 물어보았소. 그런데 믿을 수 없게도 47번째로 찾아간 집에서 가정부가 이렇게 얘기하는 게 아니겠소. '물론이에요. 그건 여기 세 들어 살고 있는 아가씨가 갖고 있는 거랑 똑같은 거니까요.' 잠시 뒤 가정부가 주인아주머니를 데려왔소. 그녀는 어느 장군의 미망인으로 두 명의 여성에게 방을 세주고 있었소. 그중에 야코우브코바라는 영어 선생님이 있었는데, 바로 그녀가 똑같은 찻주전자를 가지고 있었소. 나는 그녀에게 그전에 있던 가정부가 5월에 사라지지 않았냐고 물었소. '네, 맞아요. 이름이 마르카였죠. 하지만 성은 잘 기억나지 않네요.' 그녀가 대답했소. 나는 다시 그 가정부가 사라지기 전에 찻주전자를 깨뜨린 사실이 있냐고 질문했소. '그래요. 그녀는 자기 돈으로 그 찻주전자를 사내야만 했죠. 맙소사, 그런데 어떻게 그런 사실을 알고 있죠?' 그녀가 말했소. 나는 그저 들어서 알고 있다고 얼버무렸소.

그다음부터는 순조로웠소. 나는 무엇보다도 먼저 마르카가 가장 친하게 지낸 가정부가 누군지 알아봤소. 왜, 가정부들에게는 항상 여자 친구가 있기 마련이잖소. 보통 한 명뿐이지만 모든 걸 털어놓고 지내지. 그 친구에게서 마르카의 성이 파리츠코바이며 드레비치 출신이라는 걸 알아냈소. 그러나 무엇보다 중요한 건 마르카가 사귀던 남자가 누구였는가 하는 점이었소. 마르카의 친구는 그 남자의 이름이 프란타였던 것 같다고 얘기했소. 그녀는 그에 대해서 아는 것이 거의 없었지만, 그 둘과 함께 에덴 댄스홀에 갔던 사실을 기억했소. 그러고는 거기에 있던 웬 젊은 카사노바가 그 남자를 보고 '헤이, 페르다'라고 불렀다는 얘기를 해주었지. 그래서 우린 같은 부서에 있는 프리바 경관에게 자문을 구했소. 가명에 대해서는 그를 따라갈 사람이 없었기 때문이지. 프리바는 듣자마자 곧장 말했소. '프란타 또는 페르다로 불린다 이거죠? 코시레 출신 중에 그런 사람이 있습니다. 스스로는 크로우틸이라고 부르지만, 실제 본명은 파스티리크입니다. 제가 가서 그를 잡아오겠습니다. 하지만 그러려면 한 명이 더 필요합니다.' 그래서 내가 직접 그와 함께 갔지. 사실 그런 건 내 업무는 아니지만 말이오. 우린 여자 친구 집에 있던 파스티리크를 덮쳤는데, 얼마나 거칠고 끈질기게 저항하던지 정말 고약하기 짝이 없었소. 어쨌든 가까스로 경찰서로 잡아 온 그를 마티츠카 반장이 취조했소. 어떻게 했는지는 아무도 모르지만, 반장은 16시간 정도가 지나자 파스티리크에게서 모든 걸 알아냈소. 일을 마친 마르카 파리츠코바를 옥수수밭에서 어떻게 했는지부터 그녀의 돈을 얼마나 빼앗았는지까지 모조리 알아낸 거요. 물론 그자는 그녀와 결혼하겠다고 약속했소. 그런 자들이 늘 써먹는 수법이지."

소우체크가 침울한 목소리로 덧붙였다.

민카가 몸을 부르르 떨었다.

"페파, 정말 끔찍해요."

"아니오." 소우체크가 근엄하게 말했다. "정말 끔찍한 순간은 그 황량한 들판에서 그녀의 곁에 서 있을 때였소. 고작 발견한 것이라곤 어디에도 쓸모없어 보이는 영수증과 전철 티켓밖에 없었단 말이오. 하지만 결국 우리는 가여운 마르카의 복수를 했소. 그러니 내가 말한 대로 어떤 것도 무시하지 마시오. 아무리 사소한 것이라도 단서나 증거가 될 수 있는 법이오. 하지만 사람들은 자신의 주머니에 들어 있는 것이 얼마나 중요한지 모르고 있소."

그림처럼 조용히 앉아 얘기를 듣던 민카가 눈물을 글썽였다. 그러고는 갑자기 페파 쪽으로 몸을 틀어서 애정이 넘치는 눈길로 그를 바라보았다. 그런데 그 순간 그녀가 손에서 구겨진 영수증 한 장을 슬그머니 땅으로 떨어뜨렸다. 그녀가 그동안 계속해서 손가락 사이에서 초조하게 꾹꾹 눌러대고 있던 영수증이었다. 페파는 미처 그녀의 행동을 보지 못했다. 뭔가 생각에 잠겨 하늘의 별들을 바라보고 있었던 것이다. 하지만 소우체크는 그걸 놓치지 않았다. 그의 입가에 씁쓸한 미소가 어렸다. 마치 그녀의 행동이 슬프긴 하지만 이해할 수 있다는 것처럼.

# 오플라트카의 최후

　새벽 3시쯤 사복 차림의 크레이치크 경관이 네클라노바 거리 17번지에 있는 제과점의 셔터가 반쯤 올라가 있는 것을 발견했다. 그는 비번이긴 했지만 급히 가게 초인종을 누른 뒤 셔터 아래로 몸을 숙여 안에 누가 있는지 들여다보았다. 바로 그 순간 한 남자가 가게 안에서 뛰쳐나왔다. 그는 불과 반 발자국 거리에서 크레이치크 경관의 배에 총을 쏘고는 어둠 속으로 유유히 도망쳤다.

　같은 시각 예로니모바 거리에서 순찰을 하던 바르토스 경관이 총성을 듣고는 그쪽 방향으로 달려가기 시작했다. 그는 네클라노바 거리 모퉁이에서 도망치던 남자와 거의 충돌할 뻔했다. 하지만 그가 "거기 서!" 하고 외치기도 전에 다시 한 번 도망자의 권총이 불을 뿜었다. 복부에 총을 맞은 바르토스가 바닥에 쓰러졌다.

　경찰들이 불어대는 날카로운 호각 소리에 거리가 화들짝 깨어나고 있었다. 사고 현장에는 시내 전역에서 순찰 근무 중이던 경관들이 하나둘 모여들었다. 경찰서에서도 3명의 경관들이 미처 복장도 다 갖추지 못한 채 황급히 달려왔다. 그리고 몇 분이 지나지 않아 관할 경찰청의 오토바이가 굉음 소리를 울리며 현장에 당도하더니 청장이 오토바이에서 뛰어내렸다. 총을 맞은 경관들의 상태는 매우 심각했다. 바르토스는 이미 시체와 다름없었고, 크레이치크도 배를 움켜쥐고 죽어가고 있었다.

그날 날이 밝을 무렵까지 20명가량의 사람들이 연행되었다. 사실 이들을 딱히 용의자라고 볼 근거는 없었다. 아무도 목격자가 없었기 때문이다. 하지만 동료 2명의 죽음으로 인해 복수심에 불타는 경찰로서는 지푸라기라도 잡아야만 했다. 더구나 이런 무작위적인 검거는 늘 쓰는 방법이었다. 행운의 여신이 도울 경우 검거된 사람 중에서 견디지 못하고 범행을 자백하는 사람이 나올 수도 있기 때문이다. 밤낮을 가리지 않고 용의자에 대한 심문이 계속 이어졌다. 창백하고 불안한 표정의 용의자들은 낯익은 경찰들이 쉴 새 없이 퍼부어대는 질문 공세 때문에 녹초가될 지경이었다. 하지만 그들은 잘못 대답할 경우 심문이 끝난 뒤에 자신이 어떤 신세가 될지를 생각하면서 애써 정신을 가다듬었다. 온 도시의 경찰들이 어둡고 무시무시한 분노로 끓어오르고 있다는 것을 잘 알고 있었기 때문이다. 바르토스 경관의 죽음은 그간 경찰과 직업적 범죄자 사이에서 암묵적으로 유지되었던 익숙한 관계가 깨졌다는 것을 의미했다. 더구나 배에 총을 쏴 죽이다니! 말 못하는 짐승도 그렇게는 죽이지 않을 터였다.

다음 날 새벽 동이 틀 무렵이 되자 가장 멀리 떨어진 시외에 있는 경찰까지 범인이 오플라트카라는 사실을 알게 되었다. 용의자 중 1명이 발타로부터 들은 내용이라면서 다음과 같이 털어놓은 것이다.

"오플라트카가 네클라노바 거리에서 두 사람을 살해한 범인입니다. 그는 아주 위험한 인물입니다. 앞으로도 몇 명쯤 더 해칠 수 있습니다.

사람 목숨 따윈 상관도 않습니다. 결핵을 앓고 있어 거의 자포자기 상태거든요."

같은 날 밤 먼저 발타가 검거되었고, 뒤이어 오플라트카의 여자 친구와 오플라트카 갱단의 멤버 3명이 잇달아 검거되었다. 그러나 그들 중 어느 누구로부터도 오플라트카가 어디로 숨었는지 알아낼 수 없었다. 경찰은 수많은 정·사복 경찰들을 투입해 오플라트카의 행적을 찾았다. 그뿐이 아니었다. 모든 경찰들이 근무를 마친 뒤에도 추적을 계속했다. 집으로 돌아와 간단히 커피만 마시고 다시 기운을 내어 오플라트카를 찾아나섰다. 불평하는 부인들에게는 몇 마디 말로 토닥거려주는 게 고작이었다. 이제 누구나 오플라트카가 목이 가냘프고 얼굴이 핼쑥하며 왜소한 사내라는 사실을 알게 되었다.

그날 밤 11시쯤 브르잘 경관은 9시까지 예정된 근무를 모두 마치고 서둘러 집으로 돌아와 외출복으로 갈아입었다. 그는 부인에게 주위를 한 바퀴 돌아보겠다고 말하고는 집을 나섰다. 라이스카 공원 근처에 도착한 브르잘은, 나무 그늘 속에 몸을 숨기고 있는 듯 보이는 키 작고 비쩍 마른 사내를 발견했다. 그는 근무 중이 아니었기 때문에 총이 없었지만, 좀 더 자세히 사내를 살펴보기 위해 가까이 접근했다. 그가 사내의 얼굴이 보이는 곳까지 다가갔을 때, 사내가 주머니에서 총을 꺼내 브르잘의 복부를 쏜 뒤 도망을 쳤다. 브르잘은 배를 부여잡고 범인을 뒤쫓았지만 몇 걸음 가지 못하고 바닥에 꼬꾸라졌다. 하지만 사방에 경찰의 호각 소리가 요란하게 울리는 가운데 어디선가 서너 명의 경찰이 나타나 도주하는 그림자를 뒤쫓기 시작했다. 리에게르 공원 뒤편에서 몇 발의 총성이 울렸다. 15분쯤 지나 경찰을 가득 실은 몇 대의 차량이 지즈코프 위쪽 구역을 향해 질주했다. 잠시 뒤 네댓 명씩 한 조를 이룬 경찰들이 그곳의 신축 공사 지역을 샅샅이 뒤지기 시작했다.

새벽 1시가 다 될 무렵, 올산스키 연못 뒤쪽에서 다시 한 발의 총성이 울렸다. 도주하던 범인이 마침 여자 친구 집에서 돌아오고 있던 한 젊은이를 총으로 쏜 것이다. 다행히 총알은 젊은이를 피해 갔다.

새벽 2시쯤 차가운 비가 추적추적 내리는 가운데 정·사복 경찰들로 구성된 추적대가 오랫동안 버려져 있던 지도브스케 벽돌 공장을 에워쌌다. 추적대는 한 발씩 포위망을 좁히며 그 안을 수색했지만, 범인의 모습은 보이지 않았다. 그런데 날이 밝자 말리시체의 외곽 지역에서 벌어진 총격 사건에 관한 보고가 접수되었다. 교대를 하고 나오는 톨게이트 요금 징수원을 누가 총으로 쐈다는 내용이었다. 요금 징수원은 그를 뒤쫓기 시작했지만, 현명하게도 곧 추적을 포기했다. 모든 정황이 오플라트카가 시골로 잠적했다는 것을 가리키고 있었다.


60여 명의 경찰들이 온몸에 비를 흠뻑 맞은 채로 지도브스케 벽돌 공장에서 철수했다. 그들은 자신들의 무력함에 눈물이 날 만큼 분노했다.

"세상에, 참을 수가 없군! 그 죽일 놈이 우리 프라하 시경 소속 경찰을 3명이나 죽였어. 바르토스와 크레이치크, 그리고 브르잘까지 말이야. 그리고 지금은 지방경찰 관할구역에서 이리저리 돌아다니고 있지! 이 사건은 당연히 우리가 우선적으로 수사할 권리가 있다고. 그런데 이제 이 악당 놈을 지방경찰과 같이 쫓아야 하다니! 총을 맞은 건 우리 쪽 경찰이니까 이건 우리 사건이야, 그렇지 않아? 우리는 지방경찰이 끼어드는 걸 원치 않아. 그들은 그저 그놈이 다시 프라하로 돌아올 수밖에 없도록 길만 봉쇄해주면 되는 거야."

그날은 하루 종일 하늘에서 차가운 비가 뿌렸다. 체르차니에서 라디오 건전지를 산 지방경찰 므라제크는 어두워지기 전에 피셸리로 돌아가기 위해 걸음을 재촉했다. 그는 비무장 상태였고, 기분이 좋은 듯 휘파람을 불며 걷고 있었다. 얼마나 걸었을까, 그의 앞에 자그마한 사내가 나타났다. 이상할 게 하나도 없는 상황이었다. 그런데 사내가 마치 어디로 가야 할지 모르겠다는 듯 제자리에 멈춰 섰다.

'저 사내는 누구지?'

므라제크가 스스로에게 물었다. 그 순간 그의 눈앞에 섬광이 번쩍였고, 므라제크는 손으로 옆구리를 움켜쥔 채 땅바닥에 꼬꾸라졌다.

그날 저녁 당연하게도 그 지역의 경찰 전체가 비상 태세에 돌입했다.

"내 말 잘 듣게, 므라제크." 죽어가는 그에게 혼자트코 반장이 말했다. "조금도 걱정 말게. 내 명예를 걸고 말하지. 이 악당 놈은 반드시 잡을 걸세. 이건 오플라트카의 짓이야. 이놈은 틀림없이 소베슬라브로 갈 거야. 자신이 태어난 곳이거든. 왜 이런 악당 놈들은 꼭 막판에 몰리면 고향을 찾아가는지 모를 일이야. 아마 신은 아시겠지. 손을 이리 줘보게. 내 맹세하지. 반드시 그놈을 잡아서 끝장을 내겠네."

므라제크는 미소를 지으려고 애를 썼다. 쓰러진 뒤 줄곧 자기의 세 아이들 생각이 뇌리를 떠나지 않았던 므라제크였지만, 지금은 그 지역의 경찰 모두가 자신 주위에 모여 있는 장면을 상상하고 있었다. 저들 중에는 체르니 코스텔 출신의 토만이 있겠지 … 물론 보티체에서 온 자바다는 당연히 있을 거고 … 사자바 출신의 로우세크도 … 아, 그리운 친구들, 친구들 … 이 얼마나 아름다운 광경인가, 이렇게 모두 한자리에 모일 수 있다니! 므라제크의 입가에 미소가 걸렸다. 하지만 그것이 마지막이었다. 곧 참을 수 없는 고통이 밀려왔다.

그날 밤 보티체 출신의 자바다 경사는 베네소브에서 오는 야간열차를 검문해보기로 마음먹었다.

'누가 알아, 오플라트카가 거기 어딘가 타고 있을지 말이야. 하지만 정말로 위험을 감수하고 기차를 탔을까?'

불빛이 가물거리는 객차 안에는 승객들이 지친 동물처럼 웅크리고 앉아 의자에서 졸고 있었다. 이 칸 저 칸 옮겨 다니며 사람을 살피던 자바다의 뇌리에 문득 한 번도 본 적이 없는 사람을 도대체 어떻게 알아볼 수 있을까 하는 생각이 떠올랐다. 그 순간 그의 코앞에서 모자를 눈썹까지 푹 눌러쓴 젊은 사내가 벌떡 몸을 일으켰다. 한바탕 소란이 일어났다. 안타깝게도 자바다가 어깨에서 총을 뽑기도 전에 사내의 총이 먼저 불을 뿜었고, 사내는 그대로 객차를 빠져나갔다. 자바다는 간신히 "저놈 잡아라!" 하고 외친 뒤, 얼굴을 통로 바닥에 대고 쓰러졌다.

그러는 동안 젊은 사내는 기차에서 뛰어내려 화물차 쪽으로 달아났다. 그때 철도원 흐루사는 손전등을 들고 화물차 옆을 걸어가고 있었다. 그는 26호 차가 역을 빠져나가기만 하면 잠시 창고에 가서 눈을 붙일 작정이었다. 바로 그때 한 사내가 그가 있는 쪽으로 달려왔다. 흐루사는 순식간에 그의 앞을 가로막았다. 순전히 동물적인 본능이었다. 그 순간 무슨 섬광 같은 것이 그의 눈앞에 번뜩였고 그걸로 모든 게 끝이었다. 26호 차가 아직 역을 빠져나가지 않았지만 흐루시는 창고에 몸을 뉘었다. 물론 그가 원하던 푹신한 침대 위가 아니라 급히 마련된 한 장의 널빤지 위였다. 동료 철도원들이 한 손에 모자를 벗어 들고 그를 보기 위해 창고 안으로 들어왔다.

몇 사람이 가쁜 숨을 몰아쉬며 도망치는 그림자를 뒤쫓았지만 이미 너무 늦어버렸다. 그는 벌써 철로를 가로질러 밭 쪽으로 넘어가버린 것이 분명했다. 기차역에서 시작된 숨 막힐 듯한 공포가 가을밤 단잠에 빠져 있던 시골 마을 곳곳으로 급속히 퍼져나갔다. 사람들은 집에 꼭 틀어박힌 채 좀처럼 문 밖으로 나서려고 하지 않았다. 그리고 누군가 이런저런 장소에서 험상궂게 생긴 낯선 사람을 보았다는 소문이 떠돌기 시작했다. 어떤 이는 키가 크고 마른 사람이라고 했고, 다른 이는 가죽 코트를 입은 키 작은 사람이라고 했다. 한 집배원은 나무 뒤에 몸을 숨기고 있는 사내를 보았다고 했다. 마부 레베다는 어떤 사람이 큰길에서 마차를 세우라고 신호를 했지만 그냥 달아나버렸다고 말했다. 또 한 사내가 등교 중인 여자애의 가방을 낚아채고는 그 안에 있던 빵을 빼앗아 달아난 사실도 확인되었다. 이제 마을 사람들은 문을 단단히 걸어 잠그고 두려움에 숨을 죽였다. 기껏해야 유리창에 코를 바싹 대고 인적 끊긴 잿빛 거리를 조심스럽게 살펴보는 것이 고작이었다.

서로 연관된 사건들이 동시에 발생하고 있었다. 각지에서 지역경찰들이 줄지어 사고 현장으로 모여들었다. 누가 어디에서 오는 건지 알 수 없을 정도였다.

"세상에!" 혼자트코 반장이 차슬라브에서 온 경관에게 소리를 질렀다. "여기서 뭐 하고 있나? 누가 자네를 이리 보냈지? 내가 고작 악당 놈 하나 잡으려고 온 보헤미아 경찰을 다 불러야 한다고 생각하나?"

차슬라브에서 온 경관이 헬멧을 벗고는 어쩔 줄 몰라 하며 목덜미를 긁적거렸다.

"저기 반장님." 그가 간절한 눈길로 반장을 바라보며 말했다. "자바다는 제 단짝입니다 … 제가 가만히 있는 건 … 친구로서 할 짓이 아닙니다."

"집어치우게!" 반장이 버럭 고함을 쳤다. "여기 온 모든 사람이 다 그런 소리를 하고 있네. 50명 가까운 경찰들이 명령도 없이 이 자리에 모여들었네. 도대체 나보고 어떻게 하라는 건가?"

반장이 콧수염을 뽑기라도 할 듯 거칠게 만지작거렸다.

"좋아, 교차로부터 숲에 이르는 고속도로 구간을 맡게. 가서 베네소브에서 온 볼드리흐에게 교대하러 왔다고 말하게."

"그건 해결책이 아닌 것 같습니다." 차슬라브에서 온 경관이 지각 있게 말했다. "제 말은, 반장님, 볼드리흐가 그걸 용납할 리가 없다는 겁니다. 틀림없습니다. 차라리 제가 숲 쪽을 맡는 게 나을 것 같습니다. 지금 그곳에 누가 근무하고 있습니까?"

"베셀카에서 온 세메라드가 있네." 반장이 말했다. "자, 내 말 잘 듣고 명심하게. 이제부터 자네에게 누군가를 보게 되면 경고 없이 사살할 수 있는 권한을 부여하겠네. 겁을 먹어서는 안 돼, 알겠지? 더 이상 이렇게 부하들을 잃을 수는 없어. 자, 행동 개시!"

그때 역장이 도착했다.

"저, 반장님." 그가 말했다. "30명 정도 모였습니다."

"무, 무슨 30명이요?"

혼자트코 반장이 놀라 더듬거렸다.

"그야 당연히 철도원들이죠." 역장이 말했다. "흐루사는 우리 동료가 아닙니까? 그래서 다들 손을 보태고 싶어서 한걸음에 달려온 겁니다."

"당장 돌려보내시오!" 반장이 식식거렸다. "여기에 민간인은 필요 없소."

역장이 심기가 불편한 듯 몸을 이리저리 틀어댔다.

"저기, 반장님." 그가 달래는 목소리로 말했다. "그들은 프라하나 메찌모스티에서 여기까지 왔습니다. 그들이 이렇게 똘똘 뭉치는 모습을 보니 참 좋습니다. 그들은 안 된다는 대답은 절대 받아들이지 않을 겁니다. 자신의 동료가 오플라트카에게 죽었기 때문이죠. 그들에게도 그럴 권리가 조금은 있지 않겠습니까? 그러니 만일 제가 반장님이라면 호의를 베풀어서 받아들이겠습니다."

그러나 반장은 화를 버럭 내며 자신을 혼자 내버려두라고 으르렁거렸다. 시간이 지날수록 포위망은 더욱 두텁게 구축되었다. 그날 오후에는 인근 군부대의 사령관이 전화를 걸어 군인들의 지원이 필요한지 물어보았다.

"아닙니다." 반장이 무례하지만 서둘러 말을 잘랐다. "이건 우리 일입니다. 아시겠습니까?"

그러는 사이 프라하에서 한 무리의 경찰들이 기차를 타고 도착했다.

그들은 자신들을 즉시 되돌려 보내려고 하는 지역경찰들과 한바탕 언쟁을 벌였다.

"뭐라고요?" 머리끝까지 화가 치민 홀룹 형사가 목소리를 높였다. "우리 보고 되돌아가라고? 그놈은 우리 동료를 3명이나 죽였어. 당신들은 고작 2명밖에 잃지 않았지만. 그러니까 우리가 당신들보다 더 많은 권리가 있다고. 알겠어, 이 시골뜨기들아!"

양측의 다툼이 가까스로 진정되자마자 새로운 다툼이 발생했다. 포위망의 가장 외곽 부분인 숲 쪽에서 지역경찰과 사냥터지기 사이에 언쟁이 벌어진 것이다.

"여기서 나가시오. 이건 토끼 사냥이 아니오."

경찰들이 씩씩댔다.

"당신이나 입 닥치시오!" 사냥터지기들이 맞받아쳤다. "여긴 우리의 숲이오. 우린 원하는 한 얼마든지 여기 있을 권리가 있소. 아시겠소?"

"생각 좀 해보세요, 여러분." 사자바에서 온 로우세크 경관이 일을 바로잡기 위해 말했다. "이런 건 경찰이 할 일이오. 누구도 여기에 끼어들 수는 없소."

"그건 당신 생각이지." 사냥터지기들이 반박했다. "그놈한테 빵을 빼앗긴 애는 우리 동료인 후르카의 딸이오. 따라서 우린 그냥 손 놓고 보고 있을 수만은 없으니 그리 아시오."

그날 저녁, 포위망은 더욱 촘촘해졌다. 어둠이 내려앉자 좌우에 있는 사람들의 거친 숨소리와 그들이 움직일 때 나는 질벅거리는 발소리들이 또렷하게 들렸다. 입에서 입으로 "가만히 자리를 지키게"라는 말이

조용하고 빠르게 전달되었다. "꼼짝도 하지 마!"라는 말도 역시 마찬가지였다. 견디기 힘든 무거운 침묵이 숲을 짓누르고 있었다. 포위망을 친 어둠 속 한가운데에서는 마른 낙엽들이 바람에 부스럭거리고, 후드득 나뭇잎에 빗방울 떨어지는 소리가 숲 속을 울리고 있었다. 가끔 지나가는 사람들의 저벅거리는 발소리나 무언가 쨍그랑거리는 금속성 소리가 들리기도 했다. 아마 소총이나 혁대 같았다.

자정이 다 될 무렵 어둠 속에서 누군가 "거기 서!" 하고 외치더니 총을 발사했다. 상황은 이상하리만치 급격하게 혼란스러워졌다. 여기저기서 모두 30발이 넘는 총성이 들렸고, 사람들은 그곳으로 달려가느라 우왕좌왕했다. 그때 누군가 큰 소리로 외쳤다.

"돌아와! 모두 자리를 지켜!"

사람들은 질서를 회복했고, 포위망도 다시금 촘촘해졌다. 하지만 이제 사람들은 그들 앞에 놓인 어둠 속 어딘가에 길을 잃고 지친 도망자가 잔뜩 몸을 웅크리고 숨어서 자신들을 공격할 기회를 노리고 있다는 사실을 확실하게 깨달았다. 억누르기 힘든 전율이 사람들 사이로 빠르게 퍼져나갔다. 가끔씩 나뭇잎에 무겁게 매달린 물방울들이 땅바닥에 떨어지면서 철벅거리는 수상한 발소리를 냈다. 아, 앞을 볼 수만 있다면! 한 점 빛이라도 있었으면! 사람들은 아침이 어서 오길 기원했다.

마침내 희미하게 동이 트기 시작했다. 비로소 옆 사람을 분간할 수 있게 되자 사람들은 서로가 얼마나 가까운 곳에 있었는지를 깨닫고 깜짝 놀랐다. 포위망의 한가운데는 빽빽한 덤불 같은 것이 놓여 있었는데, 평소에 토끼들이 몸을 숨기는 곳으로 보였다. 그곳은 벌레 소리 하나 들리

지 않을 정도로 완벽하게 고요했다. 혼자트코 반장이 초조하게 수염을
잡아당기며 속으로 생각했다.

'제기랄, 기다리는 수밖에 없겠어, 그렇지 않으면…….'

그때 홀룹 형사가 나섰다.

"제가 들어가겠습니다."

반장이 콧방귀를 꼈다.

"자네들이 들어가게."

그가 가장 가까이 있는 사람들에게 몸을 돌리며 말했다. 다섯 사람이
덤불 속으로 뛰어들었다. 곧 탁탁 나뭇가지가 부러지는 소리가 들리더
니 한순간 갑자기 조용해졌다.

"여기서 기다리게."

혼자트코가 부하들에게 명령을 내리고는 나무 쪽으로 천천히 걸어갔
다. 얼마나 흘렀을까. 덤불 밖으로 무언가를 질질 끌고 나오는 지역경찰
의 널찍한 등이 나타났다. 끌려 나오는 물체는 몸을 웅크린 사람이었는
데, 콧수염이 무성한 사냥터지기가 그의 발을 붙잡고 있었다. 그들 뒤로
혈색 나쁜 얼굴을 찌푸린 채 덤불을 빠져나오고 있는 혼자트코의 얼굴
이 보였다.

"여기다 그를 내려놓게."

반장이 숨을 헐떡이며 이마를 훔쳤다. 주춤거리며 서 있는 사람들을
둘러본 반장이 얼굴을 한층 찌푸리더니 고함을 질렀다.

"뭘 그렇게 넋 놓고 보고 있나? 해산!"

하지만 사람들은 혼란스러운 표정을 한 채, 우르르 땅바닥에 놓인 왜

소한 사내 쪽으로 몰려갔다. 그리고는 몸을 숙여 그를 내려다보았다. 바로 오플라트카였다. 소매 사이로 삐쭉 나온 비썩 마른 팔, 한 손에 들어갈 듯 가느다란 목, 그리고 작고 푸르죽죽한 데다 비에 젖은 얼굴까지.

'세상에, 악당답지 않게 정말 안쓰러운 몰골이군, 오플라트카! 보라구, 등에 총을 맞았군. 여기 귓불 뒤에도 작은 총구멍이 있고, 그리고 여기에도 … 4발, 5발, 모두 7발이나 맞았군!'

시체 옆에 무릎을 꿇고 앉아 있던 반장이 힘없이 헛기침을 하며 일어섰다. 그리고는 마지못한 듯 약간 수줍어하며 눈을 들었다. 그의 눈에 한 치의 흐트러짐도 없이 어깨에 소총을 메고 길게 늘어선 지역경찰들의 모습이 들어왔다. 그들의 총검이 햇빛에 눈부시게 빛났다.

'세상에, 탱크처럼 튼튼해 보여. 떠드는 사람도 없이 줄지어 늘어서 있는 모습이 곧 의장 행렬이라도 시작할 것 같군.'

반장이 중얼거렸다. 그 옆으로는 검은색 유니폼을 입은 프라하 시경 소속 경찰들이 모여 있었다. 모두 육중하게 생긴 사내들이었는데 권총이라도 들었는지 주머니가 불룩했다. 푸른 제복을 입은 철도원들도 보였다. 키가 작고 고집스럽게 생긴 사람들이었다. 그리고 마지막으로 녹색 제복을 입은 사냥터지기들이 있었다. 그들은 몸매가 날씬하고 건장했으며 턱수염이 난 얼굴은 혈색이 좋아 보였다.

'이거 뭐 국민장이라도 치르는 것 같군.'

반장이 속으로 생각했다.

'마치 곧 예포라도 쏘아 올릴 듯이 대열을 갖추고 있잖아!'

반장은 가슴을 찌르는 알 수 없는 격통에 입술을 깨물었다. 뻣뻣하게 굳은 채로 아무렇게나 땅바닥에 내팽개쳐져 있는, 탄환으로 벌집이 된 저 짐승 같은 몸뚱이, 그리고 저기 수많은 사냥꾼들.

"제기랄!" 반장이 이를 악물고 소리쳤다. "여기 어디 자루 같은 것 없나?"

200여 명의 사람들이 각기 다른 방향으로 흩어졌다. 그들은 입을 꾹 다물고 누구도 서로 얘기하려 들지 않았다. 도로 사정을 불평하거나, 누군가 흥분해서 물어보는 소리에 "네. 그는 죽었습니다. 완전히 끝났습니다. 그러니 이제 그만 우릴 내버려두십시오"라고 시무룩하게 대답하는 소리만 간간히 들릴 뿐이었다. 천을 덮은 시체를 지키고 있던 지역경찰이 구경꾼에게 화를 내며 소리를 질렀다.

"왜 여기서 기웃거리는 겁니까? 무슨 구경거리라도 났습니까? 남의 일에 끼어들지 말고 빨리 가세요!"

지방의 경계 지점에 이르자 사자바에서 온 로우세크 경관이 툭하고 말을 뱉었다.

"이 더럽고 메스꺼운 살인자 같으니라구. 난 오플라트카를 직접 내 손으로 처리할 수 있었다고! 일대일로 맞붙어서 말이야."

# 최후의 심판

악명 높은 연쇄살인범 쿠글러는 여러 건의 사건으로 지명수배되어 수많은 경찰과 형사들에게 쫓기고 있었다. 그는 평소에 절대로 잡히지 않겠다고 맹세하고 다녔고 실제로도 잡히지 않았다. 적어도 산 채로는 그랬다. 아홉 차례에 걸친 그의 살인 행각 중 마지막은 그를 체포하려던 경찰을 총으로 쏜 것이었다. 경찰은 숨이 끊어지기 전에 쿠글러에게 7발의 총상을 입혔는데, 그중 3발은 치명적이었다. 어디로 보나 이제 더 이상 그에게 이승의 심판을 내리기는 어려웠다.

쿠글러의 죽음은 너무 순식간에 이루어졌기 때문에 그는 어떤 고통도 느낄 시간이 없었다. 사람들은 육체를 떠난 그의 영혼이 낯선 저승의 모습, 그러니까 이 세상의 저편에 존재하는 그 회색의 황량한 세계를 보고 놀랐을 거라고 생각할 것이다. 그러나 아니었다. 두 개의 대륙을 넘나들며 감옥살이를 한 남자에게 저승은 그저 또 다른 환경에 불과했기 때문이다. 쿠글러는 다른 곳에서 그러했듯이 여기서도 용기를 가지고 헤쳐 나가리라 다짐했다.

드디어 누구도 피할 수 없는 최후의 심판 시간이 쿠글러에게도 다가왔다. 저승은 항상 비상대기 상태에 있기 때문에 그는 즉시 3명의 재판관으로 구성된 특별 법정에 회부되었다. 그가 이전에 받았던 재판과는 달리 배심원은 존재하지 않았다. 법정은 이승과 마찬가지로 별다른 치장 없이 소박하게 꾸며져 있었다. 하지만 한 가지 다른 점이 있었다. 증인 선서를 위한 자리가 없었던 것이다. 재판관들은 나이가 지긋하고 지혜로운 사람들이었는데, 엄격해 보이는 얼굴에 약간 지친 기색을 비추고 있었다. 지루하기 짝이 없는 형식적인 절차들이 한동안 진행됐다. 쿠글러 페르디난드, 무직, 모월 모일 생, 사망은 … 이 대목에서 쿠글러가 자신이 죽은 날짜가 언제인지 모르고 있다는 것이 드러났다. 쿠글러는 곧 그것이 재판관들의 눈에 안 좋게 비춰지고 있다는 것을 깨달았다. 그의 태도가 눈에 띄게 딱딱해졌다.

"자신이 어떤 죄를 저질렀다고 생각합니까?"

재판장이 물었다.

"전 아무것도 잘못한 게 없습니다."

쿠글러가 고집스럽게 답변했다.

"증인을 데려오세요."

재판장이 한숨을 내쉬었다.

잠시 뒤 쿠글러 앞에 황금색 별들이 수놓아진 푸른 가운을 걸치고 수염을 멋지게 기른 위풍당당한 신사가 나타났다. 그가 법정에 들어설 때 판사들이 일제히 일어섰다. 쿠글러도 내키지 않았지만 뭔가에 홀린 듯 자신도 모르는 사이에 벌떡 일어섰다. 신사가 자리에 앉는 것을 본 재판관들이 다시 착석했다.

"전지전능한 신이시여!" 재판장이 말을 꺼냈다. "본 법정은 쿠글러 페르디난드에 대한 증언을 듣기 위해 당신을 증인으로 모셨습니다. 당신은 절대적인 진리 그 자체이므로 증인 선서를 할 필요가 없습니다. 우린 재판 진행에 꼭 필요한 것만 당신께 물을 겁니다. 중요하지 않은 지엽적인 것은 묻지 않도록 하겠습니다. 그리고 아시겠지만, 쿠글러 씨, 증언 도중에 끼어들지 마십시오. 그는 모든 것을 알기 때문에 부정해도 소용이 없습니다. 자, 증인, 괜찮으시면 시작해주십시오."

말을 마친 재판장은 안경을 벗고 의자에 편안히 몸을 기댔다. 증인의 말이 길어질 것에 대비하는 게 분명해 보였다. 가장 나이 지긋한 재판관은 벌써 꿈나라로 빠져들고 있었다. 서기를 담당하는 천사가 재판 기록부를 폈다.

증인으로 나온 신이 목청을 가다듬고는 증언을 시작했다.

"페르디난드 쿠글러는 공장 직원의 아들로 태어났네. 어린 시절 그는 나쁜 짓을 도맡아서 하는 다루기 힘든 아이였지. 그는 마음속으로 어머니를 사랑했지만 표현하기를 부끄러워했어. 그래서 오히려 더 무례하고 반항적으로 굴었지. 젊은이, 자네는 모든 이를 화나게 만들었어. 자네가 공증인의 집 정원에서 장미를 훔친 것에 화가 난 아버지가 엉덩이를 때리려고 하자 아버지의 엄지손가락을 깨물어버렸던 거 기억하고 있나?"

"그 장미는 이르마에게 주려던 것이었습니다. 세금 징수원의 딸이죠."

"알고 있네." 신이 말했다. "그때 그녀는 일곱 살이었지. 그 뒤에 그녀가 어떻게 되었는지 알고 있나?"

"아니오. 모릅니다."

"그녀는 오스카르와 결혼했네. 공장주의 아들이었지. 하지만 남편한 테 성병이 옮아 유산 과정에서 죽고 말았네. 루디 자루바를 기억하나?"

"그는 어떻게 되었습니까?"

"그는 해군에 입대했는데, 봄베이에서 전사했네. 자네와 루디는 마을에서 최고의 문제아였지. 자네는 열 살도 되기 전에 도둑질을 했고, 거짓말도 밥 먹듯이 해댔어. 그리고 질이 좋지 않은 사람들과 잘 어울렸지. 예를 들어 자네는 주정뱅이 구걸꾼 들라볼라에게 음식을 가져가서는 함께 먹곤 했어."

재판장이 그런 불필요한 얘기는 이제 그만하라는 듯 손짓을 했다. 하지만 쿠글러는 수줍어하며 신에게 질문을 던졌다.

"그런데 … 들라볼라의 딸은 어떻게 됐나요?"

"마르카 말인가?" 신이 말했다. "그녀는 상당히 비참하게 살았네. 열네 살 되던 해에 몸을 팔았고, 스무 살에 죽었지. 그녀는 눈을 감는 순간까지 고통에 힘겨워하면서도 자네를 찾았어. 자넨 열네 살에 이미 술주정뱅이가 다 되었고, 가출도 밥 먹듯이 했네. 그런 자네 때문에 자네 아버지는 화병으로 세상을 떴고, 어머니는 날마다 눈물을 펑펑 쏟았지. 자네는 집안의 명예를 시궁창에 처박아버렸네. 그 때문에 자네의 여동생, 어여쁜 마르티츠카는 결혼도 하지 못했지. 어떤 젊은이가 도둑 집안에 발을 들여놓으려고 하겠는가. 그녀는 혼자 가난에 시달리며 살고 있네. 밤마다 지친 몸을 이끌고 바느질을 하면서, 때때로 그녀를 불쌍하게 여긴 사람들로부터 몇 푼 안 되는 돈을 받아 근근이 연명하고 있지."

"지금 이 순간에는 뭐 하고 있죠?"

"그녀는 지금 블차크에서 실을 사고 있네. 그 가게 기억나나? 자네가 여섯 살 때 색동 유리구슬을 샀던 곳이네. 자네는 그 구슬을 사자마자 하루도 안 돼서 잃어버리고는 다시 찾지 못했지. 그때 자네가 얼마나 슬퍼하고 화를 냈는지 기억나나? 그리고 얼마나 엉엉 울어댔는지도?"

"그때 그 유리구슬은 어디로 굴러가버렸나요?"

쿠글러가 눈을 반짝이며 물었다.

"배수구를 따라 시궁창으로 들어갔다네. 30년이 지난 지금도 거기에 그대로 있지. 지금 이승에는 비가 내리고 있네. 자네의 유리구슬은 쏟아질 듯 밀려드는 차가운 물에 잠겨 몸을 떨고 있어."

쿠글러가 어린 시절을 추억이라도 하는 듯 가만히 고개를 숙였다. 재판장이 안경을 코끝에 고쳐 쓰고는 부드럽게 말을 꺼냈다.

"증인, 우리는 재판을 진행해야 합니다. 피고가 살인을 저질렀습니까?"

증인이 고개를 끄덕였다.

"그는 9명을 살해했지. 첫 번째는 말다툼 끝에 우연히 사람을 죽였어. 그 일로 감옥살이하는 동안 그는 완전히 타락했지. 두 번째 살인의 희생자는 딴 사람과 바람피운 애인이었지. 그 일로 그는 사형을 선고받았지만 탈옥했네. 세 번째는 강도질을 하다 죽인 노인이었고, 네 번째는 야간 경비원이었지."

"그 경비원이 죽었습니까?"

쿠글러가 다급하게 물었다.

"사흘간 끔찍한 고통에 시달리다 숨을 거두었네." 신이 대답했다. "6명의 아이들을 세상에 남겨두고 말일세. 다섯 번째와 여섯 번째 희생자는 부부였지. 쿠글러는 도끼로 그들을 죽인 뒤 집을 뒤졌지만 한 푼의 돈도 발견하지 못했지. 사실은 그들 부부가 2천 코루나가 넘는 돈을 숨겨놓고 있었는데도 말이야."

쿠글러가 깜짝 놀라 벌떡 일어섰다.

"그게 어디였습니까? 말씀해주십시오."

"매트리스 안이라네. 리넨으로 만든 자루에 돈을 넣고 매트리스 안에 숨겨두었지. 평생 고리대금업과 구두쇠 짓으로 모은 돈이었네. 자네는 미국에서 일곱 번째 살인을 저질렀어. 이민 온 시골 사람이었는데, 의지 가지할 데 없는 가여운 사람이었지."

"그렇군. 매트리스 안이었어."

쿠글러가 감탄하며 나직이 속삭였다.

"그렇다네." 증인이 계속해서 말을 했다. "여덟 번째 피해자는 쿠글러가 경찰로부터 도망치고 있을 때 우연히 맞닥뜨린 보행자였네. 쿠글러는 당시에 골막염을 앓고 있었는데, 너무 심한 고통에 정신이 혼미할 지경이었지. 젊은이, 그대는 그때 정말로 끔찍한 고통에 시달렸어. 마지막은 쿠글러를 사살한 경찰관이었네. 그 경찰관은 쿠글러가 쏜 총에 맞아 죽어가면서도 기어코 총을 쏴서 쿠글러를 쓰러뜨렸지."

"피고가 살인을 저지른 이유는 뭡니까?"

재판장이 신에게 물었다.

"다른 살인범들과 같은 이유지." 신이 대답했다. "분노나 탐욕 때문에, 고의적으로 혹은 우발적으로. 때로는 단순히 쾌락을 위해서, 그리고 때로는 필요에 의해서. 그는 관대한 사람이었네. 수시로 다른 사람을 도와주었지. 여성에게 친절했고, 동물도 사랑했네. 약속도 잘 지켰어. 그의 선행에 대해서도 증언해야 하나?"

"감사합니다만," 재판장이 말했다. "그건 필요 없을 것 같습니다. 피고는 마지막으로 변론할 것이 있습니까?"

"없습니다."

쿠글러가 누구나 알 수 있을 정도로 무관심하게 대답했다. 그는 어떻게 돼도 상관없다고 생각했다.

"판결을 내리기 전에 잠시 휴정을 하겠습니다."

재판장이 선언을 하자, 재판관들이 자리를 떴다. 법정에는 신과 쿠글러만이 남았다.

"저들은 누구입니까?"

쿠글러가 막 자리를 뜨고 있는 3명의 재판관 쪽으로 머리를 기울이며 물었다.

"자네와 똑같은 사람들이지." 신이 말했다. "그들은 이승에서 재판관이었네. 그래서 여기서도 재판관 일을 하는 걸세."

쿠글러가 손톱을 물어뜯었다.

"제 생각에는 … 제 말은 뭐, 제가 그렇다고 걱정을 하거나 그런 건 아니지만 … 당신이 재판을 해야 하는 게 아닌가요? 왜냐하면 … 왜냐하면 … "

"왜냐하면 내가 신이기 때문이라는 건가?" 신이 그의 말을 맺어주었다. "하지만 바로 그 점이 문제야. 모르겠나? 나는 모든 걸 알고 있기 때

234

문에 재판을 할 수 없다네. 절대 그렇게는 안 되네. 헌데 이번에 누가 자네를 고발했는지 알고 있나?"

"아뇨. 모릅니다."

쿠글러가 깜짝 놀라 말했다.

"루카네. 그 여급 말일세. 그녀가 질투심에 눈이 멀어 자넬 고발했네."

"잠시만요 … ." 쿠글러가 용기를 내서 조심스럽게 말했다. "말씀 중에 죄송합니다만, 시카고에서 제가 총으로 쏜 테디를 빼먹으신 것 아닙니까? 그 쓸모없는 놈 말입니다."

"자네가 잘못 알고 있네." 신이 그의 말을 일축했다. "그는 회복해서 지금까지 버젓이 살아 있다네. 그는 밀고자이긴 하지만 좋은 사람이지. 어린아이도 아주 좋아하고. 어디에도 쓸모없는 사람이란 없는 법이네."

"하지만, 진짜 왜 당신이 … 왜 당신이 직접 재판을 하지 않는지 모르겠습니다."

쿠글러가 수심이 가득한 목소리로 물었다.

"내가 모든 것을 알고 있기 때문이지. 재판관이 모든 것을 안다면 … 그야말로 완벽하게 모든 것을 안다면 말일세, 그는 재판을 할 수가 없네. 모든 사정을 이해하면 무척이나 가슴이 아프다네. 그러니 어떻게 재판을 할 수 있겠나? 자네를 재판하려면 오직 자네 범죄에 대해서만 알아야 하네. 하지만 나는 자네의 모든 걸 알고 있지. 말 그대로 모든 걸 말일세, 쿠글러. 그래서 내가 자네를 재판할 수 없다는 거야."

"하지만 저 재판관들도 저와 같은 사람이잖습니까? 왜 그들이 저를 심판하나요? … 여기 저승에서조차 말입니다."

"그건 사람들 일은 사람들끼리 해결해야 하기 때문이지. 자네도 알다시피 나는 그저 증인에 불과하네. 언제나 판결을 내리는 것은 사람이지. 여기 저승에서도 그러하네. 내 말을 믿게, 쿠글러. 그게 순리야. 인간에게는 인간이 심판을 내려야 하는 법이네."

바로 그 순간 재판관들이 다시 법정에 들어섰다. 이윽고 판결문을 낭독하는 재판장의 엄숙한 목소리가 법정에 울려 퍼졌다.

"페르디난드 쿠글러는 일급 살인죄와 과실치사, 강도와 불법 침입, 그리고 무기 은닉과 장미 도둑질까지 수많은 범죄를 반복해서 저질렀다. 이에 본 법정은 그에게 지옥에서의 종신형을 선고하는 바이다. 형은 즉시 집행될 것이다. 다음! 피고, 프란티세크 마하트, 출석했습니까?"

# 농장에서 일어난 사건

"일어서시오, 피고." 재판장이 말했다. "당신은 장인인 프란티세크 레베다를 살해한 혐의로 기소되었습니다. 예비심문에서 장인을 살해할 의도로 그의 머리를 도끼로 세 번 내려쳤다고 자백했군요. 유죄를 인정하십니까?"

키가 작고 지쳐 보이는 사내가 몸을 떨며 마른침을 꿀꺽 삼켰다.

"아니오."

그가 간신히 말을 뱉었다.

"그를 죽였나요?"

"물론입니다."

"그럼 유죄를 인정하시나요?"

"아니오."

재판장이 간신히 화를 꾹 누르고 말했다.

"본드라체크 씨. 당신이 과거에 장인을 독살하려고 한 사실도 우리는 알고 있습니다. 커피에다 쥐약을 탔죠. 사실입니까?"

"물론입니다"

"그 말은 당신이 이전에도 장인을 죽이려고 했다는 겁니다. 이해하시겠습니까?"

사내가 코를 킁킁거리며 당황해서 어쩔 줄 몰라 했다.

"그건 … 그건 네 잎 클로버 때문이었습니다." 그가 더듬거리며 말했다. "그가 클로버를 갖다 팔았습니다. 저는 계속해서 말했죠. '장인어른, 클로버에 손대지 말아주십시오. 제가 토끼를 사서는 … .'"

"잠깐만요." 재판장이 말을 끊었다. "그 클로버는 누구 것이었나요?"

"그게, 장인 것이었습니다." 피고가 중얼거리듯 말했다. "하지만 클로버가 그에게 무슨 필요가 있습니까? 그래서 제가 계속 말했죠. 적어도 알팔파콩과의 여러해살이풀밭이라도 저에게 달라고요. 하지만 그는 이렇게 말했습니다. '내가 죽으면 네 아내인 마르타가 그 밭을 갖게 될 테니, 그때 가서 네가 하고 싶은 대로 해, 이 탐욕스러운 놈!' 하고 말이죠."

"그래서 그를 독살하려고 했나요?"

"그게 … 네, 맞습니다."

"그가 당신을 모욕했기 때문에요?"

"아닙니다. 그건 밭 때문이었습니다. 그가 밭을 팔겠다고 말했거든요."

"하지만, 피고." 재판장이 목소리를 높였다. "그건 그의 밭입니다. 그렇지 않나요? 자신의 땅을 마음대로 팔지도 못한다는 겁니까?"

본드라체크가 재판장을 못마땅하게 쳐다보았다.

"글쎄요, 물론 그렇게 볼 수 있습니다. 하지만 저는 그 밭 옆에 조그만 감자밭을 갖고 있습니다. 그 밭하고 합치려고 감자밭을 산 건데 … . 그런데 그는 감자밭 따위가 무슨 상관이냐며 곧 자신의 밭을 요우달에게

238

팔 거라고 얘기했습니다."

"당신들은 다툼이 끊이지 않았군요."

재판장이 유도 심문을 했다.

"글쎄요. 그런 편이었습니다." 본드라체크가 눈살을 찌푸리며 말했다.
"그놈의 염소가 문제였습니다."

"무슨 염소 말입니까?"

"장인이 매일같이 한 방울도 남김 없이 제 염소의 젖을 짜서 가져갔습
니다. 저는 그에게 사정했습니다. 제발 염소를 내버려두라고요. 그게 아
니면 개울 옆에 있는 작은 목초지를 달라고 했죠. 하지만 그는 그 목초
지를 돈 받고 남에게 빌려주었습니다."

"장인은 그 돈을 어떻게 했나요?"

배심원 중 한 사람이 질문을 던졌다.

"늘 하던 대로 했습니다." 피고가 시무룩하게 말했다. "그는 그 돈을 금
고에 감췄습니다. 그러고는 '내가 죽으면 이건 자네 걸세' 하고 말했죠.
하지만 그는 추호도 죽고 싶은 맘이 없었습니다. 이미 칠순이 넘었는데
도 말입니다."

"그러니까 항상 장인 때문에 다툼이 일어났다는 얘기입니까?"

"그렇습니다." 본드라체크가 약간 주저하면서 말했다. "그는 어떤 것
도 포기하려 들지 않았습니다. '내가 살아 있는 한 이 농장은 내 맘대로
운영할 거야, 그렇게 알아!' 제게 항상 이렇게 말했죠. 저는 장인에게 말
했습니다. 소 한 마리만 사주면 그 밭을 제가 갈겠다고요. 그럼 그 밭을
팔 필요도 없다고 말했습니다. 하지만 그는 자신이 죽은 뒤에 소를 사라

고 말했습니다. 그때는 한 마리가 아니라 두 마리를 사도 상관없다면서
… 하지만 지금은 그 밭을 요우달에게 팔아야겠다고 말했죠."

"본드라체크." 재판장이 엄하게 말했다. "당신은 금고에 있는 그 돈 때
문에 장인을 살해한 것이 아닌가요?"

"그건 소를 살 돈이었습니다." 본드라체크가 고집스럽게 말했다. "우
리는 장인이 죽으면 소를 한 마리 살 생각이었습니다. 그런 작은 농장에
는 꼭 소가 필요합니다. 아니면 어떻게 퇴비를 얻을 수 있겠습니까?"

"피고." 검사가 그의 말을 가로막았다. "우리는 지금 소가 아니라 한
사람의 생명에 대해 얘기하고 있습니다. 당신은 왜 장인을 살해했습니
까?"

"그 밭 때문입니다."

"그건 이유가 될 수 없습니다."

"그는 그 밭을 팔아버리려고 했습니다."

"하지만 그가 죽고 나면 어차피 그 돈은 당신 것이 됩니다."

"물론입니다. 하지만 그는 털끝만큼도 죽고 싶은 생각이 없었습니다."
피고가 화가 나서 소리쳤다. "재판장님, 그가 그냥 세상을 떴더라면 어
떤 나쁜 짓도 그에게 하지 않았을 겁니다. 여기 있는 모두가 그렇게 생
각할 겁니다. 저는 그를 친아버지처럼 대했습니다. 그렇지 않습니까?"

그가 몸을 돌려 방청객들에게 동의를 구했다. 방청석에는 절반도 넘는
마을 사람들이 자리하고 있었다. 여기저기서 그렇다고 대답하는 소리
로 방청석이 술렁거렸다.

"알겠습니다." 판사가 웅성거리는 소리 위로 엄숙하게 말했다. "그래

서 장인을 독살하려 한 것이군요. 그렇지 않습니까?"

"독살 …" 피고가 중얼거렸다. "장인은 그 클로버를 팔 필요가 없었습니다. 재판장님, 여기 있는 누구라도 맹세할 수 있습니다. 클로버가 없는 농장이란 상상할 수도 없습니다. 그렇지 않습니까?"

다시 한 번 동의하는 대답들로 방청석이 웅성거렸다.

"몸을 돌려 앞을 보시오, 피고." 재판장이 소리쳤다. "계속 이러면 방청객들을 퇴장시키겠소. 자 이제 어떻게 살인을 저질렀는지 얘기해보십시오."

"그게 …" 피고가 주저하면서 말을 꺼냈다. "어느 일요일이었습니다. 장인이 요우달하고 또 얘기하고 있는 것을 보았습니다. 그래서 '장인어른, 저하고 얘기도 없이 그 밭을 팔 수는 없습니다'라고 그에게 얘기했습니다. 그랬더니 그는 '내가 왜 너 같은 놈하고 상의해야 하냐'고 말하더군요. 그래서 저는 이제 다 틀렸구나 생각하고 장작이나 패려고 밖으로 나갔습니다."

"이게 그때 사용한 도끼인가요?"

"그렇습니다."

"계속하세요."

"그날 밤 아내에게 아이들과 이모 댁에 가 있으라고 말했습니다. 그러자 그녀는 울음을 터트렸습니다. 저는 그녀에게 말했습니다. 울지 말라고, 장인과 먼저 대화를 해보겠다고 말입니다. 그런데 그때 장인이 헛간에서 나오더니 도끼가 자기 것이라며 달라고 했습니다. 저는 장인도 제 염소에서 우유를 한 방울도 남김없이 짜 가지 않느냐고 말했습니다. 그러자 그가 저한테 달려들어 도끼를 뺏으려 했습니다. 그래서 도끼로 그를 내려쳤습니다."

"왜 그랬죠?"

"그 밭 때문입니다."

"왜 도끼로 세 번이나 내려쳤습니까?"

본드라체크가 어깨를 으쓱했다.

"그건, 그러니까 … 재판장님, 이 근처에 사는 사람들은 모두 힘든 일에 익숙해져 있기 때문입니다."

"그러고는 어떻게 했습니까?"

"잠을 자러 갔습니다."

"잠이 오던가요?"

"아닙니다. 소 값이 얼마나 나갈지, 그리고 어떻게 그 구석에 있는 목초지를 길에 접해 있는 밭과 바꿀 수 있을지 생각하느라 잠을 이룰 수 없었습니다. 드디어 밭을 넓힐 수 있다고 생각하니 마음이 설렜습니다."

"양심의 가책은 전혀 없었습니까?"

"없었습니다. 오직 밭들을 하나로 합쳐서 넓혀야겠다는 마음뿐이었습니다. 그리고 소가 들어올 것을 대비해서 헛간도 고쳐야 했습니다. 그러려면 돈도 많이 듭니다. 장인은 마차도 한 대 없었습니다. 나는 그에게 끝없이 말했습니다. '장인어른, 이런 식으로 농장을 운영해서는 안 됩니다. 저 두 밭들은 서로 하나가 되기를 원하고 있습니다. 그게 느껴지지 않으시나요?'"

"당신이야말로 그 노인에 대해 느끼는 게 없소?"

재판장이 버럭 호통을 쳤다.

"하지만 장인은 그 밭을 요우달에게 팔려고 했습니다."

본드라체크가 기어 들어가는 목소리로 말했다.

"당신은 탐욕 때문에 그를 살해한 겁니다."

"그건 사실이 아닙니다!" 피고가 펄쩍 뛰었다. "그 밭 때문입니다. 그 밭들이 합쳐지면 …."

"전혀 죄책감을 느끼지 않습니까?"

"네."

"노인을 죽여놓고 아무렇지도 않다는 겁니까?"

"그건 그 밭 때문이라고 제가 몇 번이나 말씀드렸지 않습니까!"

본드라체크가 금방이라도 울음을 터트릴 것 같은 얼굴로 소리를 질렀다.

"그건 살인이 아닙니다. 예수님이나 성모마리아, 요셉은 물론 사람들까지도 모두 그 사실을 알고 있습니다. 존경하는 재판장님, 이건 가족들 간의 일입니다! 저는 낯선 사람에게 해를 끼친 것이 아니란 말입니다. 저는 지금까지 남의 물건을 훔친 적이 없는데 … 이제 사람들에게 본드라체크가 어떤 사람인지 물어보면 … 그들은 저를 도둑놈이라고 손가락질하겠군요 …."

본드라체크는 슬픔에 목이 메었다.

"도둑이 아니라 근친 살인범이라고 손가락질하겠죠." 재판장이 침울하게 말했다. "피고는 사형에 처해질 수 있다는 걸 알고 있습니까?"

본드라체크가 코를 훌쩍이며 울먹거렸다.

"그 밭이 문제였습니다."

그가 체념한 듯 말했다. 그 뒤에도 한참 동안 재판이 진행됐다. 증언들, 검사의 논고와 피고의 최후진술 등이 지루하게 이어졌다.


배심원들이 피고 본드라체크의 유죄 여부를 논의하고 있는 동안, 재판장은 창밖을 내다보면서 생각에 잠겼다.

"대체로 싱거운 재판이었습니다." 재판관 중 한 명이 침묵을 깼다. "검사도 별다른 심문이 없었고 … 피고도 같은 말만 되풀이했고 … 한마디로 단순한 사건이었습니다."

재판장이 코웃음을 쳤다.

"단순한 사건이라고?" 그가 어림없는 소리라는 듯 손을 내저었다. "잘 듣게. 그 친구도 자네나 나처럼 자신이 옳다고 믿고 있네. 이건 마치 소를 잡는 백정이나 흙더미를 파헤치는 두더지를 심판하는 것과 같네. 난 때때로 이런 사건들은 전혀 우리 소관이 아니라는 생각이 드네. 자네가 이해할지는 모르겠지만 법률이나 정의의 문제가 아니라는 거지. 휴 …
."

그가 한숨을 내쉬고는 법복을 벗었다.

"잠시 이 사건을 접어두고 쉬자고. 그런데 난 아무래도 배심원들이 그를 무죄방면할 것 같네. 터무니없는 소리로 들리겠지만 틀림없이 그럴 것 같아. 왜냐하면 … 자네 이거 아나? 나에게도 농부의 피가 흐르고 있다네. 그 친구가 그 밭들이 하나로 합쳐져야 한다고 얘기했을 때 … 내 눈앞에 그 밭들이 나타났네. 그러고는 이 사건은 … 신의 뜻에 따라 심판이 내려져야 하는 게 아닌가 하는 생각이 들었네. 무슨 말인지 알겠나? 내 말은 우리가 그 두 밭을 심판해야 한다는 걸세. 내가 어떻게 해야 했는지 알겠나? 자리에서 벌떡 일어나 법복을 벗고는 이렇게 말하는 걸세. '유혈 참사가 하늘에까지 미치니, 신의 이름으로 다음과 같이 판결하노라. 피고 본드라체크는 그 두 밭에 사리풀유럽산의 독초과 가시덤불의 씨를 끝도 없이 뿌려야 하리라. 그리하여 죽음이 그대를 찾아오는 순간까지 이 증오의 밭을 끝없이 일구고 또 일구리라 … '라고 말하면 검사가 어떻게 나올지 궁금하군. 오직 신만이 심판할 수 있는 때가 있는 법이야. 신은 가혹한 벌을 내리겠지 … 신의 이름으로 말이야. 하지만 우린 그렇게 할 수 없네. 아, 벌써 배심원들이 결론을 내린 모양이군."

재판장이 마지못한 듯 한숨을 쉬며 법복을 다시 걸쳤다.

"자, 그럼 다시 재판을 진행하겠습니다. 배심원을 부르시오!"

# 어느 배우의 실종

9월 2일, 배우 얀 벤다가 실종되었다. 그는 단 한 편의 출연작으로 성공해서 일약 공연계의 최고 스타 자리에 올라선 뒤부터 쭉 국민 배우로 사랑받아왔다. 사실 9월 2일에는 평상시와 다른 어떤 일도 일어나지 않았다. 아침 9시, 청소부 아줌마가 벤다의 방에 들어섰을 때 침대는 엉망으로 헝클어져 있었고, 방 안은 돼지우리처럼 온갖 잡동사니로 어질러져 있었다. 익숙한 풍경이었다. 하지만 정작 국민 배우는 방 안에 없었다. 가끔 있는 일이었기 때문에 청소부 아줌마는 별다른 생각 없이 서둘러 아파트를 정돈하고 돌아갔다. 그게 다였다. 하지만 그 뒤로 벤다의 어떤 흔적도 발견되지 않았다.

마레소바(청소부 아줌마의 이름이다) 부인은 이 상황에 대해 크게 놀라지 않았다. '사람들은 잘 모르지만 배우들이란 집시와 똑같아.' 그녀는 그렇게 생각했다. '공연하느라 이리저리 돌아다니거나 아니면 어디서 흥청망청 마셔대고 있겠지.'

그런데 9월 10일에 벤다를 찾는 전화 한 통이 걸려왔다. 그가 연극 리어 왕의 리허설에 나타나지 않았다는 것이다. 세 번째 리허설까지 벤다가 나타나지 않자 몹시 당황한 극단 관계자들은 급기야 벤다의 친구인

골드베르크 박사에게 전화를 걸어보기로 했다.

골드베르크는 자기 전문 분야인 맹장 수술로 엄청난 돈을 모은 외과 의사였다. 그는 커다란 금테 안경을 낀 건장한 사내였지만 아름다운 마음씨를 갖고 있었다. 그는 그림에 대단한 열정을 갖고 있어서, 그의 아파트는 바닥부터 천장까지 온통 그림으로 가득했다. 그리고 그는 벤다에게 헌신적이었다. 벤다가 늘 그를 가볍게 경멸하는 태도를 취해도 잘 받아주었으며, 결코 작은 금액이 아니었지만 너그럽게 모든 계산을 도맡아 지불했다. 비극적 용모의 벤다와 훤칠하게 생긴 골드베르크(그는 물만 마셨다)가 짝을 이루어 밤마다 술집을 전전하는 모습이 마치 전설처럼 사람들의 입에 오르내렸다. 비극 배우로서 명성을 떨치고 있던 벤다는 그의 분방한 행동으로 인해 술집 순례가 거듭될수록 악명도 함께 높아졌다.

극단 관계자가 전화를 걸어 벤다의 소식을 물어왔을 때, 골드베르크는 자신도 모른다며 그를 찾아보겠다고 말했다. 사실 그는 극단 관계자에게 얘기하지 않았지만 이미 그 주 내내 나이트클럽이나 다른 유흥업소를 돌며 벤다의 행방을 찾고 있었다. 시간이 지날수록 그는 점점 불길한 예감에 사로잡혔다. 정말로 벤다에게 무슨 일인가 일어난 것만 같았다.

실상은 이랬다. 그가 아는 한 벤다를 마지막으로 본 사람은 바로 자신이었다. 8월 말까지 그는 벤다와 함께 프라하의 밤거리를 활보하고 다녔다. 그러나 그 뒤 벤다는 그들이 늘 만나던 장소에 더 이상 나타나지 않았다. 어디 몸이라도 안 좋은가 보군, 마침내 이렇게 생각한 골드베르크는 어느 날 저녁 벤다의 아파트를 찾아갔다. 정확히 9월 1일이었다.

벤다의 아파트에 도착한 골드베르크는 현관 벨을 눌렀지만 응답이 없었다. 하지만 안에서 무언가 부스럭거리는 소리가 들렸기 때문에 그는 계속해서 벨을 눌렀다. 족히 5분 정도는 그랬던 것 같았다. 갑자기 발소리가 들리더니 누군가 문을 열었다. 실내복을 걸친 벤다가 문가에 서 있었다. 그의 모습을 본 골드베르크는 경악을 금치 못했다. 벤다의 머리는 여기저기 떡이 진 채 어지러이 헝클어져 있었고, 수염도 일주일 넘게 깎지 않은 듯 까칠하게 턱을 덮고 있었다. 한마디로 유명 배우와는 전혀 어울리지 않는 초췌하고 지저분한 모습이었다.

"자네였군." 그가 뚱하게 말했다. "어쩐 일인가?"

"세상에, 도대체 무슨 일인가?"

골드베르크가 놀라 소리를 질렀다.

"아무것도 아닐세." 벤다가 귀찮은 듯 말했다. "난 외출하고 싶지 않네. 그 일로 온 거라면 날 혼자 내버려두게!"

말을 마친 그는 골드베르크의 면전에서 문을 쾅 하고 닫아버렸다. 그다음 날 그는 실종되었다.

골드베르크가 두꺼운 안경 너머로 근심 어린 시선을 던졌다. 무언가 잘못된 거야, 그는 속으로 생각했다. 그가 벤다의 아파트 관리인에게서 알아낸 것은 많지 않았다. 그에 따르면 어느 날 밤(아마 9월 1일 밤일 거라고 골드베르크는 추측했다) 새벽 3시쯤 차 한 대가 아파트 앞에 섰다. 차에서는 아무도 내리지 않았다. 차는 아파트 안에 있는 누군가에게 신호라도 보내는 양 경적을 울려댔다. 얼마 뒤 누군가 아파트에서 나가고 차문이 닫히는 소리가 나더니 곧 차가 출발했다. 어떤 종류의 차인지는 알 수 없었다. 관리인이 일어나 살펴보지 않았기 때문이다. 당연했다. 새벽 3시라면 누구든 꼭 필요한 경우가 아니면 잠자리를 박차고 일어나고 싶지 않은 법이다. 하지만 관리인은 차 안에 있던 누군가가 엄청나게 급한 듯 잠시도 쉬지 않고 경적을 울려댄 사실은 똑똑히 기억했다.

일전에 마레소바 부인은 벤다가 일주일 내내 아파트에서 나간 적이 없다고 그에게 말했다. 밤에도 그랬는지는 잘 모르겠다고 단서를 달긴 했지만. 그녀에 따르면 벤다는 면도는 물론 세수도 하지 않은 모습이었다. 음식도 배달시켜 먹었고, 계속 브랜디를 마셔대며 소파에 아무렇게나 널브러져 지냈다. 그게 전부였다. 이제 다른 사람들도 벤다의 실종에 관심을 갖기 시작했기 때문에 골드베르크는 다시 그녀를 찾아가 보기로 했다.

"부인, 혹시 벤다가 무슨 옷을 입고 나갔는지 아시겠습니까?"

골드베르크가 마레소바 부인에게 물었다.

"아무것도 입지 않고 나간 것 같아요." 그녀가 대답했다. "참으로 귀신이 곡할 노릇이죠. 저는 그의 옷이라면 모르는 게 없어요. 그런데 저기 옷장에 그의 옷들이 하나도 빠짐없이 모두 걸려 있거든요."

"하지만 속옷만 입고 나갔을 리는 없지 않나요?"

골드베르크가 깜짝 놀라 물었다.

"속옷도 안 입고 나갔어요." 그녀가 단언했다. "전부 그대로 있거든요. 신발도 안 신고 나갔어요. 이건 정말 우스운 일이에요. 저는 벤다 씨 세탁물은 모두 세탁소에 맡기기 때문에 항상 목록을 만들어놓고 있는데, 돌아오지 않은 세탁물은 하나도 없어요. 제가 종류별로 하나하나 세어

봤죠. 셔츠가 18장인데 하나도 빠짐없이 있고, 손수건을 포함해서 다른 것도 없어진 게 없어요. 단 하나 없어진 게 있다면 그가 항상 갖고 다니던 작은 손가방입니다. 그가 밖에 나간 게 사실이라면 알몸으로 나간 겁니다."

골드베르크가 심각한 표정을 지었다.

"부인." 그가 말했다. "9월 2일 아침, 아파트에 들어섰을 때 뭔가 눈에 띄게 어질러진 것을 보지 못했나요? 이를테면 가구 따위가 쓰러져 있거나 문이 강제로 열려 있거나 하지 않았나요?"

"어질러진 것이라 … " 마레소바가 잠시 생각에 잠겼다. "평소와 마찬가지로 어질러져 있어요. 아시는 것처럼 벤다 씨는 방을 돼지우리처럼 엉망으로 해놓고 사는 사람이죠. 하지만 평소와 특별히 다른 점은 없었어요. 그런데 정말로 이해가 안 되는군요. 실오라기 하나 걸치지 않고서 어디로 갔을까요?"

당연히 골드베르크라고 알 리가 없었다. 그는 극도의 불안감에 사로잡혀 경찰서로 향했다.


"알겠습니다." 골드베르크가 자신이 아는 것을 단숨에 쏟아내고 나자 경찰이 말했다. "그를 찾아보도록 하겠습니다. 그런데 당신이 말한 대로라면 그는 집 안에 일주일간이나 처박혀 면도나 세수도 안 하고 소파에서 뒹굴뒹굴하면서 브랜디나 마셔대다가 아산티족아프리카에 사는 부족 이름처럼 벌거벗은 채로 어디론가 사라졌다는 얘긴데 … 그건 마치 … 일종의 … ."

"정신착란중 같다는 얘기시죠?"

"네. 그렇습니다." 경찰이 말했다. "우린 이런 경우 비정상적인 정신 상태로 인한 자살을 떠올리죠. 벤다 씨가 자살했다고 해도 전 놀라지 않을 겁니다."

"하지만 그랬다면 시체가 발견되었을 겁니다." 골드베르크가 자신 없는 목소리로 말했다. "게다가 벌거벗은 채로 얼마나 멀리 갈 수 있겠습니까? 또 손가방은 왜 들고 나갔을까요? 그리고 아파트 앞에서 기다리던 차는 … 경관님, 이건 자살보다는 도주라고 보는 게 맞는 것 같습니다."

"빚은 어떤가요?" 경찰이 새로운 점에 착안했다. "그는 빚이 있었나요?"

"없었습니다."

박사가 재빨리 부정했다. 벤다가 빚더미에 올라앉아 있었던 것은 사실이었지만, 그가 이를 조금도 심각하게 생각하지 않았기 때문이다.

"그럼 … 다른 개인적인 문제는요? 예를 들어 … 불행한 애정 관계나 매독, 혹은 다른 심각한 걱정거리 같은 거 말입니다."

"제가 아는 한은 없습니다."

골드베르크가 약간 주저하며 말했다. 한두 가지 짚이는 게 있기는 했지만, 박사는 자신만 알고 있기로 마음먹었다. 여러 가지 이유가 있었지만, 무엇보다 벤다의 불가사의한 실종과는 아무 관련이 없어 보였기 때문이었다. 하지만 박사는 집으로 돌아오는 내내(물론 경찰로부터 전력을 다해 벤다를 찾겠다는 약속을 들은 뒤였다) 경찰의 질문이 뇌리에서 떠나지 않았다. 결국 박사는 자신이 아는 벤다의 개인적인 문제를 마음속으로 정리해보았다. 의외로 그가 아는 것은 많지 않았다.

1. 벤다는 어딘가 외국에 사는 아내가 있는데, 그는 그녀에게 전혀 관심이 없었다.

2. 그는 프라하 외곽인 홀레소비체에 애인이 있었다.

3. 그는 유명한 사업가의 부인인 그레타와 불륜 관계에 있었다. 그레타는 배우가 되고 싶어 몸이 달아 있는 여자였다. 그래서 그녀의 남편인 코르벨은 그녀를 주연으로 출연시키는 조건으로 영화 몇 편에 돈을 댔다. 많은 사람들이 그녀와 벤다의 스캔들을 알고 있었다. 그녀는 항상 벤다의 주위를 맴돌았고 더 이상 남의 눈을 의식하지도 않았다. 하지만 벤다는 이런 일들에 대해서는 입을 꾹 다물었다. 가끔 이런 유의 얘기들이 오갈 때면 오만하고 냉소적인 태도로 경멸스럽다는 표정을 지어 보일 뿐이었다.

정말 벤다의 사생활을 제대로 아는 사람은 어디에도 없어, 그가 무기력하게 뇌까렸다. 골드베르크는 몸을 부르르 떨었다. 틀림없이 이것 때문에 뭔가 추악한 일이 벌어진 거야. 하지만 이제 공은 경찰의 손으로 넘어갔어.

골드베르크는 당연히 경찰이 무엇을 하고 있는지, 수사는 어떻게 진행되고 있는지 알지 못했다. 경찰로부터 아무 소식도 없자, 그는 점점 낙담에 빠졌다. 그러는 사이 어느덧 벤다가 사라진 지 한 달이 훌쩍 지났고, 사람들은 그를 과거의 인물로 치부하기 시작했다.

그러던 어느 날 저녁이었다. 골드베르크는 노배우인 레브두스카를 우연히 만났다. 둘 사이에 이런 저런 대화가 이어지다가 그들은 자연스럽게 벤다에 관한 얘기로 옮아갔다.

"한 배우가 있었지." 레브두스카가 과거를 회상했다. "그는 스물다섯의 어린 나이에 벌써 오스발트 역을 연기했네. 자네는 의과 대학생들이 마비 증세를 연구하려고 그의 연기를 보러 오곤 했던 사실을 알고 있나? 그리고 그가 최초로 리어 왕을 맡았을 때 — 이보게, 사실 나는 그의 연기를 제대로 보지도 못했네. 그때 내 시선은 온통 그의 두 손에 쏠려 있었기 때문이지. 그의 손은 완벽한 팔순 노인의 손이었네. 앙상하고 쪼글쪼글한, 그 가여운 손들 — 오늘날까지도 그가 어떻게 그런 분장을 할 수 있었는지 모르겠네. 나도 분장은 어느 정도 한다고 자부하네만, 누구도 벤다를 따라갈 수 없네. 그건 오직 배우만이 알 수 있지."

골드베르크는 동료 배우가 벤다에게 바치는 찬사를 듣자 기쁘면서도 씁쓸한 감정이 밀려왔다.

"그는 머리부터 발끝까지 배우였네. 이보게, 벤다가 어떻게 분장 담당을 을러댔는지 알면 자네는 믿을 수 없을 거야. '어떻게 코트에다 이런 형편없는 싸구려 레이스를 달 수가 있지? 리어 왕 연기 때려치우겠어!' 그는 모조품 따위나 걸치고 연기한다는 생각을 참을 수 없었던 거야. 또 이런 일도 있었지. 그가 오셀로를 연기할 때였네. 그는 온 골동품 가게를 뒤져서 진짜 르네상스 시대의 반지를 찾았네. 그가 오셀로를 연기할 때 손가락에 끼고 있던 바로 그 반지지. 그는 그 반지 같은 실물을 사용할 때 좋은 연기가 우러나온다고 말했네. 그건 단순히 연기에 관한 얘기

254

가 아니라 … 어떤 형이상학 같은 것이었네."

레브두스카가 적절한 말인지 모르겠다는 듯 머뭇거리며 말했다.

"그는 공연할 때면 휴식 시간마다 욕을 퍼부어댔지. 그리고 극에 몰입되어 있는 자신을 누가 방해하지 못하도록 의상실에서 꼼짝도 하지 않고 처박혀 있었네. 그래서 벤다는 늘 과음을 했고, 그의 신경은 점점 망가져갔어."

그가 생각에 잠긴 채 말했다.

"자, 친구." 그가 헤어질 채비를 했다. "난, 이만 영화를 보러 가야겠네."

"저와 같이 보시죠."

특별한 저녁 계획이 없었던 골드베르크가 제안을 했다. 영화는 일종의 항해 모험 영화였는데, 골드베르크는 옆에 앉은 노배우의 얘기를 듣느라 영화의 구체적인 내용은 전혀 알 수 없었다. 레브두스카의 입을 통해 벤다에 관한 이런저런 이야기를 듣자 골드베르크는 눈물이 쏟아질 것만 같았다.

"그는 배우가 아니었네." 레브두스카가 계속 말을 했다. "그는 악마였어. 내 말은 그는 결코 하나의 삶에 만족하지 못했다는 거지. 그는 실제 생활에서는 형편없는 사람이었지만, 무대에서는 진정한 왕이었고 진짜 비렁뱅이였네. 머리끝에서 발끝까지 말일세. 그의 손짓에는 주변 모든 사람들이 머리를 조아리게 만드는 권위가 묻어났네. 하지만 그의 아버지는 이 집 저 집 다니며 칼을 갈아주는 사람이었지. 잠깐만, 저것 좀 보게. 지금 저 배우는 배가 난파되어 무인도에 표류된 사람을 연기하고 있네. 그런데 손톱에는 매니큐어가 칠해져 있어. 엉터리인 거지. 그리고 수염도 풀로 붙인 가짜야, 알아보겠나? 만약 벤다가 저 역을 맡았다면, 그는 실제로 수염을 길렀을 거야. 그리고 손톱 밑에도 때가 잔뜩 끼어 있을 거고 … 어, 박사, 왜 그러나? 무슨 일인가?"

"실례합니다." 골드베르크가 자리에서 벌떡 일어서면서 빠르게 말했다. "갑자기 어떤 생각이 떠올라서요. 그만 가보겠습니다. 감사합니다."

그는 급하게 극장을 벗어났다. 벤다는 실제로 수염을 길렀을 거야, 그는 계속 이 말을 반복했다. 벤다는 진짜로 수염을 길렀어! 왜 진작 그 생각을 못 했지?

"경찰서로 가주세요."

골드베르크가 택시 안으로 몸을 던지며 기사에게 말했다. 당직 경관에게 안내되자마자, 골드베르크는 그에게 소리를 지르고 읍소도 해가면서, 9월 2일 무렵 신원을 알 수 없는 부랑자의 시신이 발견된 사실이 없는지 당장 알아봐달라고 요구했다. 걱정했던 것과는 달리 경관은 그 즉시 어디론가 달려갔다. 아마 자료를 찾거나 누군가에게 물어보려는 것 같았다. 하지만 특별히 열의나 관심이 있어서라기보다는 무료함을 달래보기 위한 것 같았다. 기다리는 동안 골드베르크의 마음속에 무서운 생각이 끊임없이 떠올랐다. 그는 알 수 없는 두려움에 사로잡혀 계속 땀을 흘려댔다.

"저, 선생님." 다시 자리로 돌아온 경관이 말했다. "9월 2일 아침, 한 사냥터지기가 신원 불명의 부랑자 시신을 발견했습니다. 약 마흔 살 정도로 장소는 크리보클라트에 있는 숲입니다. 9월 3일에는 리토메리체 근처에 있는 엘베 강에서 신원 불명의 남자 시신이 인양되었습니다. 서른 살가량의 남자로 적어도 2주 정도는 물에 빠져 있었던 걸로 추정됩니다. 9월 10일에는 스스로 목을 매고 자살한 예순 살 정도의 남자 시신이 발견되었습니다. 장소는 네메츠키 브로드 인근 지역으로 … ."

"그 부랑자에 대한 자세한 내용은 없습니까?"

골드베르크가 숨도 쉬지 않고 단숨에 물었다.

"살인이었습니다." 경관이 초초해하는 박사를 주의 깊게 살피며 말했다. "현지 경찰의 보고서에 따르면 그의 두개골은 어떤 둔탁한 물건에 맞아 부서졌습니다. 여기 부검 보고서에는 이렇게 쓰여 있군요. 알코올 중독자로 사망 원인은 뇌 손상임. 여기 사진이 있습니다."

경관이 전문가다운 어조로 덧붙였다.

"정말 심하게 구타를 당했군요."

사진의 남자는 상반신만 찍혀 있었다. 온통 벌레들로 뒤덮인 누더기 같은 상의를 걸치고 있었고, 너덜너덜해진 옥양목 셔츠는 목 부위가 풀어헤쳐져 있었다. 한때 이마와 눈이 있었던 자리에는 이리저리 엉겨 붙은 머리카락들과 피부와 뼈로 보이는 물체들만 남아 있었다. 오직 빳빳하게 자란 수염이 붙어 있는 까칠한 턱과 반쯤 벌어진 입만이 간신히 사람의 모습을 간직하고 있었다. 골드베르크가 사시나무처럼 몸을 벌벌 떨었다. 이게 … 이게 벤다란 말인가?

"혹시 … 그에게 어떤 눈에 띄는 신체적 특징이 있던가요?"

그가 마음을 간신히 가라앉히고는 질문을 던졌다.

경관이 서류 더미를 재빨리 눈으로 훑었다.

"흠. 신장은 1m 77㎝고, 이제 희끗거리기 시작하는 검은 머리에, 치아는 심하게 썩었으며 ··· "

골드베르크가 크게 안도의 한숨을 내쉬었다.

"그렇다면 벤다는 아닙니다. 벤다의 치아는 누구보다 건강합니다. 그 친구일 리가 없습니다. 아무튼 번거롭게 해드려서 죄송합니다." 그가 혼자서 즐겁게 종알거렸다. "그 부랑자는 벤다가 아냐. 절대 불가능해."

절대 불가능해, 골드베르크는 집으로 돌아오면서 계속 혼잣말을 했다. 그는 아마 살아 있을 거야. 어쩌면, 맙소사, 어쩌면 지금 이 순간 나이트클럽에 앉아 있을지도 모르겠군, 올림피아나 아니면 블랙 덕에 ··· .

그날 밤 골드베르크는 다시 한 번 프라하의 유흥가를 돌아보았다. 그는 한때 벤다가 제왕처럼 군림했던 장소를 차례차례 들러 물을 한 잔씩 마시면서 금테 안경 너머로 구석구석 샅샅이 살펴보았다. 하지만 어디에도 벤다의 흔적은 없었다. 그런데 동이 틀 무렵 갑자기 그의 안색이 창백해졌다. 이런 멍청이! 그는 스스로에게 악담을 퍼붓고는 쏜살같이 자신의 집 차고로 달려갔다.

그가 차를 몰고 어느 지방 경찰본부에 당도해서 본부장을 깨웠을 때는 여전히 이른 새벽이었다. 운 좋게도 본부장은 과거에 골드베르크가 직접 맹장 수술을 해준 사람이었다. 당시 골드베르크는 기념으로 알코올에 담근 맹장을 그에게 건네주기까지 했다. 이러한 친분 덕택에 즉시 시체 발굴 명령이 내려졌다. 그로부터 2시간도 채 지나지 않아서 그의 눈앞에 신원 불명의 부랑자 시신이 놓여졌다. 퉁퉁 부은 얼굴로 나타난 검시관도 자리를 함께 했다.

"제 말을 믿으십시오." 검시관이 투덜거렸다. "프라하 경찰이 이미 그를 살펴보았습니다. 그가 벤다일 가능성은 전혀 없습니다. 그는 부랑자일 뿐입니다. 추잡하기 이를 데 없는 부랑자말이죠."

"몸에 이가 있던가요?"

골드베르크가 눈을 반짝이며 물었다.

"모르겠습니다." 검시관이 마지못해 대답했다. "어쨌든 지금은 그의 시체를 봐도 알아낼 수 있는 게 없을 겁니다. 이미 땅 속에 묻힌 지 한 달은 족히 지났기 때문에…."

무덤을 팠을 때 골드베르크는 브랜디를 가져오라고 하지 않을 수 없었다. 그렇지 않았으면 자루에 꿰매어져 무덤 바닥에 놓여 있는 시체를 꺼내 영안실로 옮겨달라고 무덤 파는 사람을 설득하지도 못했을 것이다.

"가서 직접 눈으로 보십시오."

검시관이 골드베르크에게 으르렁대듯 말했다. 검시관은 영안실로 들어가지 않은 채 밖에서 연신 독한 담배를 피워댔다.

잠시 뒤 시체처럼 얼굴이 하얗게 질린 골드베르크가 비틀대며 영안실에서 나왔다.

"와서 보십시오."

그가 갈라진 목소리로 말했다. 검시관과 영안실로 다시 돌아온 골드베르크는 시체의 머리 부분을 가리켰다. 그러고는 핀셋을 들고는 입술 부분을 잡아당겨 흉측하게 썩어버린 이빨을 드러냈다. 누런 이빨의 뿌리 부분이 충치로 검게 얼룩져 있었다.

"와서 잘 보십시오."

골드베르크가 이빨 사이로 핀셋을 밀어 넣어 검은 얼룩을 닦으면서 말했다. 곧 두 개의 단단하고 윤이 나는 앞니가 모습을 드러냈다. 골드베르크는 견딜 수가 없는 듯 두 손으로 머리를 감싸고 밖으로 뛰쳐나갔다.

잠시 뒤 그는 영안실로 되돌아왔다. 얼굴이 창백한 것이 크게 상심한 듯 보였다.

"이 눈에 띄게 썩은 치아들에 대해서는 이만하면 되겠습니다." 그가 부드럽게 말했다. "그것은 배우가 나이 든 노인이나 부랑자를 연기할 때 치아에 바르는 검은 반죽 때문입니다. 이 더러운 부랑자는 실은 배우입니다. 아니, 그 이상이죠. 정말 위대한 배우입니다."

같은 날 골드베르크는 사업가 코르벨을 방문했다. 그는 키가 크고 마치 돌기둥처럼 탄탄한 몸을 가진 사내였다. 각진 턱에는 강인함이 엿보였다.

"선생님." 골드베르크가 두꺼운 안경 너머로 그를 뚫어져라 바라보며 말을 꺼냈다. "제가 찾아 뵌 것은 … 배우 벤다 때문입니다."

"그렇군요." 사업가가 자리에 앉으며 두 손을 깍지 껴 머리 뒤에 올리면서 말했다. "그가 다시 나타나기라도 했나요?"

"부분적으로는 그렇습니다." 골드베르크가 말했다. "저는 당신이 이 문제에 관심이 있을 것으로 생각합니다 … 당신이 그와 함께 영화를 만들기로 했었다는 이유만으로도 말입니다 … 당신이 그 영화에 돈을 대기로 했으니까 말이죠."

"무슨 영화 말이오?" 거구의 사내가 심드렁하게 말했다. "난 모르는 일이오."

"제 말은 벤다가 부랑자로 나오고 … 당신의 부인인 그레타가 여주인 공을 맡기로 한 그 영화 말입니다. 사실 당신 부인 때문에 만들기로 한 영화죠."

골드베르크가 고집스럽게 있는 그대로 말했다.

"당신이 상관할 바가 아니오." 코르벨이 위압적으로 말했다. "아마 벤 다가 그렇게 당신한테 얘기한 모양인데 … 그건 때 이른 얘기요. 제대로 된 플롯도 없었단 말이오 … 그저 벤다의 얘기일 뿐이오."

"천만에요. 당신이 그에게 누구에게도 발설하지 말라고 엄포를 놓았 지 않았습니까? 당신에게는 극비였으니까요. 하지만 벤다는 사라지기 전 마지막 한 주 동안 수염과 머리를 길렀습니다. 진짜 부랑자처럼 보이 게 말이죠. 그는 그만큼 자신이 맡은 배역에 철저한 배우였습니다. 제 말이 틀렸습니까?"

"글쎄, 모르겠소." 사업가가 말을 잘랐다. "다른 용무가 더 있소?"

"그 영화는 9월 2일에 촬영을 시작할 예정이었습니다. 그렇지 않나요? 첫 장면은 크리보클라트에 있는 숲에서 찍기로 되어 있었습니다. 부랑 자가 동이 틀 무렵 잠에서 깨어납니다 … 아침 안개가 자욱하게 끼어 있 는 숲이죠 … 그는 해진 옷을 덮고 있는 낙엽과 솔방울들을 툭툭 털어냅 니다 … 나는 벤다가 이런 장면들을 어떻게 연기했을지 상상이 갑니다. 그는 틀림없이 다 해진 누더기를 걸치고 너덜너덜한 신발을 신었을 겁 니다. 그의 집 다락에 그런 소품들이 상자 가득 있거든요. 그게 바로 그 의 … 실종에도 불구하고 그의 옷이 하나도 없어지지 않은 이유입니다.

아무도 이런 생각을 하지 못했다니 믿을 수 없을 지경입니다. 그가 머리부터 발끝까지 철저히 분장을 한다는 사실을 알아야 했습니다. 실제 부랑자처럼 소매는 너덜너덜하게 하고 허리에는 질끈 줄을 동여맬 사람이죠. 그는 이렇게 철저한 의상 준비에 따르는 고통을 오로지 열정 하나로 이겨나갔습니다."

"그래서 어떻다는 거요?" 거구의 사내가 몸을 뒤로 젖혀서 거실의 그늘 속으로 숨으며 물었다. "왜 이런 얘기를 나한테 하는지 모르겠군."

"9월 2일 새벽 3시, 그를 차에 태워 데려간 사람이 당신이기 때문입니다." 골드베르크가 고집스럽게 말했다. "아마 렌트한 차였겠죠. 당연히 지붕이 있는 차였을 테고요. 운전은 당신 동생이 했을 거라고 생각합니다. 그는 당신 말을 잘 듣는 데다가 입도 무거운 남자였으니까요. 당신은 벤다하고 미리 약속을 해놓았기 때문에 아파트에 올라갈 필요가 없었습니다. 그저 밖에서 경적만 울리면 됐습니다. 잠시 뒤 벤다가 … 아니, 정확히 얘기하자면 지저분한 반백의 부랑자가 밖으로 나왔겠지요. 당신은 그에게 이렇게 말했을 겁니다. '빨리 움직이세. 촬영기사는 벌써 출발했네.' 그러고는 크리보클라트의 숲으로 차를 몰았습니다."

"당신은 차 번호도 모를 텐데."

그늘 속에 몸을 숨긴 남자가 비아냥거리듯 말했다.

"만약 내가 그걸 알았다면 당신은 벌써 체포되었을 겁니다." 골드베르크가 사무적으로 말했다. "어쨌든 동이 틀 무렵 당신은 현장에 도착했습니다. 그곳은 수백 년 된 참나무들로 둘러싸인 숲 속의 공터였습니다. 촬영 장소로는 그만인 곳이죠. 아마 당신 동생은 도로변에 세워둔 차에 그대로 남아 있었을 겁니다. 엔진을 점검하는 척하면서 말입니다. 당신은 길에서 100m쯤 떨어진 곳으로 벤다를 데려간 뒤 '자, 여기네' 하고 말했습니다. 그러자 벤다가 주위를 둘러보며 '촬영기사는 어디에 있습니까?'라고 물었습니다. 그 순간 당신은 벤다에게 일격을 가한 것입니다."

"무엇으로 말인가?"

거실의 그늘로부터 사내의 목소리가 흘러나왔다.

"납으로 만든 파이프입니다. 벤다의 머리를 부수기에 렌치는 너무 가볍기 때문입니다. 당신은 누구도 알아보지 못하도록 벤다의 머리를 산산조각내길 원했으니까요. 마지막으로 벤다의 머리를 한 번 더 내리친 뒤, 당신은 차로 되돌아왔습니다. 동생이 '끝났어?' 하고 물었지만, 당신은 아무 말도 하지 않았습니다. 사람을 죽여놓고 마음이 평안할 수는 없는 법이니까요."

"당신 미쳤군."

사내가 그늘 속에서 고함을 질렀다.

"멀쩡합니다. 나는 그저 일어났을 게 확실시되는 상황을 당신에게 상기시켜주는 겁니다. 당신은 자신의 부인과 추문을 일으킨 벤다를 없애버리고 싶었습니다. 부인이 너무 거리낌 없이 행동했기 때문에 … ."

"이런 고약한 유대인 놈 같으니라고," 사내가 버럭 고함을 질렀다. "감히 어떻게 … ."

"나는 당신이 전혀 두렵지 않습니다." 골드베르크가 단호한 모습을 보여주려는 듯 안경을 고쳐 쓰며 말했다. "당신이 아무리 부자라도 나를 어떻게 할 수는 없습니다. 당신이 내게 해코지할 수 있는 게 뭐가 있겠습니까? 고작해야 나한테 맹장 수술을 받지 않는 정도일 테지요. 물론 나도 그렇게 하라고 권하고 싶지 않지만요."

그늘 속에서 사내가 소리 없는 웃음을 지었다.

"이것 보라구, 만약 자네가 방금 내게 지껄인 사실에 대해 십분의 일이라도 확신이 있었다면 나 대신 경찰을 찾아갔을 거야, 그렇지 않나?"

사내가 고소해하는 심정을 숨김없이 드러내며 말했다.

"바로 그 점이 문제이긴 합니다." 골드베르크가 진지하게 대꾸했다. "내가 십분의 일이라도 증명할 수만 있다면 여기 있지 않을 겁니다. 앞으로도 그걸 증명할 수는 없다고 생각합니다. 그 더러운 부랑자가 벤다라는 사실조차도 증명할 수 없을 겁니다. 그게 바로 내가 여기로 온 이유입니다."

"나를 위협하기 위해서, 그건가?"

사내가 고함을 지르며 팔을 뻗어 벨을 찾았다.

"아닙니다. 당신을 공포에 떨게 하려는 겁니다. 당신은 절대 양심의 가책 따위로 괴로워하지 않을 겁니다. 그러기에 당신은 너무 부자입니다. 하지만 누군가가 이 끔찍한 사건의 전모를, 당신들 형제 둘이서 칼 가는 사람의 아들이자 위대한 배우인 벤다를 죽였다는 사실을 알고 있다는 것 때문에 당신은 눈을 감는 날까지 불안에 떨 겁니다. 내가 살아 있는 한 당신들은 절대 마음의 평화를 누릴 수 없습니다. 사실 나는 교수대에 서 있는 당신의 모습을 보고 싶습니다. 하지만 적어도 내 존재만으로도 당신의 신경을 괴롭힐 수는 있습니다 … 벤다는 고약한 작자였습니다. 그가 얼마나 고약하고, 남을 잘 속이며, 냉소적이고, 무례한지 나보다 잘 아는 사람은 없습니다. 하지만 그는 진정한 예술가였습니다. 늘 술에 취해 있는 그 어릿광대에 비하면 당신의 억만금은 보잘것없습니다. 당신의 억만금으로도 그의 손짓을 흉내조차 낼 수 없습니다. 허구임에도 불구하고 경이롭기 그지없던 그의 동작이란 … ."

골드베르크는 가슴이 미어져왔다.

"어떻게 그런 짓을 할 수 있습니까? 이제부터 당신에게 마음의 평화란 없습니다. 내가 절대 그렇게 놔두지 않을 테니까요. 나는 죽는 날까지 계속 이 일을 당신에게 상기시켜주겠습니다. 배우 벤다는 예술가였습니다. 내 말 듣고 있습니까?"

# 살인 미수

그날 저녁 한 정부 부처의 수석 서기로 일하고 있는 톰사는 이어폰을 귀에 꽂고 자리에 편안히 앉아 라디오에서 흘러나오는 드보르자크의 춤곡을 듣고 있었다. 그의 얼굴에 미소가 번졌다. 그래 이런 게 바로 음악이지, 그가 만족스러운 표정으로 중얼거렸다. 바로 그 순간 밖에서 날카로운 총성이 두 번 울리더니 그의 머리 위에 있는 유리창이 굉음과 함께 산산조각이 났다.

톰사의 반응은 다른 사람과 다를 바 없었다. 먼저 그는 잠시 몸을 엎드린 채 혹시 모를 위험에 대비했다. 그러고는 아무 일도 없자 이어폰을 빼고서 무슨 일이 일어났는지 주위를 꼼꼼하게 살펴보았다. 그제야 비로소 두려움이 엄습했다. 누군가 그가 앉아 있던 자리 바로 옆 창문을 통해 자신에게 총을 쐈다는 사실을 알아차렸기 때문이다. 총알은 그가 마주보고 있던 문에서 발견되었다. 그는 당장 거리로 달려 나가 이 악당 놈의 멱살을 붙잡고 싶은 충동을 느꼈다. 하지만 어느 정도 나이를 먹어 세상 이치도 알고 또 지킬 품위도 있는 사람이라면 그렇게 행동하지 않는 법이다. 그들은 항상 첫 번째 충동은 그대로 지나가게 한 뒤, 두 번째로 찾아오는 충동을 따른다. 그것이 톰사가 바로 전화기로 달려가서 경찰에 전화를 건 이유다.

"여보세요. 지금 즉시 여기로 사람을 보내주십시오. 누군가 방금 나를 죽이려고 했습니다."

"어디로 사람을 보내달라는 겁니까?"

전화기 건너편에서 누군가 졸린 목소리로 심드렁하게 물었다.

"어디긴 어딥니까, 여기 내 아파트죠." 그는 경찰이 그런 것도 모르냐는 듯 불같이 화를 냈다. "정말 말도 안 되는 일이 벌어졌습니다. 조용히 집에 앉아 있던 선량한 시민에게 누군가 아무 이유도 없이 총을 쏘아댄 사건이 발생했다구요! 지금 즉시 철저한 조사가 이루어져야 합니다. 현장 보존이 잘 되어 있을 때…"

"알겠습니다." 졸린 목소리가 그의 말을 가로막았다. "사람을 보내겠습니다."

톰사는 조바심이 나서 견딜 수가 없었다. 경찰이 오기를 기다리는 시간이 마치 영원처럼 느껴졌다. 하지만 막상 경찰이 당도한 것은 신고한 지 겨우 20분이 지날 무렵이었다. 무척 차분하게 생긴 형사는 도착하자마자 창에 난 총알 자국을 주의 깊게 살폈다.

"당신을 겨냥하고 쏜 것입니다."

그가 사무적으로 말했다.

"그런 말은 나도 할 수 있습니다." 톰사가 소리를 버럭 질렀다. "내가 그 창문 옆에 앉아 있었으니까요!"

"32구경입니다." 형사가 주머니칼로 총알을 문에서 파내면서 말했다. "구형 군대 소총으로 쏜 것 같군요. 누가 쏘았건 담장 위에서 쏜 것이 분명합니다. 만약 보도에서 쏜 것이라면 총알은 좀 더 위로 지나갔을 겁니다. 당신을 노리고 쏜 것이라는 얘기죠."

"그거 이상하군요." 톰사가 다른 의견을 제시했다. "여기서 보면 저 문을 겨냥하고 쏜 것 같은데요."

"누가 이런 짓을 했을까요?"

형사가 그의 말을 무시하고 물었다.

"이것 참 유감입니다. 어디 사는 누구인지 말씀드릴 방법이 없네요." 톰사가 빈정거렸다. "나는 그 사람을 본 적도, 초대한 적도 없어서 말입니다."

"그렇다면 쉽지 않겠습니다." 형사가 꿋꿋하게 말했다. "그럼, 의심 가는 사람은 있으신가요?"

급기야 톰사의 인내심이 바닥을 드러냈다.

"의심 가는 사람이라니, 지금 그걸 말이라고 하시나요?" 그가 씩씩거렸다. "이것 보세요, 형사 양반. 나는 그 악당 놈을 보지 못했습니다. 설령 그가 친절하게도 내가 인사를 건넬 수 있도록 기다려주었더라도 그때는 밖이 어두웠기 때문에 알아보지 못했을 겁니다. 그리고 내가 안다면 왜 당신에게 이런 수고를 끼치겠습니까?"

"네, 일리가 있는 말씀입니다." 형사가 그를 달랬다. "하지만 혹시 당신의 죽음으로 이득을 볼 사람이나 어떤 일로 당신에게 앙심을 품고 있을 사람을 생각해보십시오 … 이건 도둑질이 아닙니다. 도둑은 정말 어쩔 수 없는 경우가 아니면 총을 쏘지 않거든요. 아마도 당신에게 원한을 품고 있는 사람일 겁니다. 우리에게 알려주시면 조사를 하겠습니다."

톰사는 곤혹스러웠다. 그때까지 한 번도 이 문제를 그런 시각에서 생각해본 적이 없었던 것이다. 톰사는 공무원이자 독신남으로 평온하게 보냈던 지난 삶을 되짚어보았다.

"전혀 생각나지 않습니다." 그가 천천히 말했다. "도대체 누가 내게 그런 원한을 가지고 있단 말입니까?"

그가 당혹해하며 말했다.

"내가 아는 한 나는 적이 없는 사람입니다. 그건 절대 불가능한 일입니다." 그가 머리를 흔들며 덧붙였다. "나는 다른 사람과 얽힐 만한 일은 절대 하지 않습니다. 나는 거의 남들과 어울리지 않고 지냅니다. 다른 곳에 일절 가지도 않고 남의 일에는 전혀 끼어들지 않습니다 … 그런데 어떻게 내게 앙심을 품는 사람이 있다는 말입니까?"

형사가 어깨를 으쓱했다.

"모르겠습니다. 어쨌든 내일까지 한번 생각해보십시오. 여기 혼자 계셔도 괜찮겠습니까?"

"괜찮습니다."

톰사가 생각에 잠긴 채 대꾸했다.

"정말 이상하군." 형사가 떠난 뒤 톰사가 무거운 마음으로 혼잣말을 했다.

왜 수많은 사람들 중에서 하필이면 내게 총을 쏘았을까? 나는 거의 은둔자나 마찬가지인데 말이야 … 나는 일을 마치면 곧장 집으로 오지. 다른 사람들이랑 어울릴 일이 없으니까! 그런데 어떻게 내게 총을 쏠 생각을 하는 사람이 있을 수 있지? 그는 배신감에 점점 마음이 씁쓸해지는 것을 느꼈다. 생각을 거듭할수록 그는 자신에 대해 연민을 금할 수 없었다. 나는 정말 노예처럼 일을 했는데 … 그가 나직이 중얼거렸다. 집에 일을 가져오면서까지 열심히 일을 했어. 사치라곤 일절 몰랐고 작은 즐거움을 누릴 시간도 전혀 갖지 않았지. 난 정말 달팽이처럼 껍질 속에서 웅크리고만 살았어. 그런데 빵! 갑자기 누군가 나를 증오하는 사람이 나타나 내게 총을 쐈지. 하느님, 어떻게 이렇게 믿을 수 없는 증오가 존재할 수 있나요? 톰사가 크게 낙담해 한숨을 쉬었다. 내가 다른 사람에게 무슨 해코지를 한 건가? 어떤 사람이 이런 말도 안 되는 증오를 품고 있었단 말인가?

아마 무슨 오해가 있는 거야, 그는 침대에 앉아 막 벗은 구두를 손에 든 채 애써 자신을 안심시켰다. 그렇고말고! 이건 사람을 잘못 봐서 일어난 사건이야! 범인은 단순히 나를 딴 사람으로 착각한 거야. 자신이 원한을 품고 있는 사람으로 말이지! 틀림없어, 누가 나를 그렇게 증오할 리가 있겠어? 그가 안도하며 혼잣말을 했다.

그 순간 톰사의 머리에 무언가 떠올랐다. 그는 당황해서 자신도 모르게 잡고 있던 구두를 떨어뜨렸다. 아, 내가 왜 그런 어리석은 짓을 했지? 하지만 그건 나도 모르게 입에서 나온 말이었는데 … 그때 나는 로우벨과 대화를 하고 있었지. 그런데 무심결에 그의 부인에 관해 해서는 안 될 말을 해버렸어. 사실 모든 사람이 그의 아내가 여기저기 바람피우고 다닌다는 걸 알고 있었어. 그도 물론 알았고. 하지만 그는 자신이 알고 있다는 사실을 남들에게는 숨겼어. 그런데 내가 바보같이 그 비밀을 누설해버린 거야 … 톰사의 뇌리에 힘겹게 침을 삼키며, 손톱이 손바닥을 파고들 정도로 손을 꼭 쥐고 있던 로우벨의 모습이 떠올랐다. 세상에, 그가 얼마나 참담했을까? 새파랗게 질린 톰사가 중얼거렸다. 그는 틀림 없이 미치도록 그의 부인을 사랑했던 거야. 당연히 그때 나는 뒤늦게나 마 수습하려고 애썼지만, 그는 여전히 화가 난 얼굴로 입술을 꾹 깨물고 있었어. 그에게는 나를 미워할 충분한 이유가 있어, 톰사는 슬프지만 인 정하지 않을 수 없었다. 물론 그가 나를 쏜 사람일 리는 없어. 그건 말도 되지 않아. 하지만 나는 놀라지 않을 거야. 그가 그랬다고 하더라도 … .

톰사는 혼란에 휩싸여 바닥을 응시했다. 아니면 그 재단사는 어떨까? 그가 불편한 심정으로 기억을 떠올렸다. 나는 15년간 그에게서 옷을 맞 춰 입었지. 그런데 어느 날 그가 심한 폐병을 앓고 있다는 얘기를 들었 어. 폐병 환자가 기침을 해가며 만든 옷을 입는 것이 불안한 건 당연해. 그래서 나는 그에게 더 이상 옷을 주문하지 않았지 … 그랬더니 그가 나 를 찾아와서 일거리가 하나도 없다고 사정했어. 아내도 몸이 아프고 애 들도 다른 데로 보내야 한다면서 다시 일감을 맡겨줄 수 없냐고 애원했 지 … 맙소사, 그때 그 가여운 남자의 얼굴이 얼마나 창백했던가! 그가 흘리는 비지땀만으로도 그가 얼마나 아픈지 알 수 있었어! 나는 그에게 말했지.

"콜린스키 씨, 그래 봤자 소용없습니다. 나는 더 솜씨 좋은 사람이 필 요합니다. 당신이 만든 옷이 마음에 안 들거든요."

"저는 항상 최선을 다합니다."

그가 더듬거리며 말했지. 그는 두려움과 당혹감에 식은땀을 흘렸어. 울음을 터트리지 않은 게 놀라울 정도였지. 하지만 나는 "생각해볼게요"라고 얘기하고 그를 되돌려 보냈어. 그처럼 불쌍한 사람들이 자주 듣는 상투적인 얘기지. 이 사람도 나를 미워할 이유가 충분히 있어. 톰사는 몸을 부르르 떨었다. 생계 때문에 아쉬운 소리를 하러 왔다가 그런 무관심한 소리나 듣고 되돌아갈 때 그의 심정은 정말 끔찍했을 거야. 하지만 그때 내가 어떻게 했어야 했지? 나는 그 역시 그런 짓을 할 사람이 아니라는 걸 알고 있어. 하지만 … .

톰사는 점점 더 마음이 괴로워졌다. 또 다른 고통스러운 기억이 떠올랐다. 서류를 담당하는 부하 직원에게 그렇게 호통치는 게 아니었는데 … 그때 나는 어떤 파일을 찾지 못하자 그 직원을 불러서 학생에게 하듯 마구 야단을 쳤지. 나이를 먹을 대로 먹은 사람이었는데 말이야. 그것도 다른 사람들이 보는 데서!

"이걸 정리라고 해놓은 거야? 이 멍청이. 마치 돼지우리 같잖아. 그런 식으로 일할 거면 당장 그만두게!"

그런데 그 서류가 내 서랍에서 나오는 게 아니겠어! 그는 한마디 말도 없이 눈을 깜박이며 몸을 떨고 서 있을 뿐이었어. 나는 너무 부끄러워 얼굴이 후끈 달아올랐어. 하지만 사람들은 부하에게는 사과를 잘 못하지. 내가 그에게 좀 심했던 것은 사실이야. 그렇지만 그게 상사를 그렇게 증오할 이유가 된단 말인가! 톰사가 자신 없는 목소리로 스스로에게 말했다. 잠깐만, 그 사람에게 내 옷을 주면 어떨까? 아니야, 다시 생각해 보니 그가 모욕감을 느낄 수도 있겠군 … .

톰사는 더 이상 침대에 누워 있을 수가 없었다. 덮고 있는 담요가 갑자기 천근만근 무겁게 느껴졌다. 그는 자리에서 일어나 팔로 무릎을 감싸고 어둠 속을 응시했다. 이번에는 사무실에서 젊은 모라베크와 있었던 일이 생각났다. 톰사는 가슴이 아파왔다. 그는 무척이나 감수성이 예민한 청년이지. 시도 쓰고 말이야. 그가 한번은 서류를 엉망으로 만들어 왔기에 내가 "이봐, 이것도 일이라고 했나? 다시 해 오게"라면서 서류를 책상에다 던져버렸어. 하지만 서류는 책상 대신 그의 발밑에 떨어졌지. 허리를 굽혀 서류를 집어 드는 그의 얼굴이 벌겠어. 귓불까지 빨갛게 물들어 있었지. 너무 심했어, 톰사가 중얼거렸다. 그 젊은이를 좋아하면서 왜 그런 모욕을 주었을까. 하지만 고의는 아니었는데 ….

또 다른 얼굴이 톰사의 눈앞에 떠올랐다. 그의 동료인 방클의 창백하고 불만에 찬 얼굴이었다. 가여운 방클, 그는 수석 서기가 되고 싶어 했지. 그러면 일 년에 수백 코루나는 더 받을 수 있으니 당연하지. 그는 자식이 여섯이나 되었으니 말이야. 하지만 대신 내가 승진해버렸지. 들리는 얘기로는 그가 큰딸을 가수로 키우고 싶어 하지만 그럴 여유가 안 된다고 했어. 그런데 내가 그를 제치고 승진해버린 거지. 그는 무척 성실했지만 머리가 잘 안 돌아가는 친구였기 때문이지. 단순한 일에나 맞는 사람이라고 할까 … 그의 부인은 성질이 고약했지. 하지만 그녀가 비쩍 마르고 성질이 사나운 이유는 늘 돈에 쪼들렸기 때문이야. 방클은 점심이면 늘 비썩 마른 빵을 먹었지 … 톰사는 우울한 생각에 빠졌다. 불쌍한 방클, 나를 볼 때마다 얼마나 화가 나고 마음이 괴로웠을까! 나는 가족도 없는데 돈은 더 많이 받으니 말이야. 하지만 이건 내가 어쩔 수 있는 일이 아니야. 그래도 그가 상처받은 표정으로 힐난하듯 나를 바라볼 때는 마음이 정말 무거웠어 ….

톰사가 이마를 짚었다. 식은땀이 흥건히 배어나오고 있었다. 그래 …
계산서를 속인 그 웨이터도 있었지. 나는 주인을 불러 따졌고, 그는 그
자리에서 즉각 해고됐지. "이 도둑놈." 주인이 웨이터에게 소리쳤어.
"다시는 프라하에서 일할 수 없게 만들 거야." 그는 묵묵히 듣고만 있다
가 자리를 떴어. 옷 위로 앙상하게 튀어나온 그의 어깨뼈가 떠오르는군
… .

톰사는 더 이상 침대에 머무를 수 없었다. 그는 라디오 옆에 앉아 이어
폰을 꼈다. 하지만 라디오에서는 아무 소리도 나오지 않았다. 방송 시간
이 지난 것이다. 그는 손으로 얼굴을 감싸고 그가 만났던 모든 사람들을
떠올렸다. 그와 사이가 좋지 않았던 별스러운 사람들, 한 번 보고는 두
번 다시 생각도 안 했던 보잘것없는 사람들 … .

아침이 되자 톰사는 경찰서로 향했다. 그는 얼굴이 창백하고 심란해
보였다.

"그래 당신에게 원한이 있을 만한 사람을 생각해보셨나요?"

일전의 그 형사가 물었다.

톰사가 머리를 흔들었다.

"모르겠습니다." 그가 머뭇거리며 말했다. "내 말은, 내게 앙심을 가질
만한 사람들이 너무 많다는 겁니다 … 사실 얼마나 많은 사람들에게 잘
못을 저지르고 사는지 사람들은 모릅니다. 앞으로는 더 이상 그 창문 옆
에 앉지 않을 겁니다. 그리고 … 이번 일은 모두 없었던 걸로 해주십시
오. 이 말씀을 드리러 왔습니다."

# 가석방

"어때, 자루바, 이해하겠나?"

의식이라도 치르듯 경건하게 법무부에서 온 서류를 다 읽은 교도소장이 물었다.

"이건 종신형을 받은 자네가 가석방된다는 뜻일세. 지난 12년 반의 복역 기간 동안 자네 행동은 늘 모범적이었네. 그래서 우리가 자네를 적극 추천했지. 자, 이제 집에 가도 되네. 하지만 명심하게, 자루바. 만약 문제를 일으키면 즉시 가석방은 취소되네. 그럼 자네가 아내 마리를 살해한 죄로 받은 종신형을 다시 살아야만 해. 그때는 신조차도 자네를 도울 수 없네. 그러니 조심 또 조심하게. 이제부터는 남은 삶을 위한 시간이네."

소장이 자신의 말에 스스로 감동을 받은 듯 코를 훌쩍거렸다.

"우리는 자네를 정말 좋아하지만 여기서는 다시 만나고 싶지 않네. 자, 행운을 비네. 가다가 지출 담당관을 만나보게. 그가 돈을 줄 거야. 이제 그만 가보게."

2m에 육박할 정도로 키가 훌쩍한 자루바가 발을 질질 끌 듯 걸음을 옮기며 계속 뭔가를 중얼거렸다. 사실 그는 너무 행복해서 가슴이 터질 지경이었다. 금방이라도 솟구쳐 오를 것 같은 울음을 간신히 억누르고 있

었다.

"이봐." 소장이 걸걸한 목소리로 말했다. "여기서 울지 말게. 옷을 준비해두었으니 나가면서 챙겨 가게. 그리고 건축주인 말레크 씨에게 부탁해서 자네 일자리도 마련해두었네 … 그게 무슨 소린가? 집에 먼저 가보고 싶다고? 오, 아내의 무덤에 사죄를 하고 싶은가? 역시 자넨 좋은 사람이야. 그럼 안전하게 여행 잘하게."

소장이 빠르게 말하며 자루바와 악수를 나눴다.

"아, 다시 한 번 말하지만 행동에 조심하게. 자네는 조건부로 나간다는 점을 꼭 명심하도록."

자루바의 뒤로 문이 닫히자 소장이 말했다.

"자루바는 좋은 사람이야. 여보게, 포르마네크. 살인범들은 생각보다 괜찮은 사람들이야. 가장 최악은 횡령범들이지. 교도소에 처넣는 것만으로는 부족한 인간들이야. 나는 자루바가 안쓰러워."

판크라츠 교도소의 운동장을 가로질러 철문을 나선 자루바는, 금방이라도 교도관이 달려와 그를 붙잡을 것만 같은 불안하고 비참한 마음이 들었다. 그는 약간 발걸음을 늦췄다. 자신이 탈주하고 있다는 오해를 안받기 위해서였다. 마침내 거리로 나온 자루바는 머리가 빙글빙글 도는 것 같았다. 거리는 수많은 사람들로 북적였다. 아이들은 이리저리 천방지축 뛰어다녔고, 한 편에서는 두 명의 운전자가 서로 목소리를 높이고 있었다. 세상에, 그전에는 사람들이 이렇게 많지 않았어. 그런데 어느 쪽으로 가야 하지? 뭐 아무래도 상관없지. 온통 차뿐이로군. 그리고 저여자들 좀 봐. 누가 나를 미행하는 건 아닐까? 아닐 거야. 세상에 저 많은 차들 좀 봐! 자루바는 가능한 한 멀리 벗어나기 위해 프라하로 짐작되는 방향으로 발걸음을 재촉했다. 훈제 고기 가게에서 풍기는 맛있는 냄새가 그를 유혹했다. 아직 아니야, 아직 일러. 그때 더욱 강렬한 냄새가 그를 자극했다. 건설 현장이었다. 원래 벽돌공인 자루바는 걸음을 멈춰 서서 회반죽과 기둥에서 나는 기분 좋은 냄새를 가슴 깊이 들이마셨다. 어떤 노인이 열심히 석회를 반죽하고 있었다. 자루바는 다가서서 그와 다정하게 대화를 나누고 싶었지만 마음뿐이었다. 그는 언제부터인가 목소리를 밖으로 낼 수 없었다. 오랫동안 혼자 지내면서 말하는 방법을 잃어버린 것이다. 자루바는 점점 보폭을 넓히며 프라하로 향하는 걸음을 서둘렀다. 세상에, 저 많은 빌딩들 좀 봐! 전부 콘크리트로 지었어. 12년 전에는 이렇지 않았는데. 그래, 그때는 이렇지 않았어. 자루바가 속으로 생각했다. 하지만 조만간 무너져 내릴 것이 분명해. 저렇게 얇고 뾰족하게 올리다니!

"이봐, 조심해. 당신, 장님이야, 뭐야?"

그는 여러 번 차에 치이거나 철커덕거리며 달리는 전차에 깔릴 뻔했다. 누구나 12년 만에 거리로 나오면 낯선 법이다. 자루바는 누군가에게 저 큰 빌딩은 어디며 노스웨스트 기차역에는 어떻게 가는지 묻고 싶었다. 마침 철근을 가득 실은 트럭이 덜커덩거리며 옆을 지나가자 자루바는 크게 소리쳐보았다.

"실례합니다만, 노스웨스트 기차역으로 어떻게 갑니까?"

하지만 역시 소용이 없었다. 그의 몸 어딘가에 있는 목소리의 샘이 말라붙은 게 분명했다. 그런 곳에 있다 보면 누구나 점점 목에 녹이 슬다가 결국 벙어리가 된다. 자루바도 처음 3년간은 간간히 누군가에게 이것저것 질문도 했지만 그 뒤로는 그만두었다.

"실례합니다만, 어떻게 하면 … ."

그의 목에서 꺽꺽대는 쉿소리가 흘러나왔다. 그건 사람의 목소리가 아니었다.

자루바는 길을 따라 계속 걸었다. 그의 걸음이 점점 빨라졌다. 정신은 점점 몽롱해졌다. 마치 술에 취해 걷거나 꿈속에서 걸음을 옮기는 듯했다. 정말로 12년 전과는 너무 달라졌어. 더 커지고, 더 시끄러워지고, 더 혼란스러워졌어. 저 많은 사람들 좀 봐! 자루바는 슬퍼졌다. 이 많은 사람들과 한마디도 나눌 수 없다니, 마치 자신이 어디 이름 모를 외국 땅에라도 있는 것만 같았다. 역에 가서 집으로 가는 기차만 타면 … 형에게는 작은 집도 있고 조카들도 거기에 … .

"실례합니다. 어떻게 역에 … ."

자루바는 다시 말을 뱉어보려 했지만 입술만 달싹거릴 뿐 소리는 나오지 않았다. 괜찮아, 집에만 가면 괜찮아질 거야. 집에 도착하면 다시 말할 수 있을 거야. 기차역에 갈 수만 있으면 … .

갑자기 그의 뒤에서 누군가 고함을 치더니 그를 보도로 밀쳤다.

"왜 보도로 걷지 않는 거요?"

차에서 내린 운전자였다. 자루바는 뭐라고 대답을 하고 싶었지만 소용없었다. 꺽꺽대는 소리밖에 나오지 않았던 것이다. 자루바는 달리기 시작했다. 보도라고? 그가 혼자 생각했다. 하지만 보도는 내가 걷기에 너무 좁아. 이것 봐, 나는 지금 정말 급해. 집에 어서 가야 한다고. 실례합니다, 노스웨스트 기차역에 어떻게 가죠? 저 길이 틀림없어, 그가 결정했다. 가장 큰길인 데다 전차도 다니잖아. 그런데 저 길은 왜 저렇게 사람들로 북적대지? 저 사람들은 모두 어디에서 온 걸까? 저렇게 많은 사람들이 왜 한 방향으로 가고 있지? 기차역으로 가는 길이 분명해. 기차를 놓치지 않으려고 저렇게 급히 서두르고 있는 거야. 자루바는 사람들에게 뒤처지지 않으려고 발걸음을 재게 놀렸다. 하지만 보라고, 이 많은 사람들이 걷기에는 보도가 턱없이 좁잖아. 온 거리를 빽빽하게 메운 인파로 사방이 소란스러웠다. 그리고 새로운 사람들이 끊임없이 몰려들었다. 그들은 신속하게 움직이면서 무언가를 외쳐대고 있었다. 거리는 곧 사람들이 쉬지 않고 질러대는 거대한 함성으로 술렁대기 시작했다.

자루바는 거리를 가득 메운 함성 소리에 기분 좋은 어지럼증을 느꼈다. 세상에, 이 얼마나 아름다운 사람들인가! 군중들의 선두에 선 사람들이 행진곡을 부르기 시작했다. 자루바는 그들과 보조를 맞추어 기분 좋게 앞으로 나아갔다. 이제 그의 주위에 있는 모든 사람들이 노래를 불렀다. 자루바는 목에서 무언가 딱딱한 것이 풀어지면서 위로 치밀어 오르는 것을 느꼈다. 이윽고 누가 그의 등을 찰싹 치기라도 한 듯 무언가가 그의 입을 뚫고 밖으로 튀어나왔다. 그것은 노래였다. 왼쪽 오른쪽, 왼쪽 오른쪽, 자루바가 깊고 낮은 목소리로 가사도 없는 노래를 고함치듯 불러댔다. 이게 무슨 노래지? 아무럼 어때. 나는 이제 집으로 간다, 집으로 간다고! 자루바는 맨 앞줄에서 긴 다리를 성큼성큼 옮기며 노래를 불렀다. 그의 노래는 가사가 없었지만 아름다웠다. 왼쪽 오른쪽, 왼쪽 오른쪽, 자루바가 손나발을 불며 코끼리처럼 당당하게 행진했다. 온

몸이 소리로 울리는 것 같았다. 배가 북처럼 부르르 떨리고, 가슴은 쿵쾅거렸다. 술을 마시거나 울 때처럼 기분 좋은 느낌이 목을 감쌌다. 수천 명의 사람들이 한목소리로 외쳐댔다.

"정부는 물러나라!"

자루바는 그게 무슨 뜻인지도 모른 채 계속해서 기쁨에 넘쳐 소리를 질러댔다.

"하나 둘, 하나 둘."

행렬의 선두에 선 자루바가 긴 팔을 휘두르며 행진했다. 소리치고, 노래 부르고, 가슴을 손으로 두드리며 씩씩하게 앞으로 나아갔다. 자루바의 우렁찬 외침 소리가 마치 깃발처럼 모든 사람들의 머리 위로 솟아올랐다.

"부우, 부우!"

그가 손나팔을 불어댔다. 그의 목소리는 이제 최고조에 달했다. 폐와 심장도 터질 듯이 부풀어 올랐다. 그는 눈을 감고 목청껏 소리를 질렀다.

"만세! 만세!"

그 순간 어찌된 영문인지 행렬이 더 이상 나아가지 못하고 멈춰 섰다. 곧 사람들이 허둥대며 썰물처럼 후퇴하기 시작했다. 숨을 헐떡이며 어지러이 도망치는 사람들이 질러대는 비명으로 주위가 아수라장으로 변했다.

"만세! 만세!"

하지만 자루바는 여전히 눈을 꼭 감고 그의 가슴에서 솟아오르는 이 위대하고 자유로운 목소리에 귀를 기울이고 있었다. 그 순간 누군가 갑자기 그의 손을 잡아채고는 가쁜 숨을 몰아쉬며 말했다.

"법의 이름으로 당신을 체포한다!"

자루바가 놀라 눈을 크게 떴다. 어떤 경찰이 그의 한쪽 팔을 붙잡고는 이제 급격히 대오가 흐트러지고 있는 군중들 밖으로 그를 끌어내고 있었다. 자루바가 두려움에 신음을 내뱉으며 경찰로부터 팔을 빼내려 했다. 경찰은 그의 팔을 더욱 힘껏 비틀어댔다. 자루바가 고통스러운 비명을 지르며, 나머지 한 손으로 경찰의 머리를 세게 내리쳤다. 경찰은 얼굴이 벌개져서 순간적으로 그의 팔을 놓았다. 하지만 곧 그는 곤봉을 꺼내 자루바의 머리를 후려쳤다. 한 번, 두 번, 세 번 ⋯ 끝도 없이 곤봉 세례가 이어졌다. 경찰의 커다란 두 팔이 마치 풍차의 날개처럼 머리를 내려찍으며 돌아가고 있었다. 헬멧을 쓴 두 명의 경찰이 불독처럼 그를 붙잡고 꼼짝도 못하게 했다. 자루바는 두려움에 숨이 막힐 지경이었다. 그는 주먹을 마구 휘두르고 미친 사람처럼 몸부림을 치면서 그들을 떨쳐버리려고 했지만 허사였다. 두 명의 경찰이 그의 팔을 등 뒤로 꺾고는 어디론가 그를 데려갔다. 인적이 끊긴 거리를 가로질러, 왼쪽 오른쪽, 왼쪽 오른쪽. 자루바는 순한 양처럼 그들을 따라갔다. 실례합니다만, 어떻게 하면 노스웨스트 역에 갈 수 있습니까? 나는 집에 가야만 합니다.

경찰서에 도착한 두 명의 경찰은 자루바의 머리를 잡고 안으로 밀어넣었다.

"이름?"

냉혹하고 거친 목소리가 그에게 소리쳤다.

자루바는 말하고 싶었지만 입술만 달싹거렸다.

"어서 말해. 이름은?"

거친 목소리가 다시 고함쳤다.

"안토닌 자루바."

그가 쉰 목소리로 속삭였다.

"거주지는?"

자루바가 무기력하게 어깨를 으쓱했다.

"판크라츠 교도소, 독방입니다."

그가 간신히 말했다.


당연히 일어나선 안 될 일이었지만 일어나고 말았다. 판사, 검사, 국선
변호인, 이렇게 세 명의 법률가들이 자루바를 어떻게 빼내 올지 함께 의
논했다.

"그것이, 자루바로 하여금 모든 걸 부인하게 하는 방법이 있습니다."
검사가 제안했다.

"안 통할 겁니다." 국선변호인이 말했다. "그는 이미 경찰과 한바탕했
다고 자백을 해버렸습니다. 이 바보 얼간이가 이미 자백했기 때문에 만
일 경찰이 …" 국선변호인이 새로운 아이디어를 냈다. "자루바의 신원
을 확인하기가 어렵다고 증언해준다면 … 그래서 다른 사람일 가능성
이 있다고 증언해준다면 …."

"잠깐만요." 검사가 이의를 제기했다. "경찰에게 거짓말을 하도록 지
시할 수는 없습니다! 더구나 그들은 이미 자루바의 정체를 확실히 알

아냈단 말입니다. 차라리 일시적인 정신이상이었다고 호소하는 게 나을 것 같습니다. 정신 상태 검사를 요청하십시오. 제가 도와드리겠습니다."

"문제없습니다." 국선변호인이 말했다. "즉시 검사를 요청하겠습니다. 하지만 의사가 정상이라고 진단을 내리면 어떡하죠?"

"그건 내가 맡겠소." 판사가 자발적으로 나섰다. "물론 내가 그래서는 안 되지만 … 제기랄, 난 자루바가 단지 어리석다는 이유로 다시 독방에서 평생을 지내는 꼴은 도저히 못 보겠소. 차라리 정신병원에 있는 그를 보는 게 낫지. 맙소사, 나는 아마 눈 하나 깜짝하지 않고 6개월 정신병원 수감을 선고하겠지. 하지만 그가 다시 종신형을 산다면 나는 정말 슬프고 마음이 아플 거요."

"만일 일시적인 정신이상 상태였다는 주장이 통하지 않는다면 … " 검사가 말했다. "그는 정말 어려운 처지에 놓일 겁니다. 정말 당혹스러운 일이지만 그때는 제가 그를 형사범으로 기소해야 합니다. 선택의 여지가 없는 일이죠. 만일 그 멍청이가 술집에라도 들렀다면 그가 일시적인 정신이상 상태였다는 호소가 설득력이 있을 텐데. 자신의 행동을 책임질 수 있는 상태가 아니었다는 것을 보여줄 수 있으니까 … ."

"여러분, 어떻게든 해내야 합니다." 판사가 다급하게 말했다. "내가 그를 풀어줄 수 있도록 말이오. 여러분, 나는 늙은이요. 더 이상 그런 짐을 … 내 말이 무슨 뜻인지 잘 알 거라 믿습니다."

"어려운 사건입니다." 검사가 한숨을 내쉬었다. "자, 자, 하지만 힘을 냅시다. 어쨌든 당분간은 정신과 의사가 우리를 도와줄 테니까요. 재판이 내일이죠, 그렇죠?"

   하지만 사건은 재판에 회부되지 않았다. 그날 밤 안토닌 자루바가 스
스로 목을 맨 것이다. 앞으로 다시 받게 될 벌이 두려운 나머지 자살한
것이 분명했다. 그는 키가 아주 컸기 때문에 목을 매고 죽어 있는 그의
모습은 무척 우스꽝스러웠다. 마치 바닥에 앉아 있는 것 같았기 때문이
다.

   "정말 썩어빠지고 어리석은 곳이야, 여기는." 검사가 중얼거렸다. "하
지만 어쩔 수 없는 노릇이지. 우리가 할 수 있는 건 없으니까.

# 우체국에서 생긴 사건

정의를 말할 때, 왜 영화에서는 항상 눈 위에 붕대를 붙인 여자나, 고추를 다는 저울 따위를 보여주는지 모르겠다. 내 말은 정의란 우리 같은 경찰에 더 어울리는 게 아니냐는 것이다. 사람들은 우리 경찰이 심판을 내리고 있다는 사실을 모르고 있다. 우리는 판사도 아니고, 저울도 없지만, 아무도 모르게 심판을 내리고 있다. 또한 범인을 잡느라 항상 자신의 벨트를 풀어야 하고 가끔씩은 남의 턱을 갈겨대기도 하지만, 십중팔구 그것 자체가 정의다. 나는 일전에 두 사람의 살인죄를 혼자서 밝혀낸 적이 있다. 뿐만 아니라 그들에게 유죄를 선고하고 구체적인 처벌까지 정한 것도 나였다. 나는 그동안 누구에게도 이런 얘기를 한 적이 없는데, 이제부터 얘기를 해볼까 한다.

여러분은 2년 전 우리 마을 우체국에서 일하던 한 아가씨를 기억하는가? 그래, 헬렌카라는 이름의 아가씨다. 그녀는 정말 마음씨가 곱고, 친절하고, 그림처럼 예뻤다. 아마 여러분들은 그녀를 잊지 않았을 것이다. 헬렌카는 작년 여름 물에 뛰어들어 자살했다. 이 근처에 있는 큰 연못이었다. 그녀는 깊은 곳까지 50m쯤 걸어 들어가 가라앉았고, 시체는 이틀간 떠오르지 않았다. 여러분은 왜 그녀가 이런 짓을 했는지 아는가? 그

녀가 물에 뛰어들었던 바로 그날, 프라하에서 온 감사관이 갑자기 우체
국에 나타나더니 헬렌카의 현금 서랍에서 200코루나가 빈다는 사실을
밝혀냈다. 고작 200코루나였다. 이 멍청한 감사관은 자신이 이 사실을
상부에 보고할 거고, 그러면 곧 횡령 혐의에 대한 조사가 시작될 것이라
고 말했다. 바로 그날 저녁 헬렌카가 자살한 것이다. 수치심 때문이었
다.

사람들은 그녀를 제방 옆으로 끌어올렸다. 나는 검시관이 올 때까지
그녀 옆을 지키고 서 있었다. 생전의 꽃다운 그녀가 아니었다. 가여운
헬렌카! 나는 기다리는 내내 우체국 창구 뒤에서 미소 짓던 그녀의 모습
을 떠올렸다. 사실 우리들이 우체국을 얼쩡거린 것은 모두 그녀 때문이
다. 모든 사람들이 그녀를 좋아했다. '제기랄, 그녀는 절대 200코루나를
훔치지 않았어!' 나는 혼잣말을 했다. 무엇보다 나는 그 사실을 믿을 수
없었다. 게다가 그녀는 그 돈을 훔칠 필요가 없었다. 그녀의 아버지가
마을 저편에 있는 방앗간 주인이었던 것이다. 그녀는 자립해보겠다는
일념으로 우체국에서 일했던 것뿐이다. 나는 그녀의 아버지도 잘 안다.
문학적인 사람에다가 개신교도였다. 아는지 모르겠지만 개신교도들은
종교적인 신념 때문에 절대 물건을 훔치지 않는다. 나는 제방 옆에 누워
있는 그녀의 시체 앞에서 반드시 사건을 해결하겠다고 맹세했다.

헬렌카의 후임으로 필리페크라는 이름의 똑똑한 청년이 프라하에서
내려왔다. 아주 유쾌한 청년으로 항상 이를 다 드러내고 웃었다. 나는
필리페크를 보러 우체국으로 갔다. 몇 가지 확인해볼 게 있었기 때문이
다. 우리 마을 우체국의 모습은 여느 작은 마을 우체국들과 똑같다. 작

은 유리 칸막이가 달린 접수창구가 있고, 직원들 옆에는 우표와 돈을 담는 작은 현금 서랍이 놓여 있다. 그리고 직원들 바로 뒤에는 요금표와 안내문, 각종 서류들과 소포의 무게를 재는 저울 따위를 놓아두는 선반이 있었다.

"부에노스아이레스로 전보를 치는 데 얼마가 드는지 요금표를 한번 봐주세요."

나는 필리페크에게 말했다.

"단어 하나당 3코루나입니다."

그가 눈도 꿈쩍하지 않고 대답했다.

"그럼 홍콩으로 전보를 보내는 건 얼마죠?"

내가 다시 그에게 물었다.

"그건 찾아봐야 알겠습니다."

필리페크가 말했다. 자리에서 일어난 그가 몸을 돌려 선반에서 요금표를 찾았다. 그가 등을 돌린 채 요금표를 살피는 동안, 나는 카운터의 유리 칸막이 사이로 어깨를 밀어 넣고 손을 뻗어 현금 서랍을 당겨보았다. 서랍은 너무도 쉽게 열렸다. 조그마한 소리조차 나지 않았다.

나는 속으로 생각했다. 원하는 걸 알아낸 것 같군. 아마도 사건은 이런 식으로 일어났을 거야. 헬렌카가 요금표에서 뭔가를 찾고 있는 동안 누군가가 현금 서랍에서 200코루나를 슬쩍한 거지.

"필리페크 씨, 지난 이틀간 여기서 전보나 소포를 보낸 사람들을 알아봐주실래요?"

내가 말하자, 그가 머리를 긁적이며 말했다.

"경관님, 그건 어렵습니다. 저희는 우편물에 대한 비밀을 지켜야 하기 때문입니다. 법적으로 꼭 필요한 경우에는 예외지만 말입니다. 하지만 그 경우에는 우체국장에게 보고를 해야 합니다."

"뭐 지금 꼭 필요한 것은 아닙니다. 하지만 만약 당신이 다른 일 때문에 ⋯ 저 서류들을 살펴보게 되면 ⋯ 그래서 아마도 헬렌카를 카운터에서 등지게 하려고 여기에서 뭔가를 보낸 사람을 알게 되면 ⋯ ."

"경관님, 만일 그런 사람이 있다면 도움이 되는 겁니까?" 필리페크가 말했다. "전보를 보낸 사람은 이 용지에 있습니다. 하지만 등기우편이나 소포는 수신인 기록만 남습니다. 발신인이 누군지는 기록이 없습니다. 어쨌든 여기서 찾을 수 있는 이름은 모두 기록해서 목록을 만들어드리겠습니다. 원래 제 일은 아니지만 당신을 위해 특별히 해드리겠습니다. 그렇지만 크게 도움이 될지 모르겠군요."

필리페크는 약속을 지켰다. 삼십 명 정도의 이름을 넘겨준 것이다. 시골 우체국이라 그런지 나가는 것이 그리 많지 않았다. 드문드문 소포 하나씩이 접수되었을 뿐이었다. 어떤 단서도 찾을 수 없었다. 나는 밖으로 나가 걸으면서 사건을 모든 각도에서 되짚어보았지만 소용없었다. 가여운 헬렌카에게 약속을 못 지키고 있다는 생각에 마음이 괴로웠다.

그러던 어느 날, 아마 일주일 정도 지났을 무렵, 나는 우체국에 다시 들렀다. 필리페크가 나를 쳐다보며 말을 건넸다.

"당신 동료들께 인사 전해주십시오. 다른 곳으로 떠나게 됐습니다. 내일 파르두비체 우체국에서 새로운 여직원이 올 겁니다."

"아, 그래요. 그 여직원, 틀림없이 좌천이겠군요. 그런 대도시 우체국에서 이런 형편없이 작은 시골 마을의 우체국으로 오는 걸 보니 말이죠."

"전혀 아닙니다."

필리페크가 나를 기이한 시선으로 쳐다보며 말했다.

"그녀가 자청해서 여기로 오는 겁니다."

"그거 이상하군요. 물론 여자들은 이해하기 어려운 측면이 있긴 합니다만."

"이상한 일입니다." 필리페크가 내게 시선을 고정한 채 말했다. "더 이상한 것은 일전에 익명의 편지들이 홍수처럼 쏟아져 들어왔는데, 그 발신지가 모두 파르두비체였다는 겁니다."

나는 속으로 쾌재를 불렀다. 필리페크도 나와 똑같은 눈빛을 하고 있었다. 우리는 서로를 의미심장하게 바라보았다. 그런데 옆에서 우편물을 분류하고 있던 우혜르가 대화에 끼어들었다. 그는 나이 지긋한 집배원이었다.

"맞아, 파르두비체. 저 위에 있는 큰 농장의 감독관이 그곳으로 편지를 보냈지. 거의 매일 말이야. 거기 우체국에 근무하는 젊은 아가씨한테 보내는 거였지. 그의 애인이 틀림없어."

"잠깐만, 영감님. 그녀 이름이 뭔지 아세요?"

필리페크가 물었다.

"율리 타우프 … 타우파르 … 뭐 이런 이름이었는데 … ."

"타우페로바. 바로 그녀입니다. 이 우체국으로 오는 아가씨 말입니다."

"그 호우데크는 … "우헤르 노인이 말했다. "아, 참, 그 감독관 이름이 호우데크네. 그도 역시 매일 파르두비체에서 오는 편지를 받았어. 자, 감독관 양반, 여기 당신 애인한테 온 편지 있소. 내가 그에게 이렇게 말하곤 했지. 그는 늘 길가에 나와서 나를 기다렸어. 오늘도 그에게 배달할 작은 소포가 하나 있어. 프라하에서 반송된 거지. 여기 수취인 불명이라고 소인이 찍혀 있군. 그가 주소를 잘못 쓴 거지. 그래서 그에게 돌려주려고 가려던 참이야."

필리페크가 소포를 받아 살펴보았다. 수취인은 프라하의 스팔레나 거리 14번지에 사는 노바크라는 사람이었고 내용물은 버터 4파운드였다. 7월 14일 자 소인이 찍혀 있었다.

"이 날짜면 헬렌카가 아직 여기서 근무할 때지."

우헤르 노인이 말했다.

"제게 좀 보여주십시오." 나는 필리페크에게서 소포를 받아 냄새를 맡아보았다. "필리페크 씨. 이상하군요. 이 버터는 10일이나 지났는데도 상한 냄새가 전혀 나지 않는군요. 영감님, 이 소포는 여기 놔두고 배달을 다녀오시죠."

우헤르 영감이 자리를 뜨자마자 필리페크가 나에게 말했다.

"경관님, 이건 규정에 위배되긴 하지만 … 여기 주머니칼이 있습니다." 그러고는 자신은 보지 않기 위해 자리를 떴다.

소포를 개봉해보니 안에는 버터가 아니라 흙이 들어 있었다. 나는 즉시 필리페크에게 달려가 말했다.

"이 일에 대해서는 누구에게도 말하지 마십시오. 아시겠습니까? 내가 알아서 하겠습니다."

여러분은 내가 그 즉시 전의를 가다듬고 그 농장으로 호우데크를 찾아 갔으리라고 충분히 짐작할 것이다. 그는 널빤지 더미 위에 앉아 말없이 땅바닥을 내려다보고 있었다.

"저, 감독관님. 우리 우체국에서 약간 혼선이 있었습니다. 혹시 열흘 전쯤에 프라하 어디로 작은 소포를 보내셨던 게 기억나십니까?"

"아무래도 상관없습니다. 어디였는지 기억도 나지 않구요."

호우데크가 얼굴을 찡그리며 말했다.

"그래요? 제가 생각하기에 일은 이렇게 된 것입니다. 당신이 우체국의 헬렌카를 죽였습니다. 당신은 우체국에서 가짜 주소가 적힌 소포를 부쳤습니다. 그리고 그녀가 소포 무게를 재느라 카운터를 등지고 있는 사이, 당신은 잽싸게 현금 서랍에 손을 넣어 200코루나를 훔친 겁니다. 감독관 양반, 바로 그 200코루나 때문에 헬렌카는 연못에 몸을 던졌습니다. 이게 사건의 전모입니다."

호우데크는 사시나무처럼 몸을 떨었다.

"그건 거짓말이오." 그가 울부짖었다. "왜 내가 200코루나를 훔친단 말이오?"

"당신 애인인 율리 타우페로바를 여기 우체국에 근무하게 만들기 위해서였겠죠. 당신 여자 친구는 헬렌카가 현금 서랍에서 돈을 잃어버렸다고 익명으로 편지를 써서 감사 기관에 보냈습니다. 그러니까 당신들 두 사람이 헬렌카를 연못으로 밀어 넣은 겁니다. 당신 둘이 그녀를 죽인 거라고요. 당신들은 살인범입니다, 호우데크 씨."

호우데크는 널빤지 위에 쓰러져 얼굴을 손으로 감싸더니 울부짖었다. 나는 그렇게 우는 남자를 지금껏 보지 못했다.

"오, 하느님. 나는 그녀가 연못에 투신자살할 줄은 꿈에도 몰랐습니다. 나는 그저 그녀가 여기를 떠나서 … 집으로 돌아갈 거라고만 생각했습니다. 나는 정말 율리와 결혼하고 싶었습니다. 하지만 그러기 위해서는 둘 중 한 명은 일을 그만두어야 했습니다 … 하지만 한 사람 월급만으로는 살아가기 어렵습니다 … 그래서 율리가 여기 우체국에서 일하길 간절히 원했습니다! 우리는 벌써 5년간이나 기다렸습니다 … 우리는 서로를 너무 사랑합니다, 너무나!"

그다음 얘기는 하지 않겠다. 날은 이미 저문 지 오래였다. 나는 무릎을 꿇고 앉아 있는 호우데크 앞에서 그간의 일을 생각하며 엉엉 울었다. 헬렌카와 다른 모든 이들을 생각하며, 마치 나이를 먹어 시집가는 신부처럼 엉엉 울었던 것이다.

"이걸로 됐습니다." 나는 마침내 그에게 말했다. "이제 그만 끝냅시다. 나도 이제 지쳤습니다. 그러니 200코루나를 돌려주십시오. 만일 당신이 이 일을 해결하지 않고 타우페로바 양과 결혼한다면 나는 당신을 도둑으로 고발하겠소. 알겠습니까? 그리고 만일 자살 따위를 한다면 난 가서 사람들에게 당신이 왜 그런 짓을 했는지 다 말하겠소. 이상이오."

그날 밤 나는 별빛 아래 앉아 그들을 어떻게 심판할지 고민했다. 그들을 어떻게 심판해야 할지 하늘에 물어보았다. 정의를 구현하는 것이 기쁨과 씁쓸함을 동시에 가져다준다는 사실을 실감할 수 있었다. 만일 내가 그들을 고발하면 호우데크를 몇 주간 유치장에 처박아둘 수는 있었다. 하지만 그뿐이었다. 그는 곧 보석으로 풀려날 것이기 때문이다. 게다가 그의 혐의를 입증하는 것도 쉽지 않았다. 호우데크는 헬렌카를 죽였다. 그는 좀도둑이 아닌 것이다. 머리가 복잡했다. 기존의 모든 처벌들은 너무 과하거나 아니면 너무 가벼웠다. 결국 나는 직접 그들에게 내릴 처벌을 결정하겠다고 마음먹었다.

다음 날 나는 우체국을 다시 방문했다. 접수창구 너머로 날카롭게 쏘는 듯한 눈을 가진 여자가 앉아 있었다. 그녀는 키가 크고 얼굴이 창백했다.

"타우페로바 양, 여기 등기우편이 있습니다. 프라하에 있는 우정국장에게 보내는 겁니다."

그녀는 나를 힐끗 보더니 편지에 꼬리표를 붙였다.

"잠깐만요, 아가씨. 이 안에는 당신 전임자에게서 200코루나를 훔친 자를 고발하는 편지가 들어 있습니다. 요금이 얼마죠?"

그 순간 그녀는 얼굴이 잿빛으로 변하고 몸이 돌처럼 굳었다. 그간의 정황으로 보건대 보통 강인한 여자가 아니었음에도 말이다.

"3코루나 50할레르입니다."

그녀가 숨도 제대로 쉬지 못하고 말했다.

나는 돈을 센 뒤 말했다.

"여기 있습니다, 아가씨. 하지만 그 200코루나가 여기 어디에서 다시 나타나면 … 그러니까 어디 떨어져 있거나 엉뚱한 곳에 놓여 있다가 다시 나타나면 … 그래서 모든 사람들이 불쌍하게 죽은 헬렌카가 그 돈을 훔치지 않았다는 것을 알게 된다면 … 그때는 이 편지를 부치지 않을 겁니다. 자, 어떻습니까?"

그녀는 아무 말없이 제자리에 가만히 앉아 있었다. 그녀의 눈은 여전히 날카롭게 이글거렸지만, 몸은 내가 평생 처음 볼 정도로 경직되어 있었다.

"5분만 있으면 집배원이 여기로 올 겁니다. 어떻게 할까요? 편지를 부칠까요?"

그녀는 즉각 고개를 저었다. 그래서 나는 편지를 다시 집어 들고 우체국 앞으로 나왔다. 내 생애 그렇게 긴장된 순간은 처음이었다. 그리고 20분가량 흘렀을까, 우헤르 노인이 소리치며 달려왔다.

"이보게, 찾았네. 헬렌카가 잃어버린 200코루나 말일세! 그게 발견되었다네! 새로운 여직원이 요금표 사이에서 찾아냈어. 그건 실수였던 거야."

"영감님." 내가 말했다. "가서 모든 사람들에게 200코루나를 찾았다고 말하세요. 헬렌카가 그 돈을 훔치지 않았다는 사실을 사람들이 알게 말이죠."

그게 내가 한 첫 번째 일이었다. 내가 두 번째로 할 일은 농장의 주인을 만나러 가는 일이었다. 그는 백작이었다. 괴짜인 구석도 있었지만 무척 좋은 사람이었다. 나는 그를 찾아가서 말했다.

"백작님, 아무 말도 묻지 말고 제 말을 들어주십시오. 함께 힘을 모아 해결해야 할 일이 생겼습니다. 우선 호우데크 감독관을 부르십시오. 그러고는 그에게 오늘 중으로 모라비아 농장으로 떠나라고 말씀하십시오. 만일 그가 거부하면 딴 일자리를 알아보라고 하십시오."

노백작이 눈썹을 찌푸리면서 나를 잠시 바라보았다. 나는 매우 심각한 표정을 지어 보였다.

"좋아." 백작이 입을 뗴었다. "자네에게 어떤 질문도 하지 않겠네. 호우데크를 지금 부르겠네."

호우데크가 곧 도착했다. 그는 내가 백작과 함께 있는 것을 보더니 얼굴이 하얗게 질려서 그 자리에 얼어붙었다.

"호우데크." 백작이 말했다. "지금 즉시 마차를 타고 기차역으로 가게. 자네는 오늘 저녁부터 홀린에 있는 농장에서 일하게 될 걸세. 그들이 준비할 수 있도록 미리 전보를 보내놓겠네. 알겠나?"

"예."

호우데크가 조용히 대답했다. 그는 방에 들어선 이래 계속해서 시선을 내 눈에 고정시키고 있었다. 마치 악마의 눈빛 같았다.

"이의 있나?"

백작이 물었다.

"없습니다."

호우데크가 쉰 목소리로 대답했다. 그의 시선이 한시도 내 얼굴에서 떨어지지 않았다. 그의 눈을 바라보는 것이 무척 고통스러웠다.

"그럼 가보게."

백작이 말했다. 그걸로 끝이었다. 얼마 지나지 않아 마차 한 대가 농장을 빠져나갔다. 마차에는 호우데크가 목각 인형처럼 미동도 없이 앉아 있었다.

이게 이야기의 전부다. 하지만 여러분은 지금도 우체국에 가면 얼굴이 백지장처럼 창백한 그 아가씨를 볼 수 있다. 그녀는 누구에게나 무례하게 굴고 역정을 낸다. 그 때문일 것이다. 그녀는 나이를 먹으면서 얼굴에 점점 보기 싫은 주름이 늘어가고 있다. 나는 그녀가 아직 애인을 만나고 있는지는 잘 모른다. 아마 가끔씩은 그를 찾아가 만날 수도 있다. 하지만 그때마다 그녀는 더 속상하고 화가 나서 돌아왔을 것이다. 이 모든 것을 지켜보면서 나는 속으로 생각했다. 정의는 틀림없이 존재한다고.

　나는 그저 일개 경관일 뿐이지만 경험에 비추어 이 얘기를 꼭 하고 싶다. 나는 전지전능한 신이 과연 존재하는지 알지 못한다. 사실 존재한다고 해도 우리에게 크게 소용은 없다. 하지만 누군가 우리보다 더 위대하고 공정한 사람은 존재해야 한다. 그건 틀림없는 진실이다. 우리는 단지 벌할 줄만 알지만, 용서할 수 있는 자도 어딘가에는 있어야 한다. 진리와 참된 정의는 사랑만큼이나 이해하기 어려운 것이니까.

# 『오른쪽 – 왼쪽 주머니에서 나온 이야기』라는 책

1928년, 체코의 〈민중신문〉(Lidové noviny)에 정기적으로 칼럼을 쓰고 있던 카렐 차페크는 독특한 형식의 소설을 신문에 발표하기 시작했다. 온갖 종류의 희한한 미스터리를 담은 이 소설들을 접한 차페크의 친구들은 깜짝 놀랐다. 차페크가 미스터리 애독자인 줄은 진작 알고 있었지만, 그가 진짜로 미스터리 작가가 되리라고는 생각지도 못했던 것이다. 이 미스터리 소설들은 그 이듬해 『한쪽 주머니에서 나온 이야기』와 『다른 쪽 주머니에서 나온 이야기』, 이른바 훗날 『주머니 이야기』(Pocket Tales)라고 불리는 두 권의 책으로 출간되었다.

차페크는 실험적인 소설을 쓰는 데 가장 완벽한 스타일이 단편소설이라고 깨달았다. 진실과 정의란 무엇인가? 일상에서 왜 미스터리가 벌어지는가? 그 사이에는 어떤 차이들이 있는가? 이 『오른쪽 – 왼쪽 주머니에서 나온 이야기』는 바로 차페크의 이런 질문에서 시작된 소설이다. 차페크는 특히 어쩔 수 없이 비정상적인 상황이나 환경에 처하게 된 보통 사람들을 우리가 왜 이상한 사람으로 인식하는가 하는 문제에 주목하면서, 독보적인 형식의 미스터리를 창조했다.

『오른쪽‒왼쪽 주머니에서 나온 이야기』는 진실을 파악하는 데 여러 갈래 길이 있음을 곳곳에서 강조한다. 사람은 누구나 각자의 진실을 확신하지만, 그것은 언제나 부분적인 진실일 뿐이다. 우리는 결코 완전한 진실을 알 수 없다. 인간의 지식이나 인식이 너무나 제한적이기 때문이다. 심지어 하나의 범죄조차도 다른 관점에서 보면 범죄가 아닐 수도 있다. 또한 설사 범인이 잡혔다고 해도 반드시 완전한 진실이 알려지는 것도 아니다. 『오른쪽‒왼쪽 주머니에서 나온 이야기』는 우리에게 상기시킨다. 시인의 진실은 학자의 진실과 완전히 다르며, 마찬가지로 탐정의 진실은 의사, 법률가, 점쟁이의 진실과 구분될 수밖에 없다. 우리가 접근할 수 있는 건 절대적 진리가 아니라 오로지 상대적 진리뿐이며, 우리는 그저 종종 이것과 저것을 혼돈할 뿐이다.

차페크는 "범죄 세계에 관해 관심을 갖기 시작하면서, 나는 저절로 정의란 과연 무엇인가 하는 문제에 사로잡혔다. 대체 실제를 어떻게 규명하고 묘사할 것인가? 과연 인간을 어떻게 단죄할 것인가?"라고 말했다. 정의란 무엇이고, 누가 우리를 심판할 것인가? 이 불완전한 세계에서 판결과 처벌은 완벽하게 이루어지고 있는가? 바로 이 지점에서 진실의 상대성은 인간 정의의 상대성과 마주한다. 이야기들은 작가가 아닌 보통 사람들의 입을 통해 '상대적으로' 전해진다. 법률가, 신부, 정원사, 의사, 오케스트라 지휘자, 감방쟁이 들이 모두 자기의, 그리고 타인의 이야기를 꺼낸다. 그 속에서 각각의 이야기꾼들은 다른 사람들을 호출해내고, 같은 방에서 다른 이야기를 꺼낸다.

『오른쪽-왼쪽 주머니에서 나온 이야기』가 진실로 우리에게 말하고자 하는 것은 범죄, 범인, 수사가 아니라, 인간의 본성, 범죄 동기, 인간의 마음과 영혼에 관한 것이다. 확실한 수사 기법이 있다고 해도, 때로는 직관과 상식, 심지어는 우연한 행운이 전통적인 방법론보다 더 나을 때도 있다. 그런 점에서 이 이야기들은 이상하고, 불행하며, 희극적이고, 가슴 뭉클하며, 미스터리한 일에 사로잡힌 보통 인간들에 대한 날카로운 심리학적 탐사라고 할 수 있다. 진짜 미스터리하고 놀라운 것은 바로 평범한 인간들이기 때문이다. 미국의 개성적인 작가 플래너리 오코너는 이렇게 말했다. "작가의 임무는 미스터리를 푸는 게 아니라 깊게 만드는 것이다." 일상에서 미스터리를 발견하고 사색하는 『오른쪽-왼쪽 주머니에서 나온 이야기』는 그야말로 우리의 인간성을 상기시키고, 우리에게 축복을 내려주는 작품이다.

눈이 내린 길 한가운데서 갑자기 끊겨버린 발자국. 왠지 좀 의심스러운 인물. 암호해독과 필체 분석, 카드 점의 운명. 희귀한 식물과 도둑. 진실을 손에 넣기 위해서라면 무슨 일이라도 기꺼이 하는 사람들. 인간의 재판을 묵묵히 지켜보며 증인으로 출석한 신. 범죄와 수수께끼. 일상과 예외, 유머와 휴머니즘. 이제 독자들은 이 모든 놀라운 이야기들이 담겨 있는 카렐 차페크의 주옥같은 단편소설 48편을 통해, 소설이 어떻게 우화와 철학과 휴머니즘을 담을 수 있는지를 발견하게 될 것이다.

# 유머와 따뜻함 속에 깃든, 인간에 대한 깊은 성찰

1

이제 맛있는 비빔밥을 먹던 숟가락을 아쉽지만 내려놓아야 할 때다. 제법 긴 시간 동안 동고동락했던 『오른쪽 – 왼쪽 주머니에서 나온 이야기』의 번역이 마침내 끝났다. 마음 한구석으로 과연 이렇게 맛있는 비빔밥을 어디에서 다시 맛볼 수 있을까 자문해보지만, 선뜻 자신 있는 대답이 나오지 않는다.

그렇다. 『오른쪽 – 왼쪽 주머니에서 나온 이야기』라는 소설은 한마디로 표현하자면 우리네 비빔밥 같다. 그것도 한입 가득 입에 넣자마자 절로 눈이 휘둥그레지는 맛있는 비빔밥 말이다. 혹시 카렐 차페크의 애독자 중에서 역자가 이 이야기들을 비빔밥에 비유해서 마음이 상한 분이 계실지도 모르겠다. 체코의 위대한 작가를 어찌 비빔밥에 견주느냐고 말이다. 하지만 한 권의 책 속에 추리소설과 우화, 그리고 철학을 '유머'라는 양념으로 버무려서 맛깔나게 차려낸 차페크의 이야기는 우리 음식의 자랑거리인 비빔밥이 주는 다양하고 풍성한 맛과 너무나 닮았다.

2

『오른쪽 – 왼쪽 주머니에서 나온 이야기』를 쓴 카렐 차페크(1890~1938)
는 프란츠 카프카, 밀란 쿤데라와 함께 체코를 대표하는 세계적인 작가
다. 하지만 이런 평가에 대해 고개를 갸웃거리는 독자들도 꽤 있을 듯싶
다. 『성』과 『변신』(카프카), 『참을 수 없는 존재의 가벼움』(쿤데라) 같은 작
품들은 우리 주변에서 흔히 볼 수 있는 반면, 카렐 차페크의 읽을거리는
그만큼 상대적으로 빈약하기 때문이다. 그러나 차페크가 세계문학사에
남긴 자취와 그의 치열했던 삶의 무게는 결코 앞의 두 사람에 비해 가볍
지 않다.

1890년 보헤미아 지방(당시는 오스트리아 ─ 헝가리 제국에 속했으나 훗날 체
코공화국이 된 체코의 동북부 지방)의 말레 스보토뇨비체에서 태어나 양차
세계대전 사이에 활동한 카렐 차페크는 단순히 탁월한 문학가로만 규
정되지 않는다. 그는 이미 100년 전에 한 편의 희곡 작품 『R.U.R : 로숨
의 유니버설 로봇』을 통해 '로봇'이라는 개념을 처음으로 창시했을 만
큼 독창적인 상상력을 지닌 작가였다. 또한 오스트리아-헝가리 제국의
오랜 지배 아래에서 간신히 명맥만 이어가고 있던 체코어의 품격을 특
유의 재치와 유머를 통해 일거에 격상시킨 비범한 문학가였다. 사상적

으로는 실용주의에 입각한 체코의 자유주의 사상을 정립하고 설파하는 데 노력한 철학자였을 뿐만 아니라, 당시 전 세계를 집어삼킨 광포한 파시즘에 치열하게 맞서 싸운 행동가로도 유명했다.

차페크의 문학에는 이런 그의 뛰어난 문학적 재능, 자유주의에 대한 투철한 사상, 그리고 자신의 신념을 현실 속에서 실천하는 행동가의 모습이 그대로 담겨 있다. 지금까지도 체코인들이 카프카나 쿤데라 이상으로 차페크를 높이 평가하고 그의 문학을 뜨겁게 사랑하는 이유가 바로 여기에 있다.

이러한 삶의 궤적에서 유추할 수 있듯이, 차페크 문학의 중심 주제는 과학 문명의 발전으로 인한 폐해와 파시즘에 대한 치열한 고발, 그리고 모순적이고 부조리한 존재인 인간에 대한 연민과 사랑이다. 하지만 그는 이렇듯 무겁고 진지한 주제에 함몰되지 않고, 체코인 특유의 유머 감각과 마치 공상과학소설 같은 경쾌하고 발랄한 스타일을 통해 독보적인 자기만의 문학 세계를 만들어냈다.

이번에 번역한 소설 『오른쪽-왼쪽 주머니에서 나온 이야기』도 기본적으로는 이런 차페크 특유의 문학적 주제를 담고 있지만, 스타일 면에서는 그의 전공이라고 할 수 있는 공상과학소설뿐 아니라 추리소설의 형식까지 차용했다는 점에서 그의 다른 소설들과 확연히 구별된다. 이 이야기들은 추리소설 그 자체로도 매우 뛰어난 작품이며, 추리라는 프리즘을 거치면서 그의 문학적 메시지들은 더욱 선명하고 아름답게 빛나고 있다.

3

『오른쪽-왼쪽 주머니에서 나온 이야기』는 무엇보다 읽는 재미가 각별하다. 추리소설답게 기발한 발상과 장치를 통해 미스터리를 구성하고 해결하는 과정이 참으로 기발하다. 식물원에서 신출귀몰하게 선인장을 훔쳐간 도둑을 신문광고를 이용해 잡는 「도둑맞은 선인장」이나, '철로 위 보행 금지' 표지판이라는 트릭을 이용해 푸른 국화의 소재지를 절묘하게 감추면서 인간의 고정관념을 풍자한 「푸른 국화」를 보라. 차페크의 이야기들은 얼핏 보면 단순해 보이지만, 사실은 대단히 정교하게 짜인 추리소설로서의 구성미가 있다. 게다가 한 편의 우화 같은 아름다운 구성 속에 연약한 인간에 대한 연민과 사랑, 과학의 한계에 대한 고발 같은 진중한 메시지를 함께 담고 있으니, 독자들은 그야말로 재미와 품격을 동시에 갖춘 최고급 추리소설을 읽는 호사를 맘껏 누릴 수 있다.

당연한 말이지만 『오른쪽 – 왼쪽 주머니에서 나온 이야기』가 읽는 재미만 선사한다면 그건 차페크의 소설이 아닐 것이다. 그는 일생 동안 세상을 바꾸는 문학의 힘을 믿고 자신의 글에 고발과 저항의 메시지를 담아온 작가였다. 과학 문명이 초래한 최악의 결과물인 세계대전을 몸소 경험한 뒤부터 과학과 합리성의 폐해를 치열하게 고발하는 데 집중했던 차페크였기에 이 이야기들에도 과학과 합리성에 대한 회의 어린 시선이 곳곳에 묻어난다. 「메이즈리크 형사의 사건」에서 주인공 메이즈리크 형사는 뛰어난 관찰력과 전문적인 지식, 그리고 경험에서 우러나오는 합리적인 추론을 통해 금고털이 사건을 훌륭하게 해결했음에도 불구하고 이렇게 회의한다.

"사람이라면 누구에게나 방법론이 필요하죠. 저도 이번 사건 이전에는 온갖 방법론들을 믿었습니다. 신중한 관찰이나 전문 지식, 체계적인 조사 혹은 이와 유사한 … 그러나 사실은 엉터리에 불과한 것들 말이죠. 저는 이번 사건을 겪고 나서 생각이 백팔십도 바뀌었습니다. 그러니까 … ."

「푸른 국화」에서도 마찬가지다. 사람들은 바보 소녀 클라라가 매일같이 어디선가 꺾어 오는 진귀한 푸른 국화의 소재지를 찾기 위해 과학적이고 합리적인 방법을 총동원하지만 결국 실패하고 만다.

또한 차페크에게는 개인을 억압하고 오로지 전체의 일원으로서만 개인을 바라보는 파시즘적 세계관도 한평생을 바쳐 저항해야 할 대상이었다. 「도둑맞은 선인장」에서 차페크는 개인의 우편물을 일일이 검열하는 우체국장 노파를 통해 자신이 신봉하는 자유주의의 적이자 사랑하는 조국 체코를 침탈한 원흉인 파시즘의 비열함을 풍자적으로 그리고 있다.

4

발달한 과학으로 전 세계를 전쟁터로 만든 것도 사람이고, 파시즘의 기치 아래 개인의 자유를 억압한 것도 결국은 사람이다. 따라서 잘못된 과학과 파시즘이 만연하는 세계에 맞서 치열하게 저항한 차페크의 문학적 관심이 인간에 대한 성찰로 이어지는 것은 지극히 당연한 일이다. 실제 차페크 문학의 기저에는 한편으로는 나약하고 모순덩어리인 존재이지만 동시에 희망의 가능성을 지닌 인간에 대한 깊은 성찰이 자리하고 있다.

차페크에게 인간은, 치밀한 계략으로 자신을 사랑하는 남자를 감쪽같이 속이고 바람을 피우면서도 짐짓 그런 자신의 모습을 부끄러워하는 척 위선을 떠는 '마르타'(『확증』)이기도 하고, 자신의 무죄를 믿고 헌신적으로 도와준 은인을 오히려 속이고 등쳐먹는 '셀빈'(『셀빈 사건』)처럼 모순되고 부조리한 존재이기도 하지만, 다른 한편으로는 자신이 평생에 걸쳐 어렵게 수집한 희귀 품종 선인장을 훔친 도둑에 대해서도 기꺼이 용서할 줄 아는 '홀벤 씨'(『도둑맞은 선인장』) 같은 존재이기도 하다.

『오른쪽 – 왼쪽 주머니에서 나온 이야기』에는 이 두 얼굴의 인간이 그려내는 변주곡이 팽팽한 긴장감을 자아낸다. 이 책을 읽는 내내 독자들은 차페크의 언어를 좇아 인간이라는 미지의 세계를 여행하게 될 것이다. 그 여행의 끝에서 어떤 이들은 자신이 쓴 기행문을 들고 고개를 끄떡이고 있을 것이고, 또 다른 이들은 출발할 때보다 더 곤혹스런 얼굴로 서 있을 수도 있다. 하지만 어떤 경우라도 상관없다. 중요한 것은 세상을 파국으로 몰아가는 것도, 그리고 희망과 기회의 땅으로 만드는 것도 모두 인간이라는 당연한 사실을 진지하게 돌이켜보는 것이기 때문이다.

# 오른쪽 주머니에서 나온 이야기

**초판 1쇄 발행** 2014년 12월 1일
**초판 5쇄 발행** 2024년 1월 25일

**지은이** 카렐 차페크
**옮긴이** 정찬형
**펴낸이** 정순구
**책임편집** 조원식
**기획편집** 정윤경 조수정
**마케팅** 황주영

**출력** 블루엔
**용지** 한서지업사
**인쇄** 한영문화사
**제본** 한영제책사

**펴낸곳** 모비딕
**등록** 제300-2007-139호 (2007.9.20)
**주소** 10497 : 경기도 고양시 덕양구 화중로 100, 506호 (비전타워21)
**전화** 02-741-6123~5
**팩스** 02-741-6126
**블로그** http://blog.naver.com/mobydickbook 〈모비딕, 미스터리를 만들다〉(네이버 블로그)
**이메일** mobydickbook@naver.com

**이 책의 독자 북펀드에 참여해주신 분들** (가나다순)
강문숙 강부원 강영미 강주한 권민영 권정민 김기남 김기태 김성기 김성완 김수민 김수영 김숙자 김유란 김주현 김중기 김진희 김행섭 김현승 김희곤 나준영 문성환 문세은 문형석 박가람 박경진 박무자 박진영 박혜미 서수덕 송덕영 신동철 신윤주 신정훈 신지선 신혜경 유지영 이만길 이수한 이재욱 이정미 이한샘 임혜영 장경훈 전미혜 조은수 최경호 탁안나 하병규 한승훈 함기령 허민선 홍상희

© 모비딕, 2014
ISBN 978-89-7696-633-9 04890